漱石先生の暗示《サジェスチョン》

佐々木英昭 著
Hideaki Sasaki

名古屋大学出版会

はじめに

一九〇五（明38）年一月に『吾輩は猫である』で一躍脚光を浴びた夏目漱石は、その二カ月後、以前から講師を務めていた明治大学での講演「倫敦のアミューズメント」をこう切り出した。

　諸君私が夏目先生です（笑声起る）[1]、

さかんに「笑声」の起こるこの講演で、「先生」と呼ばれるのは、しかし、漱石本人ばかりではない。王族も愛好した「ベヤベーチング」（熊に犬をけしかける遊び）の段では、「所が『クイン、エリザベス』先生は大変此遊びが好きですから『ベヤベーチング』をやる為に当日は芝居を禁じたこともある位です」と女王を「先生」付けにし、十八世紀の文人スティールの逸話では「『ビヤ、ホール』みたやうな所へ先生が這入つて酒を飲んで居ると」とやる。さらには「彼の『クロムエル』などといふ先生が出た時は」、この話は「『ペピー』先生が書いたので」といった調子。

　この種の「先生」付けを漱石が愛好したことは書簡集の示すところで、たとえば講演の翌年十一月十一日の高浜虚子宛にいわく、今日は早朝から文学論の原稿を見てゐます中川といふ人に依頼した処先生頗る名文をかくものだから少々降参をして愚痴たら〴〵読んでゐます

講義録『文学論』（一九〇三〜〇五講述、一九〇七刊行）の文章化を高弟中川芳太郎に依頼したところ、とんだ期待はずれであったことを嘆く手紙で、この問題には本書の半ばでまたふれるが、ともかくここで「先生」が尊敬されていないことは明らかだ。この種の「先生」は小説にも持ち込まれており、たとえば『彼岸過迄』の敬太郎は、下宿の傘立てに同宿人、森本の「洋杖《ステツキ》」があるのを見て「はゝあ先生今日は宅《うち》に居るなと思」う（「風呂の後」九）。

「夏目先生」「漱石先生」の場合も、このような事情に根本的な違いがあるわけではない。もともと教師で、教師廃業後も彼を「先生」と呼ぶ門弟に囲まれていたこともあってか、当時の新聞・雑誌の記事や広告で「先生」付けで呼ばれる頻度が漱石の場合、他の文士より高かったようだが、そのような場合の「先生」はどうか。たとえば漱石その人と面識はないことを本文中で告げてもいる「『三四郎』を読む」の筆者「愛妹生」は、こんな書き方をしている。

漱石先生の小説中には必ず先生自らが活躍して居る。〔中略〕つまり先生の小説中には漱石先生自身がシテとしてか或はツレとしてか必ず舞台に出て来るのは疑ふ可からざる事実であると思ふ。殊に先生の性格の能く現はれてるのは「三四郎」の広田先生である。〇それでは夏目先生は一体全体どんな人だらうかの……

（『東京日日新聞』一九〇九年六月三日。傍点原文）

かつて「クイン、エリザベス」らに対してやったことを、今やられているともいえる。こうした「先生」について、もし誰か人あって多少意地の悪い問いを発したならば、漱石先生、どう答えたであろうか。考えられるのは、たとえばこんな返答である。

「それあ君、僕の『文学論』を参照してくれたまえ。しょっぱなに置いてる『F＋f』の公式でいえば、要するに『先生』という『F』にもいろんな『f』がくっついてくるということさ。付けても読まれない場合もあり、付けないのに読まれてしまうこともある。世の中いろいろでさあね」。

この公式、実は本書でたびたび言及してゆくことになるもので、「F」は「焦点的印象又は観念」を、「f」は「これに附着する情緒」を意味し、「凡そ文学的内容の形式は（F＋f）なることを要す」というのが、『文学論』冒頭で宣言される同書の立脚地にほかならない。そして、それはまた「文学」に限定されないあらゆる文化現象に敷衍される理論的枠組みとなっている、というのが本書の論点の一つである。

たとえば「センセイの鞄」という六個の文字の連なりを想い浮かべてみよう。これと、普通に「先生の鞄」と書いた場合とで、仮にまったく同じ「焦点的印象」（F）を構成するとして、もしそこに「附着する情緒」（f）もまったく同じものを受け取るのだとすれば、どうだろう。そう題された小説から受ける「文学的」感動の可能性も、そのぶん縮小するのではないだろうか。つまり、与えられた「F」から「f」を感受することは、読者がテクストを「文学」として受け取ることの必要条件だ、というのが『文学論』の基本的認識なのである。

この認識、実は「文学」的現象についてのみ考えられたものではない。「F＋f」の後半すなわち「＋f」を、「附着する情緒」から、たとえば「生起を促されるあらゆる感覚・想念」といったところへと敷衍してみよう。「F」に遭遇して「F」そのものばかりでなく何らかの「f」を得るという事態は、「文学」に限らない人生のあらゆる局面でわれわれが経験するところではないだろうか。

この認識をとりあえず〈拡大「F＋f」〉と呼んでおくと、たとえば「文学的」でもありえ、そうでないこともありうる「読書」という行為について漱石が説いたところも、この認識に立脚していたことがわかる。『吾輩は猫である』も二年目に入った一九〇六年九月の談話「余が一家の読書法」で、読書法にも種々あると始めた先生、その本の含む「学理」を記憶したり「理解感知」したりとは別に、「創作を為し、論文を草せんとするが如き場合」に「多少功果ありと思はるゝ方法」があると説く。

何ぞや、曰く自己の繙読しつゝある一書物より一個の暗示《サゼッション》を得べく努めることこれ也。唯漫然として書の内容を記憶し、理解するに止らば、読書の上に何の功果かあらんや。故に或暗示を得んことを心懸けて、書に対すれば吾人は決してその書の内容以外に何等の新思想、新感情を胎出すること能はざるやうなる場合少なかるべき乎。〔中略〕カントの哲学を読むに当たりても、唯彼の言ふ所のみを記憶して、其言語文字の中より一個の或暗示を得来らざれば、吾人終《つい》にカントの思想以外に独歩の乾坤を見出すこと能はざらん。乃《すなわ》ち余の所謂暗示を得んとする読書法に依

る時は、〔下略〕

もしカントならカントの「言ふ所」を受け取るのみで、そこから何らの「暗示を得来る事」がないのであれば、知識が増えはしても、読者自身が「独歩の乾坤」、独自の世界を築いてゆくことにつながらない。得られる「暗示」は、もちろん、ただちに言語化できるようなものでなくてかまわない。「先生の鞄」にはなくて「センセイの鞄」が放つ、かすかな匂いのようなものでもよい。その場合はもちろん狭義の「f」である。

ところで、この談話で漱石が繰り返している「暗示」の語は、引用半ばの省略した部分にも出ているし、冒頭に置かれた見出し――「暗示を得来る事」――にも含まれるところから、この談話全体の意識されたキーワードであったことが容易に見て取られる。実は、この「暗示」なるもの、この談話に限らない漱石テクスト全体にとっての鍵をさえなす肝要の概念なのである。そのことは『文学論』を通読した者にはすでに明白だろう。第五編「集合的F」に頻出する「暗示」は、「暗示の法則」の名のもとに理論化されて編の総体を統御するにさえ至っている。

この「暗示」なる概念が、いつ、どのようにして漱石に取り込まれ、それがその後どのように発展して、理論と創作にまたがる漱石テクストにしかるべき地位を占めるに至ったか。本書が明るみに出そうとしているのは、ざっとそういったところである。読んでいただければわかることだが、この作業は、日本語で書かれたテクストの世界にとどまっているかぎり不可能である。さきの談話では、雑誌記者に向けて、先生おそらく直々に発音してみせたのであろう「暗示《サゼッション》」(suggestion) が、いかにしてこの学者兼作家の血肉と化したかを、外国語 (この場合は英語とフランス語) のテクストに入り込むことなしに探索することは、空を切るに等しい営みだからである。

そうだとすれば、「暗示」を追うこの探求は、漱石という存在を日本の枠内に閉じ込めがちであった旧来の研究の鎖国的傾向を打ち破って、それを世界史のしかるべき位置に置き戻すこと、その発生と活動を世界の知的言説の流れにおいて意味づけるといった作業と連動せざるをえない。とすれば、この作業は、二〇〇〇年前後から漱石研究の世界を覆っている閉塞感を打破する起爆剤を秘めてはいないだろうか。

閉塞感とはすなわち、ここ十数年の漱石研究において高峰を形作る書物の一つが『アンチ漱石』[2]と題され、この書を批判した朴裕河によるもう一つの高峰『ナショナル・アイデンティティとジェンダー』[3]もまた同様に「漱石神話」の解体を主な仕事とした結果、まだまだ汲み尽くされない果汁を含む漱石テクストが、いささか萎れてしまったようにも見える現在の状況を指している。『アンチ漱石』の著者大杉重男は、たとえば山本芳明『文学者はつくられる』[4]における「漱石神話」批判の不十分さを指摘して、このようにいう。

だが後世において「漱石神話」が現実に読者の間に浸透し、機能したことに漱石が直接関与しなかったとしても、そのような「漱石神話」を可能にする言説を最初に書いたのは漱石自身であり、その「漱石神話」を受容する読者のイメージを最初に作り出したのも漱石自身である。「文学者」は単に「つくられる」のではなく、自らをつくり、読者に望ましい自己イメージを提示する。この意味において、「漱石神話」の批判的分析は、漱石自身の言説の綿密な分析から始められなければならない。[5]

そのような視角からする「漱石自身の言説の綿密な分析」において、大杉と朴は高く評価されるべきである。これに対し、あるいはこれを超えるべく本書が試みるのは、それら「漱石自身の言説」の生成過程についての「綿密な分析」ということになる。その最も有力な手がかりを「暗示」概念に見ることが本書の立場であり、その遂行には外国語テクスト、それもあらゆる漱石研究がこれまで射程に入れてこなかった領域におけるそれの探求が必要条件となる、という次第である。

すでに読まれたとおり、本書の日本語は読みやすさに心懸けられたもので、実際読みやすいはずだが、上記のような事情から、すべての部分があらゆる読者にとってそうだというふうにはできていないかもしれない。入り込みにくい部分があれば、飛ばして先へ進んでいただければと思う。

目次

第1章　吸引する漱石／先生

一　「先生」と「私」の「恋」

『心』[1]（一九一四〔大3〕年四～八月）上編「先生と私」で展開される「先生」と「私」との関係は、「恋」と呼ばれるものに似ている。その類似は、二人の会話に実際、「恋」の語が浮上することで確認されさえする。「花時分」のある日、上野を散歩する二人が一対の睦まじい男女とすれ違ったことから「恋」が話頭に上る。「君は恋をした事がありますか」という問いに「私」がないと答えるところから、「先生」は不意に「然し君、恋は罪悪ですよ。解つてゐますか」などと言い出して「私」を驚かす（十二）。「何故《なぜ》ですか」の問いから発展してゆく会話のなかで、「先生」はこんな言葉を繰り出す。

「何故だか今に解ります。今にぢやない、もう解つてゐる筈です。あなたの心はとつくの昔から既に恋で動いてゐるぢやありませんか」

「恋に上る楷段なんです。異性と抱き合ふ順序として、まづ同性の私の所へ動いて来たのです」

「いや同じです。私は男として何《ど》うしてもあなたに満足を与へられない人間なのです。それから、ある特別の事情があつて、猶更《〔なおさら〕》あなたに満足を与へられないでゐるのです。私は実際御気の毒に思つてゐます。あなたが私から余所《よそ》へ動いて行くのは仕方がない。私は寧ろそれを希望してゐるのです。然し……」

（十三）

君は私に「恋」しているのだ、という「私」にとってはまったく意想外な命題を前提とする言葉たちが、たかだか一頁の間に立て続けに送り込まれ、「私」はもちろん戸惑う。だが、最後の「あなたが私から余所へ動いて行く」のを自分はむしろ希望するという「先生」の言葉を耳にしたときには「私は変に悲しくなつた」というのだから、このときの「私」の心理にはたしかに「恋」があったとの自覚が、語りの時点の「私」にはあるのかもしれない。

事態がそのようであるとすると、「私」の「恋」は、少なくともいくぶんかは、「先生」のそうした言葉に触発されることで生い立ったという側面をもつはずである。たとえば「もう解つてゐる筈です」といわれることで、そういえば「解つてゐる」ような気がする、おれの心は「既に恋で動いてゐる」となんとなく思えてくるという具合に、いわれなければ思いもしなかったであろうことがいつか心を占めている、といった形でである。たとえば「男として何うしてもあなたに満足を与へられない」という発言は、「女なら満足を与へられるのだが」という含意を、意図するとしないとにかかわらず伴う。この含意を明確に意識したにせよ、しないにせよ、これに類した言葉を受け続ける「私」

の心理のどこかには、「先生」との関係について、通常は男女間のものと考えられているところの「恋」と連結する経路が、いつかしら形成されてゆくはずである。

とはいえ、もし初めから相手になんの興味も好意ももたないのであれば、このような問答自体もありえなかった。そもそも「私」がなぜ「先生」に接近して行ったのかといえば、鎌倉の海水浴で初めて見た「先生」の顔が「どうも何処《どこ》かで見た事のある顔の様に思はれてならなかつた」（二）ことに端を発していた。次の日もその次の日も「同じ時刻に浜へ行つて先生の顔を見」、ついには「先生」が落とした眼鏡を拾ってあげることから口をきき始める。「にやにや笑つてゐる先生の顔を見た時」、初めて「先生」と呼びかけて会話し、やがて旅館を訪ねて談じるようになる。

> 私は最後に先生に向つて、何処かで先生を見たやうに思ふけれども、何うしても思ひ出せないと云つた。若い私は其時暗に相手も私と同じ様な感じを持つてゐはしまいかと疑つた。さうして腹の中で先生の返事を予期してかゝつた。所が先生はしばらく沈吟したあとで、「何うも君の顔には見覚がありませんね。人違ぢやないですか」と云つたので私は変に一種の失望を感じた。
> （三）

この一節には、「私」の「先生」に寄せる感情が当初から「恋」に近いものであったことが、今度は「先生」の言葉でなく、「私」の心理の動きで示されている。初対面であるはずなのになぜかそんな気がしない、というこの既視感（déjà-vu）に着目した精神医学者の土居健郎は、この感覚を「何か過去の無意識の知覚が刺激されるために起きる[2]」ものとし、「私」の「先生」へのそれを父への感情の「転移」として読み解いている。

「私」がしばしば父と「先生」を一緒に連想し、両者を比較したという事実は、この両者がその表面的な相違にも拘らず、彼の心理の深い所でつながっていることを暗示している。すなわち精神分析の言葉でいえば、彼の「先生」に対する感情は父転移である。という意味は、彼がかつて幼い時に父に向け、その後父に幻滅して吐け口を失っていた感情が、「先生」に新たな対象を見出して向けられたということである。彼が最初「先生」に会った時、deja vu の体験を持ったのは、この父転移のいわば前兆であった。

(『漱石文学における「甘え」の研究[3]』)

「先生」=「父」とするこの診断の適否はさておくとしても、既視感《デジャヴュ》というものが「心理の深い所でつながっている」何かの浮上に関わることは、現代の認知心理学の教えるところに違いない。なかでも「人」についての既視感は「行きずりの人に対して起こる」ことはまれで、「パーソナルな関係の開始時に起こる[4]」ものだという。とすれば、いわゆる「一目惚れ」のような現象もそこから解き明かすことが可能で、この説明の妥当性を示唆する事例には事欠かない。生き別れになった双子のきょうだいがお互いの生い立ちを知らぬまま恋愛し結婚に至っていた、という二〇〇八年の英国で見出された事実[5]などはその究極的な例だろう。

そしてこの感覚について「相手も私と同じ様な感じを持つてゐる」ものと「予期してかゝ」るの

は、理論的なテクストで漱石が頻用した語でいえば「projection」（投影。『文学論』の用語では「投出語法」〔第四編第一章〕に相当）の結果にほかならない。ここでの「私」は、『ノート』[6]の漱石が「凡モ面白キ projection ハ lover〔恋人〕ガ己レノ愛人ニ project スル imaginary personality〔想像上の人格〕ナリ」（「Enjoyment ヲ受ケル理由 Various Interpretation」）と書いた場合にも似て、自分の意識にあることが相手の意識にもあると根拠もなく想定してしまう類の、恋する者にありがちな投影に陥っている。「若い私は」とわざわざ付言されるのは、時間の隔たりを示すことのほかに、この感覚をそのまま口にしてしまうあたりが「若い」と指摘する意味もあるのだろう。

これに対して、若くない「先生」は、「しばらく沈吟したあとで」否定の回答をするのだが、ほんとうに「私」と同じく「何処かで見た事のある」ような感じをもたなかったのかどうかは、微妙である。というのも、このことで「私は変に一種の失望を感じ」るものの、これに続く部分では同様に「失望させられた」例が列挙されてゆき、それらを通して、「先生」のそうした言葉が実は「私を嫌つて」のものではなく、自分は「近づく程の価値のないものだから止せといふ警告」だったことが今はわかると告げられる。つまり「先生」が「私」を失望させることを意図していたのである以上、ここで「しばらく沈吟したあとで」否定するのは、「実は僕もそうなんだ」と言いたいところを自制した、という含みを残すのである。

私は若かつた。けれども凡ての人間に対して、若い血が斯《か》う素直に働かうとは思はなかつた。

> 私は何故先生に対して丈斯《こ》んな心持が起るのか解らなかつた。それが先生の亡くなつた今日になつて、始めて解つて来た。先生は始めから私を嫌つてゐたのではなかつたのである。（四）

「先生」にだけ「若い血が斯う素直に働」くのは、初めて顔を見たときから互いの親近性を直覚しており、かつ「先生」の側にもほぼ対称的とさえいえるような形でそれに応じる感情があることを、無意識裡に感知しているからである。単純化していえば、二人はもともと似ていたのであり、こののち「私」が「先生にかぶれ」る（三十三）ことでますます似てゆくはずである。そうであれば、「先生」の死後にその亡妻と「私」とが「恋」に落ちるというような想定[7]も、決して荒唐無稽というわけではない。傾向の似た男が同じ女を恋し、また女の側でも似た傾向の男を愛するのは自然の理だからである。

ともかくこうして「私」は「先生」の世界に、強い力で引き込まれてゆく。その力は、しかし、「私」の「先生」への好意のみを構成要素とするわけではなく、「恋」という言葉に絡む形で「先生」が開いては閉じて見せる、彼の過去の「恋」をめぐる〈物語〉の吸引力が加味されたものというべきだろう。「恋」ほどに〈物語〉を盛り上げる素材もまたとないわけで、自らの「恋」の〈物語〉を見せては引っ込ます「先生」の語りかけによって「私」の心理に構成される〈謎〉が、「先生」の世界の吸引力を格段に高めていることは見て取りやすい。

そしてこの吸引力が「私」を通して読者に及ぶ仕掛けになっていることも明らかで、「私」の小説内での役割の一つは、〈謎〉として開かれた〈物語〉を読者と共有し、その解決＝終幕に向けてともに進んでいくことにある。が、同時にこの「私」は、語り手として「先生の亡くなつた今日になつて」というような言葉を挟むことで、その解決＝終幕をすでに知る存在としての姿をちらつかせる。そこでは、読者に〈謎〉という餌を撒くという役割において、むしろ「先生」と同じ側に立っているわけである。

この二つの役割が、「私」の人格を分裂させている感もないとはいえず、そのことが、奥さんとの愛を含む諸々の仮説の温床となってきたわけでもあるが、下編で明らかになるように、「先生」の遺書が書かれてから『心』の連載開始まで二年もたっていない計算になるのだから、「当時の私」と「現在の私」との間にそう大きな時間差があるわけではない。たかだか二年の間に「私」の人格が大きく変化したのだとすると、そこには何らかの理由が求められてよかろう。

帰省した「私」は父に接することで、「先生」が「何時《いつ》か私の頭に影響を与へてゐた」その深さに気づく。「肉のなかに先生の力が喰ひ込んでゐると云つても、血のなかに先生の命が流れてゐると云つても、其時の私には少しも誇張でないやうに思はれた」(二十三) というほどであるから、「私」の変化の理由として与えられている最大の要因が「先生」の影響力にあることは争われない。この急速な変化は、奥さんを交えた三人での会話に出る「かぶれる」という俗語によっても表現されている。「私」が卒業後の仕事を「全く考えた事がない」ということから出るこんな遣り取りである。

「少し先生にかぶれたんでせう」

「碌なかぶれ方をして下さらないのね」

先生は苦笑した。

「かぶれても構はないから、其代り此間云つた通り、御父さんの生きてるうちに、相当の財産を分けて貰つて御置きなさい。それでないと決して油断はならない」　（三十三）

ここで「先生」が繰り返す忠告は「強いばかりでなく、寧ろ凄い言葉」として響くが、「事実を知らない私には同時に徹底しない言葉でもあ」るとされ、ここにもまた「当時の私」と「事実を知」る「現在の私」との乖離が口をあけている。ここで三人が唱和する動詞「かぶれる」がこの「私」の劇的な推移と無関係でないことは、もちろんである。見てきたとおり、「私」に「恋」を喚起し、かつ〈謎〉めいた〈物語〉を小出しにすることで自分の世界へ引き込んでいったことにおいて、「先生」には責任があるともいえるが、「かぶれても構はない」という断言には、その責任を負う覚悟を読むこともできるだろう。

ところで、『心』上編に描かれた、若い「私」がこのような形で「先生」に「かぶれる」、または「恋」するという〈物語〉から、漱石とその門弟たちとの間に現実に生起していた事態を想起する読者は、現代でもいないことはないだろう。『心』発表当時であれば、この連想は多くの読者に共有されるところであったはずである。

二　漱石と弟子たちの「恋」

漱石山房と呼ばれた私邸に少なからぬ元学生らが出入りして一つの文学的集団をなしていたこと、やがてそれが会合を木曜に限定したことから「木曜会」の呼称も発生していたことは、当時から世間に知られるところだった。つまり『吾輩は猫である』（一九〇五〔明38〕年一月〜〇六年八月）の苦沙弥邸のサロンや『三四郎』（一九〇八〔明41〕年九〜十二月）に描かれた広田先生とその取り巻きの交遊関係がそこに再現されているらしい、という認識が読者公衆に共有されていたのである。してみれば、『心』上編を支配する「先生」と「私」の関係に、漱石その人と弟子との現実の関わりを連想する人が少なくなかったことは自然の成り行きである。

「作中の先生から遺書を与へられる青年は、私なぞはその当時から小宮君だと思つて読んでゐた」と回顧するのは、古参の弟子の一人、森田草平である。「おそらく当人自身もさういふ気がしてゐたらう。それほど同君は先生から愛されもすれば、信頼もされてゐたのである」[8]と。『三四郎』の主人公のモデルと見られた小宮豊隆が『心』の「私」にも擬せられるのは自然の流れでもあるだろう。小宮自身そのいずれについても、小説内のたとえば「先生」が「私」の下宿の窓の下へ来て名を呼ぶ場面など、現実にあったことと酷似する例を挙げてゆくほどで、そう見られることを決して厭うていない。[9]

それはそうだろう、「先生によつて纏められてゐた木曜会の世界は、五色の雲に包まれた、極楽浄土の世界だつた」[10]（傍点原文）とまで述懐する小宮は、大学時代に漱石先生の講義に出ても「兎角先生の顔を見てはぼんやりしてゐた学生」で、しまいには「どういう量見で君は俺の顔ばかり見てゐるのかと、私は先生から訊かれた事さへある」[11]というほどの熱愛者だった。『心』における「先生」と「私」の関係を構想する漱石の意識に特に小宮があったというのは、十分ありそうなことである。

さて、それではこの「恋」を身に受けた漱石その人の感情はどのようであったのか。「実際、三重吉や小宮君に対しては、先生の方でもいさゝか恋人に類するやうな愛情を持つてゐられた。特に最初の間はさうであつた」[12]と森田草平は別のところに書いている。この二人と並んで門下古参の三羽ガラスのようにも見られた草平であれば、「恋人に類するやうな愛情」の対象にあえて自分を入れなかったところには複雑な感情もからんでいるのだろうが、ともかくおそらくは同等に近い「愛情」を漱石から受けたであろう草平が、ここでそれを「恋人」的と明記していることは見逃せない。しかもそれが「特に最初の間はさうであつた」というのだから切ない。「最初の間」こそ燃え上がる「恋」の常がここにも観察されているわけだ。

漱石のこの種の「恋」の最も高揚した年が一九〇六（明39）年であった、というのが草平の見方である。この時期、漱石は「創作に熱中してゐられた時日の外は、全部弟子どもと共に生きてゐられた」[13]。この草平が、また講義で漱石の顔ばかり見ていた小宮が、文通や私邸訪問でじかに接し始めたこの年、この二人を大いに羨望させるニュースがあった。いちはやく鈴木三重吉の短篇小説「千鳥」

が漱石の激賞を受けて『ホトトギス』（五月）に掲載されたことである。三重吉はその前年、神経衰弱を患って大学を休学しており、自殺さえ考える苦悩の時期にあったのだが、『吾輩は猫である』第一回と「倫敦塔」（ともに一九〇五年一月）を読んで「殆ど全身の血が燃え上」るほど興奮し、「苦しい間でも夏目先生が片時も忘れられな」くなったという。

先生の学識と先生の人格との放射が、私が何処にゐても、いつでも私を吸引してゐるやうな気がしてゐた。私は先生に対しては宗教的といひ得る程に牽引されてゐた。（「上京当時の回想」(14)）

そこで三重吉は漱石に対しての「さういふ心持を細かく書い」た巻紙十間にもわたる長文の手紙を親友の中川芳太郎に送り、それが中川から漱石に渡ることになる。「僕の様な人間が学生の一人の頭脳を是程迄にオキユパイして居るとは」、「三重吉君は僕の事を毎日考へて神経衰弱を起した」ようだと漱石は大いに驚きかつ喜び、ただちに中川宛に長い手紙を書く。

僕が十七八の娘だつたら。すぐ様三重吉君の為に重き枕の床につくと云ふ物騒な事になるのだが〔中略〕

三重吉は僕を愛するとか敬ふとか云ふ外に僕は博学だとか文章家だとか良教授だとか云ふて居らん。そこで君の僕に対する親愛の情は全くパーソナルなので僕自身がすきなのだと愚考仕る。そこが甚だ他人と異なる所で且甚だ難有い所である。

（一九〇五〔明38〕年九月十一日）

三重吉はやがて「恰度自分の好きな役者の声色を使つて見るやうに」また「如何に貴方を尊敬してゐるかといふことを示すために」、処女作「『千鳥』を作つた」という。[15] したがってそれが「夏目先生の感化が漲つた作物である」[16] のは自他ともに許すところだが、もちろんその「感化」は模倣の域を超えて、文壇に新味をもたらしたがゆえに評価を受けたのである。

ところで、三重吉が愛を吐露したこの巻紙十間の手紙は、それが届いて二、三日のうちに、たまたま漱石邸に入った泥棒が「庭の隅で脱糞した際、用に供した」ことでも知られている。これを聞いた三重吉がいやな顔をしたことはもちろんだが、漱石も話が出るたびに「毎も苦い顔をして黙つてゐられた」[17]。笑い飛ばすことができないところに、愛の深さを読むべきか。

ところで、三羽ガラスより早く参入した一番弟子、寺田寅彦の存在を忘れてはいけない。この寺田や前出の中川を含め、漱石に慕い寄りかつ漱石もその愛に応えた年少者はおそらく十指を下らない。かつそのような関係を望んで新規参入しようとする者は後を絶たず、訪問客が多くなりすぎて漱石の執筆に支障が生じたために、三重吉の発案で面会を木曜に限定する「木曜会」が一九〇六年十月に発足する。ところがその後も、「木曜会」以外に自分だけのための面会日を設けてくれという駄々っ子的おねだりが、小宮のほか、松根東洋城からも発せられた。[18] その東洋城に宛てて漱石は書いている。

　僕の処へ来ないと来たいの、恋しいのと云ふ君は女の様だ。実は此間も僕におとつさんになつてくれといふ手紙が来た。是は恐縮だから断つた。

僕は是で男には大分ほれられる。女には容易に惚れられない。惚れた女があつても男らしく申し出ないからわからない。

僕にほれるものは大概は弟子である。

（一九〇六年十二月二十五日）

ついでながら「おとつさんになつてくれ」という依頼を断る手紙は、つい三日前に小宮に宛てて出されている。土居健郎のいわゆる「父転移」を小宮はたしかに起こした気配があるが、まだ四十前の漱石としては「おとつさん」にはぞっとしなかったということか。ともかく「大概は弟子」を相手にしての漱石のこの「ほれられ」方は、いささか尋常でないようにも見える。これほどに濃密に結ばれた師弟集団がこの時代にはよくあったのかといえば、決してそんなことはない。漱石死後、知己の一人であった長谷川如是閑に森田草平がそれを問うたところ、如是閑からからと笑い、「それあ君、あの時分だつてあれは特別だよ。あんな師弟の関係は昔だつてありやしない」といってまた笑い続けたという[19]。

この「特別」な師弟関係は、それでは、なぜ、いかにして成立したのだろうか。弟子たちにこれほど「ほれられる」漱石とは、一体なにものであるのか……。その「ほれられ」方も一様ではないようで、文章に滲む人格や学識に惹きつけられることから面会に至り、じかに接するやますますとりこになるという場合もあれば、小宮のように、むしろはじめから「顔」に吸引されてしまう例もある。

漱石の顔にはあばたがあった、などと言い出すなかれ。「あばたもえくぼ」というではないか。小男の部類ながら「そのくせ先生は大きく見えた」が、それは一つには「顔が大きく、顔の道具が大きかつたせゐ」だと小宮はいう。「眼は二重瞼の大きな眼」で、鼻も「高く、かつ大きかつた」。漱石の兄、直矩は道具立ては似ているものの「万事小作りに出来てゐ」るので「貧相に見えた」と余計なことまで書いている。[20] ともかく、漱石という人間の吸引力に、この大きな「顔」もあずかって力のあったことを否定する理由はない。

和辻哲郎も、漱石の「顔」あるいはその「表情」のもった大きな力について書いている。第一高等学校の生徒時代、廊下でよく目にしていた漱石は「たゞ峻厳な近寄り難い感じがし」て敬遠していたが、ある木曜日、ついにその門をくぐって対面すると「先生は優しくて人を吸ひつける様で」、「この印象は最後まで続いた」。いかに「峻厳」な表情の漱石に接する時にも、同時にその「温情を感じないではゐられなかつた」と。[21]

やはり遅れて参入した内田百閒は、一九一一（明44）年夏、たまたま岡山帰省中に明石で漱石の講演（「道楽と職業」）があると聞き、明石へ飛んで行ってそれを聴いた。話が進むと、「先生の子供の時分に、変な男が旗をかついで往来を歩きながら、『いたづら者はゐないかな』と云つて来るので、自分達を買ひに来たのではないかと心配した」という昔話が出たが、その際の「いたづら者はゐないかな」という一句の「尤もらしい口調」が十八年後の今も「耳の底に残つてゐる」。「講演が終わつた時は、本当に夢から醒めた様な気持」で、その直後には「こんな講演が又いつ聞かれる事か解らないと云ふ様な淋しい気持ち[22]」に囚われたという。

漱石の巧みな導きで、百閒は「夢」の世界に引き込まれていたのである。先行者たちがこぞって「吸引」「牽引」「吸ひつける」といった表現を用いていたのも、これに似た感覚に言葉を届かせようとしたものではなかったろうか。やがて漱石の激賞を受けることで弟子たちの羨望の的となる芥川龍之介の表現は、あるいはこの感覚の核心を言い当ててしまったものかもしれない。初対面ではやはり「すつかり固くなつてしま」い、今もその「精神硬化症」から抜け切れていないのだが、それは「つまり向うの肉体があんまりよすぎるので、丁度体格検査の時に僕の如く痩せた人間が、始終感ず可く余儀なくされるやうな圧迫を受ける」のだろう、と芥川は書いている。

現に僕は二三度行つて、何だか夏目さんにヒプノタイズされさうな、――たとへばだ、僕が小説を発表した場合に、もし夏目さんが悪いと云つたら、それがどんな傑作でも悪いと自分でも信じさうな、物騒な気がし出したから、この二三週間は行くのを見合せてゐる。

（「あの頃の自分の事」[23]）

「ヒプノタイズ」(hypnotize) とは催眠術師が相手を催眠にかける、その行為を指す動詞で、本書ではこののち度々これにふれてゆくことになる。催眠にかかった者は、施術者の言葉が発する指示的な言葉――それが「暗示」と呼ばれる――の拘束を受け、そこから自由になろうとしてもなれない。それを恐れて敬遠しているという芥川の判断は、さすがの明敏というべきか、ともかく一理はあるだろう。年少者たちを吸引する漱石の圧倒的な魅力には、このような一種、催眠術師めいた素因が含まれていたのではなかったろうか。

三　自滅に至る「感化」

『心』上編に展開される「先生」と「私」との関係と、漱石が弟子たちとの間に実際にもった関係との類似は、当の弟子たちばかりでなく当時の読者公衆の多くに認識されていた。その「漱石／先生」に抗いがたく吸引されていった「弟子／私」が、敬愛する師の影響を受けて変容してゆくとは、大いにありそうなことである。「先生」の奥さんが口にしていた「碌なかぶれ方をして下さらないのね」という評言はまさにその機微にふれるものだが、この言い方には、「碌なかぶれ方」とそうでない「かぶれ方」の区別が前提されている。奥さんに評された「私」の「かぶれ方」とは異なる「碌なかぶれ方」とは、それではどのようなものなのだろうか。

たとえば鈴木三重吉は、デビュー作「千鳥」について「夏目先生の感化が漲つた作物」と自認していたが、この「感化」などは「碌なかぶれ方」であったというべきなのだろうか。漱石その人は、その死に至る年（一九一六）に、「感化」を「模倣」と区別する文脈でこう語っている。

　他から受ける感化や影響は既に自分のものですから致し方ありませんが好んで他を真似るのは

文章の稽古にも何にもならないやうです自分の発達を害する許りだと思ひます。

（「文章初学者に与ふる十五名家の箴言」）

「感化や影響」はすでに「自分のもの」、言い換えれば「独立」的領域に属するものであって、「模倣」とは区別しなければならないという。「私」の「かぶれ方」に対する奥さんの批評には、それ未だ真の「感化」に達しない表層的な「模倣」だ、との諷喩が含まれていたのかもしれない。ともかくこの区別に関わる事例を、漱石山房周辺からいくつか取材しておこう。

一九〇六年夏、大学を卒業したばかりの森田草平は、何度目かに漱石宅を訪問すると、先客に寺田寅彦がいて話し込んでいた。傍らで話を聞いているうち、若い女性が茶菓を運んで来たのだが、このとき草平はまだ夫人とは対面していなかったため、もしこの人が奥さんならそのように挨拶しなければならないが、どうしようかと迷った。というのも、夫人は漱石より十歳若く、かつ夫が年より老けて見えるのと逆に実際より若く見える人であったし、また漱石夫人ともあろうお方が、自分のような貧乏学生風情に茶菓を呈してくれるということ自体が想定外だったというのである。

結局、寺田さんの態度を見て決めようと思いついたのだが、その寺田は「自分の前へ茶碗を出されても、『ふむ』といったように、首を一つ背後に反《そ》らしたばかり」だったので、自分も「やはりそのとおりに首を一つ背後に反らしておいた。もしこの寺田さんが茶碗を引っくり返したら、私もいっしょになって茶碗を引っくり返したかもしれない[24]」。

『吾輩は猫である』に出てくる寒月君のモデルとして、すでに知る人ぞ知る存在であった寺田寅彦は、二年後の『三四郎』には野々宮さんとして登場し、後年は文人的な理学博士として高名な東京帝大教授。一歳しか年の違わない漱石夫人へのこの態度にも、さすがと思わせるものがある。だが、ことによると寺田のこの態度も、森田が寺田のまねをしようとしたのと同様に、無意識的なものを含む広義の「まね」の一環として身についたものではなかったろうか。誰の？　たとえばご本尊、漱石先生の。

寺田自身が書いていたこととして、草平はこんな話を紹介している。漱石が英国留学から帰ったばかりの一九〇三（明36）年、夫人の実家に寄宿していたところへ寺田が訪問すると、やがて鮨が出た。しばらく突っついているうちに、漱石笑っていわく「さっきから見ていると、君は寿司を食うにもぼくのまねばかりしているじゃないか。ぼくが海苔巻を取ると、君も海苔巻を取る、ぼくが卵焼きを食うと、君も卵焼きを食う」。そういわれてはじめて寺田は、知らず知らずのうちに「やっぱり先生のまねをしていた」ことに気づいたというのである。(25)

驚くのは、漱石が十二年後の「断片65」（一九一五）の、互いに無関係と見える事例を箇条書きにした部分に「寺田の鮨の食方」と書きとめていることで、これがあの「食方」を指すことは寺田も認めている。(26)十二年にわたる潜伏を経て浮上したこの記憶が漱石に意味したところは不明だが、前後の文章に「アートと人格、人格の感化」「現象即実在、相体即絶対」「技巧は如何なる技巧でも駄目だ」「不自然は自然には勝てない」といった言葉が連ねられているところから憶測すれば、「寺田の鮨の食方」が「模倣」という「技巧《アート》」（『彼岸過迄』「須永の話」〔三十一〕に見られる表現）に発しながらすでに「感化」として「自然」化している、といったことであったかもしれない。

この問題が漱石にとって決して軽いものでなかったことは、『心』連載開始の四カ月ほど前に行った講演を「模倣と独立」と題したところからも知られる。(27) その導入部で漱石は「人間全体を代表する」特色として「第一に模倣と云ふことを挙げたい」という。かくいう「私も人の真似をして是まで大きくなつた」し、自分の子らも「非常に人の真似をする」。一歳違いの兄弟だが、「兄が小便がしたいと云へば、弟も小便をしたいと云ふ。夫は実にひどいものです」。つまりこれは「人間の殆ど本能なのであって、大人になっても大きな違いがないことは、森田が寺田をまねることで示したとおりだ。ただ、学問や芸術の世界では、当然これを脱却して「其人一人を代表」する「独立」、すなわち「はじめに」で紹介した談話にいう「独歩の乾坤」を獲得してゆく必要がある。

講演の主題は「独立」の方にあるので、「模倣」の問題がそれ以上深められることはなかったのだが、もしこのとき時間的余裕があって、「模倣」と「感化」との区別という主題に立ち入っていたとすれば、「寺田の鮨の食方」のような話も出たのかもしれない。「模倣」の「自然」化し「独立」したものが「感化」であるとすると、ところで、その変容は、そもそもどのような過程を経て成立するものなのだろうか。この談話の十年前、すなわち創作の時間以外は「全部弟子どもと共に生きて」いるとさえ見えた一九〇六年の「断片35Ｅ」に、漱石は「感化」をめぐって以下のような考察を書きつけている。

「感化」という現象は、何も「偉大ナ人」にかぎらず、普通の人との接触においても「微細ナ程度」において「始終起ツテ居ル」ことだ、とまず漱石は指摘する。つまりそれは、要するに「双方ノ呼吸ガ合フコト」あるいは「双方ノ近似スルコト」なのであって、たとえば接触する甲と乙とは、自分でも意識しないうちに互いに相手を「己レニ似タ者ニ変化サセ」ようと働きかけるものである。そしてその結果「双方ノ間ニ一種ノ調停的変形ガ出来ル」ことが「感化」なのだという。「此働キハ二十分、三十分ノ間ニモ起ル」ものであって、そのような「変形」は「本人自身ハ意識セズニ済ンデ仕舞フ」。だが、両者がいつも同じ程度に相手を「己レニ似タ者ニ変化サセ」るわけでないことはもちろんである。その「変化」力に差があるのは当然で、その力の「程度」が強ければ強いほど「人格ノ判然トシタ人」というのだ、と漱石は「人格」を規定する。これを前提として、甲と乙との「人格」にこの意味での強弱差がある場合に「感化」はどのような結果をもたらすかを、いくつかの場合に分類し、図まで描いて周到に分析してゆくのである。

ひやりとさせられるのは、その先である。すなわち甲と乙とが大きく性質を異にするばかりでなく、その「人格」の強弱差が大きいような場合は、世間に非常に多くあり、かつ「其場合ノアル者ハ全ク自滅ニ了ル」と漱石は書く。「気ノ毒デアル」が、「ソレガ其物ノ性質ダカラ仕方ガナイ」と。そしてこの悲劇の根源には、以下のような人間の本性があるという。

人間ノ心ノ根柢ニ働く大原動力ハカウデアル。――他人ヲ悉ク己レノ様ニシタイ。――其又奥ニヒソム原動力ニ曰ク、世間ガ己レト同ジ様ナ者ニナツタトキ自己ハ心丈夫デアル。ダカラ自己ヲ心丈夫ニスル為メニ人ハヨク自滅スルノデアル　（「断片35Ｅ」）

人の心の底には、他人を自分に似たものにしたいという「大原動力」がある。なぜなら、もしそうなれば「心丈夫」だという予断が潜在するから。そうだとすると、この種の人は「自己ヲ心丈夫ニスル為メニ」に「人格」の強弱差の大きな人から「感化」を受け、その結果として「自滅スル」、すなわち「自己ノ目的ト反対ノ結果ヲ来ス」というのである。

「感化」も下手をすると「自滅」に至る。彼に「吸ひつけ」られた誰かが「自滅」してゆくところを漱石は見たのだろうか。見なかったとしても、その可能性に意識的であったわけで、「断片35Ｅ」でいわれていた、「二十分、三十分ノ間ニモ」相手を「変形」してしまい、場合によっては彼を「自滅」に追いやることもありうる、その種の「人格ノ判然トシタ人」の一人として自分を意識していた可能性は高いというべきだろう。

さて、以上から次のようなことがいえそうである。漱石は、百閒が「夢」に導かれ、芥川が「ヒプノタイズされさう」になったほどにも、対面した人を「吸ひつけ」て自分の世界に引き入れてしまうような「人格」——顔や話術を含めて——の持ち主であり、またそのような「人格」が小説作法にも如実に反映している。すなわち人と人とが向かい合い、影響し「感化」し合う関係を背骨として物語世界が構築され、その関係の推移が物語を進展させてゆくという構造である。

四　謎をかける「先生」

『心』の「先生」が「私」に投げかける言葉のいくつかは「強いばかりでなく、寧ろ凄い言葉」として響くことがあったが、「事実を知らない私には同時に徹底しない言葉」となることもしばしばだった（三十三）。たとえば「私は男として何うしてもあなたに満足を与へられない人間なのです。それから、ある特別の事情があつて、猶更あなたに満足を与へられないでゐるのです」（十三）という発言などその典型で、そのような「徹底しない言葉」を作者はむしろ徹底的、組織的に繰り出すようでもあった。この種の物言いは、実はこの時が初めてではない。最初の例はおそらく、「先生」宅を訪問するようになって間もないころ、「私」が墓参りに「一所に伴《つ》れて行つて下さい」とせがみ、「先生」が「私はあなたに話す事の出来ないある理由があつて、他《ひと》と一所にあすこへ墓参りには行きたくないのです。自分の妻《さい》さへまだ伴れて行つた事がないのです」（六）と答えたところだろう。

現実的に考えれば、ほんとうに「話す事の出来ない」理由や事情があるのならば、それがあるということ自体も口にしない方が、聞き手の好奇心を刺激しないという意味で賢明なはずだし、「自分の妻さへまだ」云々はなおのことだろう。聞かされた方は、「話す事の出来ない」その理由が「妻」がらみであるところまで、知りたくなくても知らされてしまう。最高級の知性をもつはずの「先生」が繰り出すこの言動パターンは、不自然かつ異様なものというべきではないだろうか。

ともあれ、結果として「私は不思議に思」い、意識の上では「先生を研究する気」ではなかったけれども、訪問する足は「段々繁くな」る。そしてその「私」に対して「先生」の繰り返す言葉が「私は淋しい人間です」で、これも説明が与えられないために「頗る不得要領のもの」として「私」の脳裏に沈殿する（七）。あるいはまた奥さんも交えた会話で「子供は何時まで経《た》つたつて出来つこないよ」と言い放ち、「天罰だからさ」と高笑いする（八）。さらには「妻が考へてゐるやうな人間なら、私だつて斯んなに苦しんでゐやしない」と告げ（九）、「私達は最も幸福に生れた人間の一対であるべき筈です」と妙なところに強勢をつけて不審がらせる（十）。また「私のやうなものが世の中へ出て、口を利《き》いては済まない」と、「天罰」との呼応を思わせる卑下の言葉を繰り返す（十一）。

「恋は罪悪ですよ」云々の第一節に見た問答は、その後に出て来たものだったのである。「私」の言葉には耳を貸さず「恋は罪悪なんだから」と繰り返す「先生」は、「君、黒い長い髪で縛られた時の心持を知つてゐますか」などとまたぞろ謎めいたことを言い出し、さすがに「私」も「少し不愉快にな」る。「罪悪といふ意味をもつと判然《はつきり》云つて聞かして下さい」と要求すると、「先生」は「あなたを焦慮《ぢら》してゐた」と気づき、謝る。ところが、二人で少し歩くと、「先生」はまたつい「君は私が何故毎月雑司ヶ谷の墓地に埋つてゐる友人の墓へ参るのか知つてゐますか」と、回答不能と知れている問いをかけてしまい、「又悪い事を云つた。焦慮せるのが悪いと思つて、説明しやうとすると、其説明が又あなたを焦慮せるやうな結果になる」と半間な釈明を重ねる（十三）。

こんなふうだから、「とにかく恋は罪悪ですよ、よござんすか。さうして神聖なものですよ」と念を押されても「私には先生の話が益《ますます》解らなくな」るばかりだ（十三）。自分の秘密を真に探知されたくないなら、口を閉ざすか、さもなければいっそ交際を絶つかすればよいはずのところを、あえて、あるいはつい、口にし続けて混乱を増幅させる……。先生のこうした「不審」な言動に、連載第六回あたりから一週間以上にわたってほぼ毎日付き合わされた新聞読者は、どのようにこれを受けとめたのだろうか。

たとえば『夏目漱石』『続夏目漱石』（のち『漱石先生と私』と改題）を著した森田草平は、『心』の評釈には深く立ち入ることをせず、かつ上編にはふれていないといってよい(28)のだが、これを快く思わなかった気配がある。というのは、「先生」のそうした態度は、かつて平塚明《はる》子（のちのらいてう）と情死未遂事件（世にいう「煤煙事件」、一九〇八年）を起こした草平が事件直後に話した明子の言動を評して、漱石が浴びせた言葉――「悉く思はせ振りだ」――がそのまま当てはまるものとも見えるからである(29)。

禅の修行を通して禅問答的な発話が身についていたらしい平塚明子は、たとえば「私は女ぢやない」というような不可解な言葉を草平に投げかけ、説明を求めても応じないといった、奇嬌とも見える振る舞いを重ねたという。漱石はこれを「悉く思はせ振りだ」と一蹴し、それに草平は「衷心から不服であつた(30)」というが、師弟間のこの齟齬には〈謎〉というもののもつ性質がよく表出している。すなわち与える人と与えられる人との関係、解答への到達可能性、内容と文脈、時と場合、その他様々の条件次第で、それは抗いがたい力で人を「吸ひつけ」もすれば、逆にはねつけもするのである。

だが、その程度のことは、漱石先生、先刻ご承知だったはずだ。というのも、「煤煙事件」に先立つ漱石最初の新聞小説『虞美人草』（一九〇七〔明40〕年六〜十月）は、〈謎〉を一つのモチーフとし、かつそれについての考察をちりばめた哲学小説でもあった。女主人公藤尾の母は語り手によって「謎の女」とあだ名され、連載第十八回までで「謎」の語の使用はすでに二十回を超える。その『虞美人草』の連載が十数回進んだころ、小宮豊隆の問いに答えた葉書に、漱石はこう書いている。

あの謎は謎として解かない方が面白い。凡ての謎は解くと愛想が尽きるものである。神秘をやさしい言葉デ言ふと上品トナル　（一九〇七年七月十二日）

「あの謎」とは、おそらく第十四回（三の三）で「島田の謎」といわれているもので、甲野さんと宗近さんが泊まっている京都の旅館のどこかで琴を弾く、「島田」に結った「別嬪」をめぐる謎である。彼女については結局多くが明かされないまま終始しそうであることが、小宮には気にかかったのだろう。しかし、これはむしろ「解かない方が面白い」し、明かされないことによる「神秘」が「上品」ともなりうる場合だ、と漱石は教える。その正反対が「謎の女」の、はじめから底の割れた、「自分の思ふ事を他《ひと》に云はせる」（十の二）類の〈謎かけ〉であって、そこでは〈物語〉はむしろ直ちに閉じることを目的に開かれるのだから、人を深みに引き込む「神秘」性など薬にしたくもない、というわけである。

容易に解かれない禅問答的な〈謎かけ〉は、実は次章で検討するとおり『虞美人草』にもやがて現れるもので、「謎の女」への嫌悪をむき出しにした作者が、これとの対照を目的に出して見せた「上品」な〈謎〉なのかもしれない。ともあれ、開かれた〈物語〉としての〈謎〉をどう動かすかに小説家漱石の意識が注がれていたことは、これらから明らかで、このテーマが『心』においても方法意識の一部をなしていることは疑えない。

その結果として形を取った「先生」の〈謎かけ〉をどう受け取るかは、読者の趣味にもよるのだろうが、ともかくそれが、「謎の女」の場合とは比較にならない深さを伴って提出されていることは認められる。それはたしかに、たとえば「父母未生以前本来面目」(両親が生まれる以前におまえはどんな顔をしていたか)のような、およそ解答不可能と思われる問いをかけることで弟子の思考を解体しにかかる、禅師の姿勢に似ないでもない。

『心』の英訳者エドウィン・マクレランがこの作品について指摘した「寓話的な特質」(parable-like quality)[31]という印象も、「先生」と「私」との〈謎かけ〉的問答が大きく関与するものに違いない。というのも"parable"とは、同じく「寓話」と訳される"fable"より格段に宗教臭の強い語で、キリスト教圏で第一に連想されるのは、イエスが弟子たちに語りかける、多少とも常識転覆的である点で禅問答に通じないでもない譬え話だからである。たとえば「百匹の羊のうち一匹が迷ったら、九十九匹を山に置いて、一匹を探しに行かないだろうか」という問いは、残りの九十九匹も放置するわけには行かない以上、簡単に答えの出せるものではない。こうして容易に閉じられない〈物語〉が開かれ、〈謎〉として温められることが、宗教的啓示を導くこともあるという次第だ。

いずれにもせよ、「先生」が開く〈物語〉は、容易に閉じられない「寓話《パラブル》」の印象をも身に帯びて、大きく開いたその口に「私」を、またその道連れに読者を、吸い込む。その結果〈謎かけ〉的となってしまう「先生」の言葉は、しかしながら、自らの生涯の核心にある重要な何かを伝えたいという意志を隠しもつものであったことが下編で明らかになる。この意味でそれは「教育的」と呼びうるものに違いなく、場合によっては「宗教的」でさえありうる。とはいえ、〈謎かけ〉的な語りかけによって自らの〈物語〉の世界に引き込む運動のすべてを「教育的」と呼ぶことは不適切だろう。ただたんに自分の利益に都合のよい結果を導こうとするだけの「謎の女」的〈謎かけ〉もあるのだから。そこで、こうした運動を総称すべく、本書では〈勧誘〉の語を導入しよう。〈謎〉をかける者は、基本的に、他者を自らの〈物語〉に、あるいはそれに連動する環境に〈勧誘〉する者であり、他者がその〈勧誘〉になんらかの反応を示したとき、そこに〈勧誘的関係〉が発生することになる。

さて、人と人とが向かい合い、影響し「感化」し合う関係を背骨として物語世界が構築され、その関係の推移が物語を進展させるというのが漱石の長篇小説に反復される基本的な形式であるとすると、この〈勧誘的関係〉こそ、そのような形式に適合する劇的な動きの生起しやすい場にほかならない。実際それは人物関係の設定において漱石の愛用したところであり、そのような場に発生して活躍する鍵的な要素の一つが〈謎〉と呼ばれる事象であったといえる。漱石文学に特徴的なこうした構造を少しずつ明らかにしながら、その裏付けとなっている哲学を漱石がどのように獲得したかについて、探求を深めてゆくことが次章以下での主な仕事である。

第2章

勧誘する人々

一　赤シャツの勧誘──『坊っちゃん』

人が人に何らかの〈勧誘〉を行い、そこに〈謎〉が含まれてくる、という事態が漱石の小説の推進力となっている例は数多いが、初期の中・長篇からそれを挙げるなら、まず『坊っちゃん』（一九〇六〔明39〕年四月）ということになる。その「五」は、「赤シヤツ」とあだ名されている教頭から主人公「おれ」への、「君釣りに行きませんか」という〈勧誘〉の言葉に始まる。「さうですなあと少し進まない返事をした」ものの、巧みに誘導されるような形となって「おれ」は承諾し、赤シャツの太鼓持ちという役どころの「野だ」こと吉川を加えた三人で、学校帰りに出かけることになる。

こうして形成された〈勧誘的関係〉のなかで、〈謎〉が発せられる。船上で釣りをしながら、赤シャツと野だは、聞こえよがしの小声で、宿直室にバッタを入れられた数日前の事件（四）に言及し、そこに「又例の堀田が……」と固有名詞を挟む。しかるのち、赤シャツはおもむろに「生徒は君の来たのを大変歓迎して居るんだが、そこには色々な事情があつてね」といった、裏を匂わすような言葉を重ね始める。

「色々の事情た、どんな事情です」と「おれ」は突っ込むが、「夫が少し込み入つてるんだが、まあ段々分りますよ」「学校と云ふものは中々情実のあるもので、さう書生流に淡泊には行かないですからね」とのらりくらり。「おれ」がじれると、赤シャツは「さあ君はさう率直だから」、「そこで思はぬ辺から乗ぜられる事があるんです」と問題の核心ににじり寄る。「現に君の前任者がやられたんだから」と踏み込んだので、「誰れに」と問うと、「だれと指すと、其人の名誉に関係するから云へない」とまた逃げる。「どうか気を付けてくれ玉へ」。

「気をつけろつたつて、是より気の付け様はありません。わるい事をしなけりや好いんでせう」

赤シャツはホ、、、と笑つた。〔中略〕

「無論悪るい事をしなければ好いんですが、自分丈悪るい事をしなくつても、人の悪るいのが分らなくつちや、矢つ張りひどい目に逢ふでせう。世の中には磊落な様に見えても、淡泊な様に見えても、親切に下宿の世話なんかしてくれても、滅多に油断の出来ないのがありますから……。」

(五)

「親切に下宿の世話なんかしてくれ」た者は、先刻言及を受けていた堀田すなわち「山嵐」以外にないから、いかに愚直な「坊っちゃん」といえど、赤シャツのちらつかせてきた〈謎〉の解が、バッタ事件で「生徒を煽動」したのは山嵐だ、「よくない奴だから用心しろ」といったところだとは理解する。そして実際、「そんな裏表のある奴から、氷水でも奢つてもらつちや、おれの顔に関はる」という敵愾心が育まれるわけである。

こうして読者は、赤シャツから「おれ」への〈勧誘〉的働きかけの隠れた目的が、釣り以外のところ、すなわち「おれ」の心理に山嵐への反発を形成することにあったことを知るわけだが、そのようなものとしての彼の〈勧誘〉は、一応は成功裡に進展したものといえる。「一応は」というのは、この成功が実は危ういものだからで、この〈勧誘的関係〉に「おれ」が初めからあまり乗り気でなく、むしろ抵抗的でさえあったことも示唆するとおり、この関係はやがて破綻し、逆に山嵐との信頼関係の方が復活することで物語が結ばれてゆくことになるからである。したがって、赤シャツの思惑どおりに山嵐への反発を形成しつつあるときにも、「おれ」の赤シャツへの反感が消えているわけではない。釣りに行った翌日、赤シャツが寄ってきて「君昨日帰りがけに船の中で話した事は、秘密にしてくれ玉へ」と口止めをしたのに対しては、こう思う。

赤シャツも赤シャツだ。山嵐と名を指さないにしろ、あれ程推察の出来る謎をかけて置きながら、今更其謎を解いちや迷惑だとは教頭とも思へぬ無責任だ。元来ならおれが山嵐と戦争をはじめて鎬《[しのぎ]》を削つてる真中へ出て堂々とおれの肩を持つべきだ。夫でこそ一校の教頭で、赤シャツを着て居る主意も立つと云ふもんだ。（六）

ここには「おれ」の論理的な感性が端的に表示されている。その感性からするならば、他者を〈勧誘〉するにしても、自分が正しいと思うところを裏表なく表明しつつ行うべきなのであって、「謎をかけ」る類の——とりわけ十分に「推察の出来」、しかもあとで逃げを打つこともできる類の〈謎〉を繰り出す赤シャツのやり口のような——〈勧誘〉方法は、まったくもって受け入れがたい。
　この赤シャツが「天誅を加へ」られる（十一）ことが物語の大団円をなす。すなわち、いったんは成功するかに見えた赤シャツの〈勧誘〉は失敗に帰すわけだが、それは結局、〈勧誘〉の場となる彼と「おれ」との間に、たとえば『心』の「先生」と「私」との間に働いていたような吸引力が生じていなかったことに多くを負うている。そしてこの赤シャツのような、「謎をかけ」るタイプの〈勧誘者〉が失敗して罰せられる物語は、『坊っちゃん』で終息することなく、その後の漱石の小説で反復される一つのパターンとなる。その種の懲罰が最も露骨な形で表現された作品が、『坊っちゃん』の翌年、朝日新聞入社第一作として鋭意執筆された長篇『虞美人草』（一九〇七〔明40〕年六～十月）であった。

二　「謎の女」——『虞美人草』

　「謎の女」という形容から一般に理解されやすいのは、少なくとも現代では、その存在自体が謎である女といった意味だろう。ところが、『虞美人草』の「謎の女」はそうではない。彼女はたんに謎を繰り出す女という意味でそう呼ばれるのであって、存在自体になんら謎はない。少なくとも語り手はそのような者として扱っており、彼女の振る舞いを叙述する語りには、時として露骨な侮蔑と悪意が伴う。たとえば第十章はこう語り出される。

謎の女は宗近家へ乗り込んで来る。謎の女の居る所には波が山となり炭団《たどん》が水晶と光る。禅家では柳は緑花は紅と云ふ。あるひは雀はちゆ〳〵で烏はかあ〳〵とも云ふ。謎の女は烏をちゆ〳〵にして、雀をかあ〳〵にせねば已《や》まぬ。謎の女が生れてから、世界が急にごたくさになつた。謎の女は近づく人を鍋の中へ入れて、方寸の杉箸に交ぜ繰り返す。芋を以て自ら居るものでなければ、謎の女に近づいてはならぬ。謎の女は金剛石《ダイヤモンド》の様なものである。いやに光る。そして其光りの出所が分らぬ。右から見ると左に光る。左から見ると右に光る。雑多な光を雑多な面から反射して得意である。神楽の面には二十通り程ある。神楽の面を発明したものは謎の女である。――謎の女は宗近家へ乗り込んでくる。（十の一）

より具体的には、その「謎」は要するに、あの赤シャツも用いていた、十分に「推察の出来る」ものとして相手に与え、しかもあとで逃げを打つこともできるようにしておく類の姑息な鎌かけであって、前章でふれたとおり、「上品」な「神秘」からはほど遠い。この「謎の女」が、娘である「我の女」との絶妙の掛け合いで〈勧誘〉する対象は、小野さんという前途有為の文学士であり、その〈勧誘的関係〉が浮上するのは、第二章、小野さんが例の如く甲野家を訪ねて藤尾とシェイクスピアなどを談義していたところへ、帰宅した母が加わっての会話においてである。

その場で巧みに会話をすべらせて「宗近」の名を出した母は、「宗近と云へば、御前《おまい》さつきのものは何処《どこ》にあるのかい」と藤尾に水を向ける。「此所《こゝ》です」とばかりに藤尾が座布団の下から引き出した金鎖の先にあったのは、「柘榴石《ガーネット》の飾り」つきの豪奢な金時計。実はそれは、父が死ぬ前に宗近に対して、藤尾と一緒にでもよければこれを「御前に遣らう」といったとも伝えられる（八）、意味深い小道具である。金や紅の「奇麗な色」を光らせながら、小野さんの前へ移動してそのチョッキの胸に飾る。


「どうです」と藤尾が云ふ。

「成程善く似合ひますね」と御母《おっか》さんが云ふ。

「全体どうしたんです」と小野さんは烟に巻かれながら聞く。御母《おっか》さんはホヽヽと笑ふ。

「上げましやうか」と藤尾は流し目に聞いた。小野さんは黙つてゐる。

「ぢや、まあ、止しませう」と藤尾は再び立つて小野さんの胸から金時計を外《はず》して仕舞つた。

（二の六）


ここでかけられている「謎」も十分に「推察の出来る」ものであって、実際、こののち小野さんは、この金時計を藤尾ともどもいただく気になって、その方向へと動いてゆく。すなわち「自分の思ふ事を他に云はせる」（十の二）ために発せられる底の浅い「謎」に、出題者の期待どおりに乗ってみせることで、その人の〈勧誘〉を受け入れ、結びつきを強化することに合意したのである。

その小野さんの人格が作者の尊敬を受けておらず、もともと改悛に至るべきものとして造型されていたことは、物語の展開が如実に示している。たとえば大詰めに近い場面で遭遇した宗近さんと小野さんが歩きながら交わす会話は、それこそ容易に「推察の出来」ない、禅問答をも思わせる〈謎〉が交換される難解な部分だが、そこにも、小野さんが藤尾母子の安直な〈謎ゲーム〉の支配下に降ったことへの仄めかしが読まれる。

二人の知識人の会話は、小野さんが頼まれて買ったものという「紙屑籠」をめぐって、この小説に時折挟まれる、高級な連想遊びのようなものに発展してゆく。あまりに「精巧」で「紙屑を入れるのは勿体ない」ことから、いや「電車は人屑を一杯詰めて威張つて」いる、「すると君は屑籠の運転手」で、と次々に連想で飛躍してゆく会話は、二年前の短篇小説「一夜」に展開された「連句」的ゲーム（第10章参照）の反復とも読める。連想の果てに「滅多な屑は入れられない」という話になり、「歌反《ほ》古《ご》とか五車反古と云ふ様なものを入れちや、どうです」という小野に、宗近がこう応じる。

「そんなものは要《い》らない。紙幣の反古を沢山入れて貰ひたい」
「只の反古を入れて置いて、催眠術を掛けて貰ふ方が早さうだ」
「まづ人間の方で反古になる訳だな。乞ふ隗より始めよか。人間の反古なら催眠術を掛けなくても沢山ゐる。何故かう隗より始めたがるのかな」（十四の二）

小野さんがここで「催眠術」を持ち出したのは、この術にかかった者は「只の反古」を見ても施術者が「紙幣」だといえばそう信じてしまう、という事象を想起したからだが、それを受けた宗近さんの「人間の方で反古になる」という指摘は、小野さんの言葉をそのままに受けたものではなく、連想の発展とともにあえて意味をずらしたものである。つまり小野さんのいう「反古」は、あくまで被施術者の主観の異状から「紙幣」に見えてしまうところの対象を指していたのに対して、宗近さんはそれを「人間」すなわち主観の側へと転化している。その種の目をくらまされた「人間の反古」なら「催眠術を掛けなくても沢山ゐる」というのは、もちろん小野さんへの当てこすりである。

ところで、ここで『虞美人草』の世界に「催眠術」が呼び込まれたことは、実は、漱石テクスト全体を見渡す場合には、たんなる一挿話というにとどまらない、特別な意味を帯びてくる。時には人を「自滅」に至らしめる類の「感化」が、強い「人格」の持ち主によって行われてしまう場合についての漱石の考察を前章に見たが、その種の「感化」を実現する有力な「技巧《アート》」として「催眠術」があることも、前章でふれたとおりだからである。

三　白い眼の運動――『坑夫』

『虞美人草』終結から時を置くことわずか二カ月で、諸般の事情から急遽連載を開始された朝日入社第二作が『坑夫』（一九〇八〈明41〉年一～四月）であった。素材も趣向も文体もおよそ前作と懸け離れた感があり、しかも「さうしてみんな事実である。其の証拠には小説になつてゐないんでも分る」（九十六）というとぼけた一句で結ばれる反＝小説的な作品であって、『虞美人草』におけるような小説らしいプロットは仕組まれていない。その物語は実に単純で、東京を出奔して歩いて来た十九歳の「自分」（新聞初出では「僕」とも）が、途次出会う人に導かれて炭坑へと歩き、炭坑に入ってはさらにその奥へと進んでゆき、どん詰まりのようなところまで来て、やはりある人の言葉に従って引き返すことを決める、という単線的な運動に還元することができる。

何から何まで対照的なこの両作の間には、それでは何の共通点もなく、『虞美人草』から『坑夫』へと受け継がれたモチーフなど何一つなかったのだろうか。いや、ないはずはない。そもそも『虞美人草』のような複雑な小説を構想しうる作家が、いかににわか作りとはいえ、単純さを誇示するかのごとき『坑夫』にまで後退するというこの大きな振幅は、いかにも不自然なものである。「自分」の長距離移動という、それだけでは面白みを出しにくい物語を面白くする、少なくとも作者自身には面白いと思えるモチーフが胸中に温められていなかったはずはないだろう。その一つとして挙げられるのが〈勧誘〉の運動である。「自分」の移動はほとんど例外なく、その場その場で出会う他者からの〈勧誘〉に引き込まれることで成立しているのであり、読者の興味はともかく、作者の制作動機の焦点の一つがそこにあったことは明白のように思われる。

その明白さは、連載第一回の大半を第一の〈勧誘者〉である長蔵さんの描写に費やすところにも示されている。東京を出奔して歩いて来た「自分」が「掛茶屋」で出会う「袢天だか、どてらだか分らない着物を着た男」（傍点原文）がその長蔵さんだが、その描写は、「白眼の運動」に焦点化した特異なものである。こちらを見て笑ったかと思うと「真面目にな」った男の「白眼の運動が気に掛かる程の勢ひで僕の口から鼻、鼻から額とぢり〳〵頭の上へ登つて行く」。

　鳥打帽の廂を跨いで、脳天迄届いたと思ふ頃又白眼がぢり〳〵下へ降《さが》つて来た。今度は顔を素通りにして胸から臍のあたり迄来ると一寸《ちょっと》留《と》まつた。臍の所には蟇口がある。三十二銭這入つてゐる。白い眼は久留米絣の上から此の蟇口を覘《ねら》つた儘、木綿の兵児帯を乗り越してやつと股倉へ出た。〔中略〕白い眼は其の重たくなつてゐる所を、わざつと、ぢり〳〵見て、とう〳〵親指の痕が黒くついた俎下駄の台迄降りて行つた。　（二）

こう書くと、あたかも「長く一所《ひとところ》に立つてゐて、さあ御覧下さいと」見られ続けていたかのようだが、そうではないという。「白い眼の運動」は「ぢり〳〵」と「落附いてゐる」ものでありながら「それで滅法早い」。「世の中には妙な作用を持《もつ》てる眼があるものだと思つた位で」、実際には瞬時に終わったはずであるにもかかわらず「緩《ゆつ》くり見られ」てしまった感が強く、歩き出しても「変に腹が立つ」。

　第二回では、一応この「白い眼」を振り切って一人で歩いているのだが、前方は「焼き損《そく》なつた写真の様に曇つて」おり、「歩けば歩く程到底抜ける事の出来ない曇つた世界の中へ段々深く潜り込んで行く様な気がする」。思えばもともと「たゞ暗い所へ出ればいゝ。何でも暗い所へ行かなければならないと、只管《ひたすら》暗い所を目的《めあて》に歩き出した許《ばかり》である」と、心理の底部を探るかのような鬱然たる叙述が続く。同様の記述が第三回の半ばまで続いて、よく知られた「無性格論」の議論につなげられる。「白い眼」の長蔵さんが再び現れ、「自分」に〈勧誘〉の声を掛けるのは、ようやくそれが済んでからのことで、「御前さん、働く了見はないかね」の問いに「働いても善《い》いですが」と即答してしまうのは、第四回冒頭でのことになる。

ここまでの展開をどう読むべきだろうか。読者を引き込むという観点からすれば、第二、三回のいささか抽象的で難解な記述を長々と挟むことなく、第一回で一気に長蔵さんに〈勧誘〉を始めさせてしまう方がよかったのではないだろうか。もちろん『坊っちゃん』のようなスピーディな小説で人気を博した漱石であれば、その手腕がないわけではない。あえてまわりくどい導入方法を選んだことには、作者の構想から来る必然性があると考えるべきだろう。

すなわち「只管《ひたすら》暗い所を目的《めあて》に」、あるいは「死を目的《もくてき》に」さえ進みながら（二）、生きるための職業への〈勧誘〉を受けるや二つ返事で乗ってしまう、という「矛盾」にまず光を当てたいわけで、第三回でいささか倉卒に「無性格論」が論じられるのも、人間の意思や行動に関しては「矛盾は到る所に転がつてゐる」ものだ（三）という哲学への布石の意味がある。かくして「人間の居ない方へ行くべきものが、人間の方へ引き戻された」という「矛盾」を生きる「自分」は、長蔵さんの一連の振舞いについて「御粗末などてらだが非常に旨く自分の心理状態を利用した勧誘である」と感じ入ることになる（四）。

両者間に〈勧誘的関係〉が成立したことを、作者自ら「勧誘」の語の使用によって明示したわけである。こうして「自分」はこの関係成立の際に意識した「矛盾」をめぐって、折にふれて内省を深めてゆくことになる。たとえば「御前さん、汽車賃を持つて居なさるかい」と長蔵さんに問われて「はつと思つて、少なからず狼狽《うろたへ》」る、こうした経験の蓄積から、「仕舞には自分で一つの理論を立て」る（十五）。

> 病気に潜伏期がある如く、吾々の思想や、感情にも潜伏期がある。此《こ》の潜伏期の間には自分で其《そ》の思想を有《も》ちながら、其の感情に制せられながら、ちつとも自覚しない。又此の思想や感情が外界の因縁で意識の表面へ出てくる機会がないと、生涯其の思想や感情の支配を受けながら、自分は決してそんな影響を蒙《かうぶ》つた覚がないと主張する。其の証拠は此の通りと、どし〳〵反対の行為言動をして見せる。が其の行為言動が、傍《はた》から見ると矛盾になつてゐる。〔中略〕自分が前に云つた少女に苦しめられたのも、元はと云へば、矢つ張り此の潜伏者を自覚し得なかつたからである。此の正体の知れないものが、少しも自分の心を冒さない先に、劇薬でも注射して、悉く殺し尽す事が出来たなら、人間幾多の矛盾や、世上の幾多の不幸は起らずに済んだらうに。
>
> （十五）

この見地からすると、「御前さん、働く了見はないかね」の問いに「働いても善いですが」と即答させてしまった、長蔵さんの「勧誘」が「非常に旨」かったのは、人間のこの「矛盾」に巧みにつけ込み、「意識の表面へ出てくる機会がない」ままその下に潜んでいる「正体の知れない」「潜伏者」を浮上させる方向に働いたからであったといえるだろう。つまり同じく他者を自己の世界に誘い込む運動ではあっても、意識の下層にある「潜伏者」をおびき出すことによるこの〈勧誘〉は、「謎をかけ」てその回答の「推察」を通して引き込む、赤シャツや藤尾の母が得意としていた方法とはいささか異なるものといわなくてはならない。

それでは、〈謎かけ〉はしない長蔵さんの〈勧誘〉にあっては、何が成功の決め手となるのだろうか。これを考えるとき、第一回で長蔵さんの「白い眼の運動」があれほど執拗に追われていたことの必要性が見えてくる。意識下の「潜伏者」を浮上させる特殊な方法として当時の読者に思い当たるものといえば、まず、『虞美人草』で言及を受けていた「催眠術」が挙げられるが、後述するとおり、そこにおいて肝要の働きをなすものは「目」であり、相手をまず自分の目に見入らせるということがこの術の基本的な手続きの一つだからである。

四　謎と眼付と官能——『三四郎』

にわか作りの『坑夫』とは違って、前作終了から五カ月の間を取って制作された新聞連載第三作『三四郎』（一九〇八〈明41〉年九～十二月）は、新鮮な青春小説、あるいは日本最初の教養小説《ビルドゥングスロマン》として好評をもって迎えられた。その人気の何割かは、それまでの日本文学になかったタイプのヒロイン、美禰子の魅力に負うていたと思われるが、その美禰子は、平塚明子の「思はせ振り」めいた特異な言動を草平から聞かされた漱石の「何うだ、君が書かなければ、僕がさう云ふ女を書いて見せようか」[1]という冗談めかした宣言の後に構想された人物なのでもあって、主人公三四郎に対する〈勧誘者〉として造型されていることはあまりにも明らかである。

二人が初めて視線をからませるのは、大学構内の池のほとりを看護婦らしい女と二人でそぞろに歩いてきた美禰子が「三四郎から一間許《ばかり》での所へ来てひよいと留つ」て、看護婦と話し始める過程においてである。

「さう。実は生《な》つてゐないの」と云ひながら、仰向いた顔を元へ戻す、其拍子に三四郎を一目見た。三四郎は慥かに女の黒眼の動く刹那を意識した。其時色彩の感じは悉く消えて、何とも云へぬ或物に出逢つた。其或物は汽車の女に「あなたは度胸のない方ですね」と云はれた時の感じと何所《どこ》か似通つてゐる。三四郎は恐ろしくなつた。（二の四）

美禰子本人の意図は一応度外視して、三四郎の主観の側に立つならば、彼女の「黒眼」の動きを知覚することがその心理に特殊な現象を生起させる結果となっていることは、長蔵さんの「白眼」の場合と同様である。その瞬間、それまで美禰子の衣服について「只奇麗な色彩だ」などとたしかに感知していたところの「色彩の感じ」がなぜか失われ、代わりに「何とも云へぬ或物」が意識の焦点に来るのだが、この「或物」が喚起しているところの「汽車の女」が、美禰子に先立つ第一の〈勧誘者〉として小説の冒頭から登場していたことを、ここで想起しないわけには行かない。すなわちこのとき二人の女は同じカテゴリーに入ってしまったわけで、その結果、美禰子の言動は、本人の意図がどうであろうと、三四郎の主観にはことごとく〈勧誘〉的振る舞いとして感知される傾向をもつことになる。

　事情がそのようであれば、この直後の、三四郎の前を通り過ぎざまに「今迄嗅いで居た白い花を三四郎の前へ落して行」く（二の四）という美禰子の行為は、彼女の意識がどうあれ、それが三四郎の主観に〈勧誘〉として知覚されてしまうことは、心理的な必然である。そしてそれが〈勧誘〉と見なされれば、落とされた「白い花」が、「迷へる子《ストレイ、シープ》——解つて？」（五の九）のような「思はせ振り」とも見える言葉たちと同じく、〈謎〉としての機能を帯びることももちろんである。

　ここにおいて美禰子は、赤シャツや藤尾の母のような〈謎かけ〉タイプの〈勧誘者〉に近似するのだが、同時に「眼」の動きを使うという長蔵さん的〈勧誘〉の「技巧《アート》」をも取り入れているのであって、いわば総合的な〈勧誘者〉へと進化を遂げていることに注意すべきである。美禰子が「黒い眼を左《さ》も物憂さうに三四郎の額の上に据ゑ」たりすれば、たちまち三四郎はその「二重瞼に不可思議なある意味を認め」（五の七）、彼女が「瞳を定めて、三四郎を見」れば、即座に「其瞳の中に言葉よりも深き訴を認め」てしまう（八の十）。

　このような美禰子の〈勧誘〉は、いかにも華麗にして強力なものとして出現している点で、先行作におけるそれを大いに超える印象があるが、そのことは、彼女が先行する二つのタイプの〈勧誘〉法を兼ね備えているばかりでなく、そこに第三の要素が絡むことによっているだろう。そもそもなぜ、美禰子の眼の「或物」と「汽車の女」にいわれたことが「似通つてゐる」と気づくことで「三四郎は恐ろしくなつた」のか。そこにはもちろん、「汽車の女」の〈勧誘〉が、一つ風呂にも進んで入り、一つ布団で寝ることさえ厭わないという、明白に性的な側面を含むものであったことが関与している。つまり「度胸のない方」と彼女のなじるところの「度胸」は性的な場面でのそれを指しているのだから、美禰子の眼の動きが刹那に「汽車の女」の〈勧誘〉を喚起したという経緯は、その動きだけで十分に、三四郎の身体には性的なものとして感知されたということを示すはずである。

「三四郎の魂がふわつき出した」（四の一）というのが第四章冒頭の一句で、これ以降、その「ふわつき」が美禰子の〈勧誘〉的魅力に起因していることが折にふれて示されてゆくが、それらの深部には、それと意識されているか否かはともかくとして、性的な力動を見ないわけには行かない。たとえば与次郎らから三四郎を弁護する言葉を発した美禰子の「眼」を見た瞬間、その朝の、庭の「囲《かこひ》の中」に現れて「花」と見えた美禰子（四の十、十一）を想起する三四郎は、「自《おのづ》から酔つた心地である。けれども酔うて竦《すく》んだ心地である」（四の十五）という状態になる。「もし誰か来て、序《ついで》に美禰子を余所《よそ》から見ろと注意したら三四郎は驚いたに違ない。三四郎は余所《よそ》から美禰子を見る事が出来ない様な眼になつてゐる」という次第（十の二）。最も直截に性的な局面に切り込んだ表現の例としては、次の一節が挙げられよう。

オラプチユアス！　池の女の此時の眼付を形容するには是より外に言葉がない。何か訴へてゐる。艶なるあるものを訴へてゐる。さうして正しく官能に訴へてゐる。けれども官能の骨を透して髄に徹する訴へ方である。甘いものに堪え得る程度を超えて、烈しい刺激と変ずる訴へ方である。甘いと云はんよりは苦痛である。卑しく媚びるのとは無論違ふ。見られるものの方が是非媚びたくなる程に残酷な眼付である。

（四の十）

「オラプチユアス」(voluptuous) で「官能に訴へてゐる」とはいっても、視野に入っているのが美禰子の肢体全体であるわけではなく、あくまで「眼付」であることに留意しよう。もともと「美禰子の顔で尤も三四郎を驚かしたものは眼付と歯並《はならび》であ」り（六の九）、「黒い眼」の表情に吸引された三四郎の、その謎めいた動きに振り回される様はすでに見てきた。小説の終局近くで二人の〈勧誘的関係〉に生じる破綻も、「二重瞼の切れ目から男を見た」美禰子の「眼には暈《かさ》が被《かゝ》つてゐる様に思はれた」（十の七）と、その「眼」力が失われることによって示されるのである。

『虞美人草』の「謎の女」母子の血を引くとともに、『坑夫』の長蔵さんの「眼」力をも体得し、しかもその「眼付」で「官能に訴へ」る美禰子の〈勧誘〉力は、いかにも侮りがたい。甘さを超えて「苦痛」を生じながら、それでいて「見られるものの方が是非媚びたくなる程に残酷な眼付」……。その背後に、十九世紀末のヨーロッパ文学・美術を特徴づける「宿命の女《ファム・ファタル》」の意匠を読むのは、しごく妥当なことだろう。斯学の泰斗、マリオ・プラーツによれば、それは、世紀の前半に支配的であった「宿命の男《オム・ファタル》」の諸特徴を受け継ぐもので、「一度見たら忘れることのできない目」というのも、この意匠に反復される特徴の一つにほかならなかった。(2) してみれば、あの長蔵さんも「宿命の男《オム・ファタル》」のはしくれであったということか。

五 「謎の目」の魔力——鷗外の容喙

『三四郎』の出現に「技癢を感じた」(『ヰタ・セクスアリス』〔一九〇九〕での表現)森鷗外が、ある種の対抗心から『青年』(一九一〇〔明43〕〜一一)の創作に取りかかったとは、よく知られている挿話である。そもそも地方から東京へ出てきた大学生と都会的な美女との間に成立する〈勧誘的関係〉を軸に進展するという物語の枠組みからして、また細部でも主人公の名前を「小川三四郎」に対して「小泉純一」としたことなど、『三四郎』への対抗心をあえてむき出しにしていた次第だが、(3) さてその『青年』の出来はということになると、ついに未完のまま投げ出されたということもあって、『三四郎』を凌いだという評価はあまり聞かれない。それにしても、すでに名高い作家の身で「技癢を感じ」て挑戦した以上、なんらかの勝算はあったものと思われるが、その自信の拠り所はどのようなところにあったのだろうか。本節ではその問題に少々深入りすることを通して、漱石の立ち位置を明らかにしておこう。

ここでそのすべてを挙げてゆくことはできないが、一つ明瞭と見えるのは、『三四郎』における大学生と美女との〈勧誘的関係〉が、甘美な切なさをただよわせつつも爽やかさを保ち、深みに降りることはついにないまま推移したことへの不満であり、自分ならそれを、より写実的かつ深層にわたり、つまりは科学的な分析力をもって描いてみせる、という意識である。このような志向から取り組まれた作品であるならば、性的な局面への踏み込みという点で『青年』の大胆さが『三四郎』の比でないことも納得される。この視点から、『三四郎』への対抗心の感知される部分を、以下に抜き出してみよう。

三四郎を「酔うて竦《すく》んだ心地」にしてしまう美禰子の魅力を描き出す作者の筆が「眼」に焦点化されていることを見てきたが、この傾向は純一に対する坂井夫人においてさらにむき出しである。「切れ目の長い黒目勝の目に、有り余る媚がある」とされる夫人は、たまたま隣り合わせて観劇する「純一の顔を無遠慮に見て」いる。幕間になると、その「目は又純一の顔に注がれ」、ついには話しかけてくる。こうして〈勧誘的関係〉が成立するのだが、なぜか「純一には、声よりは目の閃きが強い印象を与へ」、「横着らしい笑《えみ》が目の底に潜んでゐて、口で言つてゐる詞とは、丸で別な表情をしてゐるやう」に感じられる。そして、言葉を交わし始めた純一は、普段「女の人に物を言ふのは、窮屈でならない」自分が、なぜ彼女とは「少しも窮屈に感じなかつた」のだろう、「それにあの奥さんは、妙な目の人だ。あの目の奥には何があるか知らん」という不思議な感覚に囚われる（九）[4]。

坂井夫人のこの「妙な目」はやがて「謎」の語に結びつけられる。劇場内を歩いていて、「parfum《パルフユウム》

の香がする」ので振り返ると「坂井の奥さんの謎の目に出合」い（九）、数日後の坂井邸訪問を純一の日記という形式で語る第十章では、夫人が現れるや「己は謎らしい目を再び見」る。そして話し始めるや「簡単で平凡な詞と矛盾してゐるやうな表情を再び此の女子《をんな》の目の中に見出し」、初対面時に受けたのと同様の、「口で言つてゐる詞」と目の表情とが一致しないような、「謎」めいた印象に浸されてゆく（十）。この「謎」と「目」とを連結する記述法は、「奥さんの謎の目は生きてゐる丈が違ふ」（十）、「又あの謎の目が見たくなることがありはすまいか」（十一）とその後も連発されて、いささかくどいほどのパターンとなる。

　このパターン化の狙いの一つは、「謎の目」に魅入られるたびに襲われる「なんだかもう少しあの目の魔力が働き出して来たかとさへ思はれる」（十一）という純一の身体感覚を、やがて浮上させるための布石である。夫人との「第三の会見」をやはり日記形式で語る第十五章では、二人きりになるや、夫人は「目を大きく睜《みは》つて己の顔をぢつと見て」「無意味な問を発する」のだが、その顔は「殆ど masque《マスク》 であ」り「仮面である」。にもかかわらず、大きな瞳の「奥にばかり何物かがある」と感じられる。「この目に丈ある唯一の表情が談話と合一」せず、「口は口の詞を語つて、目は目の詞を語る」。それが「謎の目を一層謎ならしめて、その持ち主を Sphynx《スフアンクス》 にする」……。

　奥さんの謎の目は伝染する。その謎の詞に己の目も応答しなくてはならなくなる。〔中略〕Une《ユヌ》 persuasion《ペルシユアジヨン》 puissante《ピユイッサント》 et《エエ》 chaleureuse《シヤリヨナリヨオズ》〔強力で蠱惑的な説得〕である。そして己の目は無慙に、抗抵なく此話に引き入れられて、同じ詞を語る。

席と席とは二三尺を隔てて、己の手を翳《かざ》してゐるのと、奥さんに閑却せられてゐるのと、二つの火鉢が中に置いてある。そして目は吸引し、霊は回抱する。一団の火炎が二人を裹《つゝ》んでしまふ。（十五）

このときの時間を「非常に長」くまた「苦痛の時間」と感じた純一には、それが夫人を知って以来「意識の下で絶え間なく、微に覚えて」きたところの「苦痛」であるとの自覚が生まれ、夫人を「敵として見」るにさえ至る。ところが、それにもかかわらず、日記の記述はこう進む。

突然なんの著明な動機もなく、なんの過渡もなしに。（此下日記の紙一枚引き裂きあり。）

その時己は奥さんの目の中《うち》の微笑が、凱歌を奏するやうな笑に変じてゐるのを見た。そして一たび断えた無意味な、余所《よそ》々〱しい対話が又続けられた。奥さんを敵とする己の感じは愈々強まつた。（十五）

「紙一枚引き裂き」が性的な交渉を示唆していることは明らかだろう。二人は「突然」「なんの過渡もなしに」その行為に入り、その結果、夫人の「目」は「凱歌を奏」し、彼女への純一の「敵」意はむしろ強化されたのである。両者間の〈勧誘的関係〉は、いよいよ奇怪な様相を呈してきた。夫人の「謎の目」に「吸引」されることを「苦痛」に感じ、彼女を敵視さえしながら、その「伝染」力によって「同じ詞を語る」衝動に抵抗できない。その結果としての性行為であれば、一方が勝利を、他方が敗北と敵意を抱くという成り行きも不可解ではないだろう。

さて、ここで問題にしたいのは、「純一」の名にも似合わぬこの特異な〈勧誘的関係〉を、鷗外がどこから発想したか、ということである。連載回数を重ねるにつれ、それは徐々に表に出てくる。第十九章の冒頭、純一が朝、目をさまして少ししてから「坂井の奥さんが箱根へ行く日だといふこと」を思い出すくだりでは、それまで背後に潜んでいたとおぼしい語彙が連発される。

> 誘はれた通りに、跡から行かうと、はつきり考へてゐるのではない。それが何より先きに思ひ出されたのは、奥さんに軽い程度の suggestion《サジエスシヨン》を受けてゐるからである。一体夫人の言語や挙動には suggestif《サジエスシイフ》な処があつて、夫人は半ば無意識にそれを利用して、寧ろ悪用して、人の意志を左右しようとする傾きがある。若し催眠術者になつたら、大いに成功する人かも知れない。
>
> （十九）

「謎の目」に収斂するようにして進められてきた坂井夫人の描写が、「催眠術者」の「目」に重ね合わせられたものであったことがここで明らかになる。そしてここで用いられた「suggestion《サジエスシヨン》」（もっとも『青年』でここまで連発されてきた横文字は一貫してフランス語なので、ここでのルビも「シュジェスチオン」というふうにするのが適切かと思われるが）すなわち「暗示」は、これなしに催眠術はありえないところの肝要の概念にほかならない。したがって、その形容詞形としての「suggestif《サジエスシイフ》」（対応する英

語は "suggestive"）も、ここでは、その用法の一つを構成する性的な〈勧誘〉や挑発よりは（そのニュアンスの可能性については次章参照）、催眠術上の「暗示」に言及したものと受け取るべきなのである。「謎の目」がもつ「伝染」し「吸引」する力、「霊」を「回抱」して「抗抵なく」「同じ詞を語」らせてしまう「魔力」……。この意匠が催眠術と無関係に構想されたわけではないことを、右の一節は自ら表明している。催眠術をめぐる諸現象に鷗外が強い関心と表現意欲をもっていたことは、実は『青年』着手前年の短篇「魔睡」（一九〇九）にすでに示されていたのだが、そこでも「目」の「魔力」が一つの焦点となっていた。

大川博士の美人妻は、診察所の磯貝医師から「へんな事」をされてしまったらしいと夫に告げる。該博な大川は、妻の話から「魔睡術」が使われたことを察知し、「磯貝は魔睡の間に奈何なる事をもサジエストすることを得たのであ」り、「細君は、自分が魔睡の間にサジエストせられて為《し》た事を、魔睡が醒めてからは覚えてゐる筈がない」と考える。

「魔睡術」は催眠術と同義で、十八年前の明治二十五年、まだ大学生だった漱石が翻訳「催眠術」（第7章参照）を発表した時点ですでに、語としては「催眠術」の方が一般的であった。したがって、すでにあまり用いられなくなっていたこの日本語をあえて用いたところには、もちろん鷗外の意図を読むべきである。「サジエスト」（suggest）というのもそうで、漱石の翻訳「催眠術」で "suggestion" を「提起法」と苦心訳した（次章および第7章参照）時代と違い、このころはすでに「暗示」が定着していた。すなわち磯貝医師は、たんなる「催眠」でなく「魔睡」をかけ、「暗示」よりは「サジエスト」をしにかかる人物だということになるが、この妻の話からすると、その「術」の要衝はたしかに「目」にある。

それにあの方はわたくしの手をさすりながら、わたくしの顔をぢいつと見て入らつしやいます。あの方の目を別段変つた目だとは、これ迄思つたことはございませんでしたが、今日に限つて何だか非道《ひど》く光つて恐ろしい目のやうに存ぜられましたのでございます。それでその目を見ないやうに致さうと存じましても、どうしても見ずにはゐられないやうな心持が致すのでございます。

この磯貝医師対大川夫人の関係を、男女ところを入れ替えて、坂井夫人対純一として再現する意図が『青年』の鷗外にあったことは明らかだろう。つまりこれらにおける〈勧誘的関係〉が催眠術における施術者と被施術者との関係に重ね合わされていることは、実に明白というほかないのである。

六　催眠術の時代

ところで、磯貝医師の動作を夫人から聞かされた大川の「記憶は忽ち Mesmer の名を呼び起」こすが、相手の目に「ぢいつと見」入るというこの方法、実はそのアントン・メスマーも得意とした(5)、斯界における常套手段にほかならない。一八世紀末のパリを震撼させ、メスメリズム（mesmerism）と呼ばれたその術は、やがてジェイムズ・ブレイドによって催眠術（hypnotism）と名付けられるものと実態は同一であり、したがって方法にも大差があるわけではない。たとえば漱石絶讃の哲学書『時間と自由』で催眠術に論及したベルクソンも、実は自身その実践家として実験報告の論文を書いているのだが（第6章参照）、そこでも被験者の目に見入るこの方法が用いられているし[6]、日本でも明治三十六、七年に堰を切ったように出回った関係書[7]の多くに紹介がある。要するに、この方法の狙いは、光る物体を凝視させることによって心身を疲労に導くところにある。とすれば、凝視の対象は必ずしも施術者の目である必要はないはずで、実際、明治二十五年に『心理応用 魔術と催眠術』を著した先駆的催眠術師、近藤嘉三は、三十七年の『催眠術独習』にこう書いている。

硝子の玉、鏡、電気の光などが催眠をさするに効力が多い事は少しく経験のある者の均しく認めて居る所で、リユーイ氏の如きは更に疲労を速《すみやか》にせしめんとて鏡を回転して被術者に注視せしめて施術した事さへあるでは無いか[8]、

この「リユーイ氏」とは、フランスの精神病理学者、ジュール・ベルナール・リュイス（Jules Bernard Luys）のことで、パリのサルペトリエール病院におけるジャン・マルタン・シャルコーの向うを張るようにして、同じパリのシャリテ病院で催眠術を利用した治療法で耳目を集めていた存在である[9]。実はすでにふれた漱石訳「催眠術」の原著者が槍玉に挙げた人物でもあるのだが、それはさてお

き（次章および第7章参照）、被施術者の凝視の対象は目でなくてかまわないことがこの実験でも示されている。事実、明治四十年の日本では「催眠凝視球」なる商品さえ販売されていたのであって、大日本催眠術協会発行の『催眠術治療教授案内書』巻末にその広告が見られる。「抑々医師が患者に接するに聴診器の必要あるが如く、催眠術家は被術者に接するに催眠凝視球を持たざるべからざるなり」と謳い、効能を箇条書きした上で「送料共金六拾銭」で同協会商務部から頒布するという[10]（図1）。

図1　「催眠凝視球」広告――大日本催眠術協会『催眠術治療教授案内書』巻末。

『坑夫』の長蔵さんの「白い眼」の動きが「自分」に一種の催眠効果をもつという経緯には、実はこのような背景がある。催眠術師のように相手に「ぢいつと見」入る目ではないとしても、相手がそれを凝視すれば、「硝子の玉、鏡、電気の光」あるいはリュイスの「回転」鏡と同じ効果をもつ可能性があるわけだ。

それはともかく、目を見させる場合、近藤嘉三の常套はこうであるという。

図 2　注視的催眠法の図――近藤嘉三『催眠術独習』

先づ被術者を坐せしむるか椅子に倚らしめて、可成《なるべく》心を落付かせて置いて、その眼睛を睨みながら、被術者をして術者の眼中を注視せしむるのである、斯様にして凡そ二三分も経たれば右手を以て被術者の頭部より顔面を撫づる様にする……手は無論被術者の顔面には接触させぬ、そう《ママ》すると被術者は瞬《みは》つて居た眼を撫つ《ママ》る手に従つて閉づる、これにて既に睡眠して居る、（『催眠術独習[11]』）

東京帝国大学助教授、福来友吉が明治三十九年に至って著した八百頁にわたる大著『催眠心理学』にも、「吾が国の古き催眠術家の中には、此の方法を使用せしもの多かりし」とあり[12]、この方法が広く流布していたことは間違いない。

さて、その福来著の序文で東京帝大教授、元良勇次郎も指摘するとおり、明治三十六年以降の催眠術ブームにはただならぬものがあった。「唯今催眠術は大人気で誰でも彼でも催眠術を口に称へ（中略）髯八時の先生は皆催眠術者かとの気持ちがする程」だが、そのうち「信用ある名あり実ある術者先生は誠に驚く計りの少数である」と注意した本もある[13]。『吾輩は猫である』第八章（一九〇六〈明

39）年一月）で、苦沙弥先生に試みた催眠術が「遂に不成功に了る」甘木先生など、この種の「誰でも彼でも」の一人として諷されているのかもしれない。

このような時代であったから、「術者の眼中を注視せしむる」という催眠術師の常套手段が、磯貝医師のみならず坂井夫人や美禰子のような一般人によって実践されていたとしても、怪しむに足りない。さきの『催眠術独習』や大久保一枝『ダレデモデキウル催眠術』（明37）、古屋鉄石『催眠術独稽古』（明38）のような通俗本から学んだということもありうるし、またそうでなくとも、習わずしてこの術を体得する人もままあることが知られている。その記録が古代からあることは漱石訳「催眠術」でもふれられているし、たとえばイエス＝キリストがその一人であったことが聖書の記述から推定されること(14)や、日本でも「空海行基親鸞日蓮などゝ云ふ名僧が唯一片の言語や動作に依りて能く病気を癒し未来を預言して的中せしめ」云々の事跡についても同様であるとの言説(15)が明治期すでになされている。思えばプラーツがその記念碑的大著『肉体と死と悪魔』の第一章を捧げた「ロマン派の美神」、あのメドゥーサ(16)にしても、その「目」を見るものを石に変えてしまうという神話は、「眼中を注視せしむる」ことで人を催眠状態に陥らせる術の使い手がギリシアの太古にもすでに存在したことを思わせずにいない。

この種の人物を現代に拾おうとする場合、ただちに挙げられるのが、実はヒトラーである。自らの「催眠術的な説得術」の使用を公言していたこの指導者が、しばしば「意識的にじっと見つめることによって相手に影響を及ぼそうとした」ことについては多くの証言がある。演説も夜遅くと決め、長時間の「眠りを誘うような講演」で「聴衆が意識朦朧となったときに最も重要なメッセージを持ち出す」というのが常套手段だったという[17]。これら強烈な「吸引」力を発揮した人物たちにあったものと同じ素因を、坂井夫人や美禰子が多少とも分有していたのである。とすれば、大きな目で青年たちを「吸ひつけ」、実際「ヒプノタイズされさうな」感さえ催さしめた男にそれを仮定することは、決して不自然ではない。いわく、漱石もまた「宿命の男」の一人ではなかったか、と。

さて、『青年』に戻れば、上述のような形でかすかに催眠術を匂わせる『三四郎』に対し、そう隠さないで見せてしまえよ、と皮をむいてしまうように、あるいはおもちゃ箱をひっくり返してしまうようにして好敵手に投げつけた作品がそれであった、という見方もできそうである。が、この打撃に漱石がたじろぐことはなかったろう。明治二十年代に遡る催眠術への着目の早さは医学者鷗外にそう引けを取るものではなかったはずだし、この術への深い関心は作家デビュー当初からそれとなく示されていた。すでに見た『吾輩は猫である』第八章のほか、『漾虚集』連作、とりわけ「琴のそら音」(一九〇五年六月。第5章で再説)にそれが顕著である。そこに現れる「有耶無耶道人」著『浮世心理講義録』にいわく、「狸が人を婆化《ばか》すと云ひやすけれど、何で狸が婆化しやせう。ありやみんな催眠術でげす」云々。漱石もなかなか侮れない狸だったのではないか。

第3章　暗示とは何か

一　吸引する謎――『夢十夜』

いったん開かれた〈物語〉が閉じられないことで生じる〈謎〉に、人は往々にして吸い寄せられ、その大きくあいたの口のなかへと危険も顧みず歩を進める。人間のこの奇妙なさがよく表出している作品に、『夢十夜』（一九〇八）の「第四夜」がある。白髭をありたけ生やしながら「顔中沢々《つやつや》して皺と云ふ程のものはどこにも見当らない」無時間的な「爺さん」が茶屋のようなところで酒を飲んでおり、家を尋ねられると「臍の奥だよ」と答える。行く先を問われて「あつち」と答え、「真直《まつすぐ》かい」ときかれて、まっすぐに歩いてゆく。「自分」も後からついてゆくと、爺さんは柳の下にいた三、四人の子供の前で「笑ひながら腰から浅黄の手拭を出し」、細長くよって地面に置く。それから肩にかけた箱から真鍮製の「飴屋の笛」を出し、「今に其の手拭が蛇になるから、見て居らう。見て居らう」と繰り返し、笛を吹きながら手拭の周囲を何遍も回る。子供たちと「自分」は懸命にそれを凝視するが、手拭は動かない。

やがて爺さんは笛をぴたりとやめ、「肩に掛けた箱の口を開けて、手拭の首を、ちよいと撮んで、ほつと放り込」み、「かうして置くと、箱の中で蛇になる。今に見せてやる。今に見せてやる」といい、またまっすぐに歩き出す。「自分は蛇が見たいから、細い道を何処迄も追《っ》いて行」く。「今になる。蛇になる」と唄いながら、ついに河の岸に出ると「爺さんはざぶ〳〵河の中へ這入り出」し、相変わらず唄いながら、どこまでもまっすぐに歩くので、ついに水没する。「自分は爺さんが向岸へ上がつた時に、蛇を見せるだらうと思つて」いつまでも待つが、爺さんはついに上がって来ない。

この「第四夜」を映画化した清水厚監督作品（オムニバス映画『ユメ十夜』〔二〇〇六〕の「第四夜」）では、爺さんについて行く子供の一人である少女が「だって、蛇になるとこ見たいんだもん！」とばかりに、「自分」に相当する男（ソウセキと呼ばれる）の制止を振り切り、ほかの子たちとともに水（ここでは海）に入って行ってしまう。そして、その海への飛行機墜落がこれに続くのは、彼女を含む子供たちの死を意味するものと、前後から解される。

原作者漱石がこれを見たと仮定しよう。「ふーむ」と腕組みし「そこまで行くかね」と唸ったかもしれない。つまり漱石がその一歩前でとどまったところの、子供たちの入水をあえて現実化することによって、大きく口をあけた〈物語〉の恐ろしさ、その「吸ひつける」力の魔力といったモチーフが映画では前景化している次第だが、それはおそらく漱石自身も、表現を望みこそすれ厭うところではなかったはずだからである。

すなわち「手拭が蛇になる」という開かれた〈物語〉は、ふんと無視して立ち去るには、子供にとっては魅力的すぎる。が、だからといって、その口中へと迂闊に歩を進めれば、水没した爺さんに付きあって「自滅」することになる。だから「自滅」を恐れる覚醒した大人であれば、うかうかとそんな〈物語〉に乗ることはない。が、それが子供だと、あるいは大人でも夢のなかだと、そうは事が進まない。提示された〈物語〉に追従することに抗う力がもともと弱い、あるいは一時的に微弱化されているからである。たとえば「第四夜」の前半で「真直《まつすぐ》かい」ときかれた爺さんがその通りまっすぐに歩いてゆくのも、この〈夢〉的力学にしたがっている。この特異な力学は、実は『夢十夜』のほぼ総体を貫く文法のようなもので、そのいかにも夢らしい印象を演出する仕掛けとして働いてもいる。

たとえば「第一夜」では、床についている女は血色がよく「到底死にさうには見えな」かったが、それでも女が「静かな声で、もう死にますと判然《はつきり》云」うと、「自分も確に是は死ぬなと思」う。極めつけは「第三夜」で、おぶっている眼の潰れた子供が「だつて鷺が鳴くぢやないか」と口にすると、「鷺が果たして二声程鳴」き、「何がつて、知つてるぢやないか」といわれると「何だか知つてる様な気がし出」す。


「御父《おとつ》さん、其の杉の根の所だつたね」

「うん、さうだ」と思はず答へて仕舞つた。

「文化五年辰年だらう」

成程文化五年辰年らしく思はれた。

「御前がおれを殺したのは今から丁度百年前《まへ》だね」
自分は此の言葉を聞くや否や、今から百年前《ぜん》文化五年の辰年のこんな闇の晩に、此の杉の根で、一人の盲目《めくら》を殺したと云ふ自覚が、忽然として頭の中に起つた。おれは人殺であつたんだなと始めて気が附いた途端に、背中の子が急に石地蔵の様に重くなつた。（第三夜）

この子供や「第一夜」の女、「第四夜」の爺さんと同様の開かれた〈物語〉、あるいは誘導的な〈謎かけ〉で人を吸引する〈勧誘者〉を他の回にも拾うなら、「第二夜」の和尚や「第五夜」の敵の大将、また「第六夜」で運慶を評する若い男などがそれに当たるし、その妖しい吸引力で男を死出の旅に誘い出す「第十夜」の女は、「第四夜」の爺さんに「官能」的な力を加味することでパワー・アップした美禰子的〈勧誘者〉とも見られよう。

総じて『夢十夜』の登場人物たちの身体と心の動きは、覚醒時ならおよそそうはならないであろうと思われる点で非現実的でありながら、夢のなかで生起することとしては大いに納得のゆく推移として読まれる。そのような推移の表現によって圧倒的な夢らしさの現出に成功した漱石は、連載終了の翌月（九月）に連載開始した『三四郎』の終幕近くでも広田先生に意味ありげな夢語りをさせ（十一）、さらに翌年の『永日小品』でも夢を思わせる作品をいくつか制作した。〈夢見〉という現象への漱石のこだわりは疑いを容れないところだが、それでは、その関心の淵源はどのようなところにあったのだろうか。

二　心の「明／暗」──フロイトとの接点

「真直《まつすぐ》かい」ときかれてまっすぐに歩いてゆき、「だつて鷺が鳴くぢやないか」といわれると「鷺が果たして二声程鳴」き、「御前がおれを殺したのは今から丁度百年前だね」といわれれば「一人の盲目《めくら》を殺したと云ふ自覚が、忽然として頭の中に起」こる。夢の心理のこの推移は、ところで、催眠術をかけられた者が、催眠術師から与えられた〈暗示〉に抵抗なく服従してしまう場合のそれに酷似している。この力学を諸々の〈勧誘〉に利用することは誰でも思いつきそうなところで、実際、催眠術がその種の悪用例に事欠かないことは、前章で鷗外の小説や催眠術師の著作に瞥見した。

やはり前章で見た『坑夫』では、長蔵さんの〈勧誘〉に即答したあとで「非常に旨く自分の心理状態を利用した勧誘」であったと「自分」は思う。そう思うのは、おそらくそれが意識下に「潜伏」する「正体の知れないもの」を浮上させることに成功したからで、その成功の一因に「白い眼の運動」の催眠効果もあったのだとすれば、長蔵さんの〈勧誘〉術には意図せざる催眠術が含まれていたことになる。

赤シャツや「謎の女」の場合はその種の効力を欠いていたわけだが、〈物語〉を開くことで〈謎〉に誘い込む運動が、時として人を意識の下層に導いて「正体の知れないもの」に出会わせる力をもつことは、『夢十夜』やその翌年の『永日小品』のいくつかの実験的小説（第10章参照）に見事な表現を見ている。さらに、この種の〈謎かけ〉と「眼の運動」を兼備した『三四郎』の美禰子がそれに付加したところの「官能」的魅力というものがまた、通常は意識しない「正体の知れないもの」に対面させてしまう魔力を秘めていること、思い当たる読者は少なくなかろう。

　これら諸々の〈勧誘〉に導かれ歩む漱石的〈被勧誘者〉たちは、ある時は〈勧誘者〉の思うつぼにはまる形で、またある時は道行きの途次で思いもかけない野つぼに落ち込むようにして、それまで親しんできた日常的世界とは異なる領域に入り込み、そこで「正体の知れないもの」に出会うことになる。すなわち『坑夫』の場合でいえば、長蔵さんの〈勧誘〉が結果的に「自分」に見せることになった、普段は「意識の表面へ出てくる機会がない」ところの「潜伏者」の領域がそれであり、それを垣間見た「自分」は、その時点で「心」というものを、「意識の表面」とその下部の「潜伏者」の世界という二つの領域から成るものと見なしているわけである。

　もっとも、「心」に二領域があるといっても、現実には一方が他方の上の空間を占めるというわけではない。ただ古来、人がこの種の二分感覚を空間的上下のイメージで表象してきたことは、たとえば「心の底」のような、漱石その人も愛用した慣用表現によく示されている。「心」のこの上下が『坑夫』ではまた「坑夫と云へば〔中略〕娑婆から下へ潜り込んで、暗い所で」働く「日の目を見ない家業」で「其の陰気が又何となく嬉しかつた」（十）云々と、現実の空間的上下と重ねられることで誇張されるようでもあり、それによって、前章に見た、長蔵さんがつけ込んだとされる「自分」の「矛盾」も見やすいものとなっている。つまりは「心」の上と下との「矛盾」である。

ところで、「心」のこうした二元性に起因する「矛盾」というテーマなら、もちろん『坑夫』に突発したわけではなく、漱石の小説の多くで実に多様な表現が試みられていったものであるに違いない。またそれに関して「自分で一つの理論を立てた」と「自分」が語る（十五）のは、作者がつい身を乗り出して自身を語ってしまったかのようでもあって、理論家として出発した漱石の面目がふと露出した部分と読める。心理学への強い関心が漱石に一貫していたことは改めていうまでもないが、たとえば『思ひ出す事など』（一九一〇）にはこんなくだりがある。

吾々の意識には敷居の様な境界線があつて、其線の下は暗く、其線の上は明らかであるとは現代の心理学者が一般に認識する議論の様に見えるし、又わが経験に照しても至極と思はれるが、〔下略〕（十七）

『坑夫』において「表面」と「潜伏」のイメージで表象されていた空間的上下が、ここでは「敷居の様な境界線」によってさらに明快に裁断されている。明るい「上」部と暗い「下」部、という二元的表象による「心」の把握は、漱石テクスト全般にほぼ一貫する前提的認識と見てよいが、漱石による文学化の試みをすでに見てきた〈催眠〉や〈夢見〉のような心理現象が、明るい「上」部よりは暗い「下」部を主な活動の場とするものであることは、もはやいうまでもないだろう。「心」の暗い「下」部の理解と表現。その成否にこそ漱石文学の試行は賭けられていたのではないか。

ここで、第1章で『心』を論じる際に援用した土居健郎の「転移」概念を思い起こそう。「私」にとって「先生」と父とが「その表面的な相違にも拘らず、彼の心理の深い所でつながっていること」が「転移」の前提として仮定されていた。「正体の知れない」何かと何かが、意識の統御を超えて結びついたり離れたりしているのが『坑夫』でいう「潜伏者」の世界なのだろうから、それは土居のいう「心理の深い所」と大きく重なるはずだ。そこでは、「意識の表面」ではつながらない「先生」と父とが「つながっている」。土居はこの「つながり」を介して成立するところの、たとえば父から「先生」への感情の「転移」を言挙げしたわけだが、そこではこれに似た「つながり」が自在に発生と消滅を繰り返しているに違いない。つまり「転移」はその「つながり」に対人的な背景のある場合だが、特にそのような背景をもつわけでもないちょっとした想念や感覚が、何らかの機縁で突然「つながり」また離れるという無数の事件が生起し続けているはずなのである。

ところで、「転移」の概念がフロイトに負うていることは土居も認めるとおりである。そして漱石の「転移」現象の描出の見事さに驚嘆する土居は、彼がこの語を知らなかったとしても、「概念は知っていた」とほとんど結論したいともいい、「漱石がフロイドの思想の影響を直接受けたということは考えにくいが、であるとすると尚更漱石が小説によってなしとげた自己洞察はフロイドのそれに匹敵するほど偉大である」との絶讃に及んでいる(1)。

フロイトとの関わりということでいえば、たしかに漱石がそのテクストを直接に読んだ形跡はなく、『思ひ出す事など』でいわれている「現代の心理学者」のうちにフロイトを数えることは難しいのだが、そこでおそらく第一に意識されているウィリアム・ジェイムズとフロイトとの近接性なら

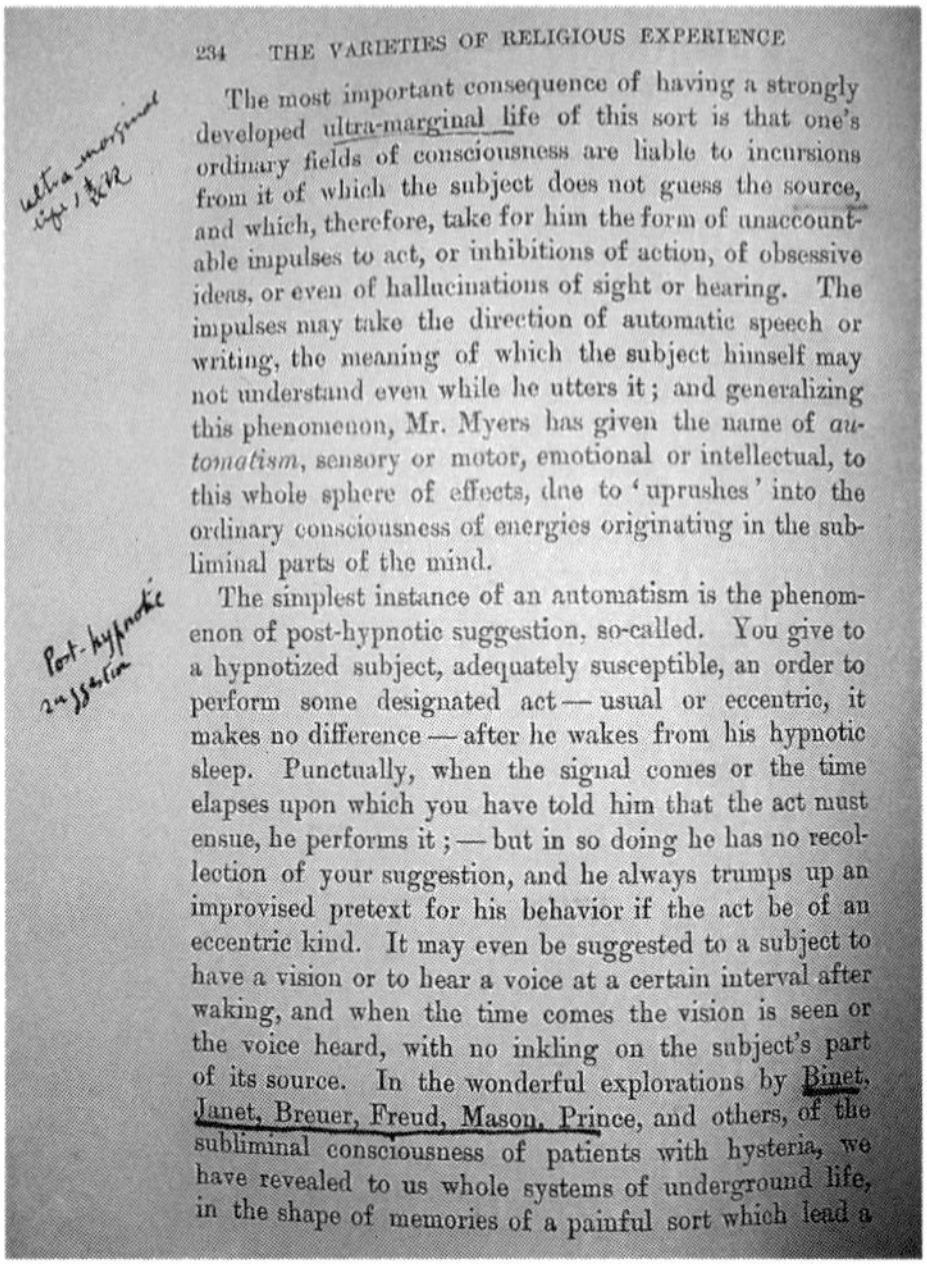

234 THE VARIETIES OF RELIGIOUS EXPERIENCE

The most important consequence of having a strongly developed ultra-marginal life of this sort is that one's ordinary fields of consciousness are liable to incursions from it of which the subject does not guess the source, and which, therefore, take for him the form of unaccountable impulses to act, or inhibitions of action, of obsessive ideas, or even of hallucinations of sight or hearing. The impulses may take the direction of automatic speech or writing, the meaning of which the subject himself may not understand even while he utters it; and generalizing this phenomenon, Mr. Myers has given the name of *automatism*, sensory or motor, emotional or intellectual, to this whole sphere of effects, due to 'uprushes' into the ordinary consciousness of energies originating in the subliminal parts of the mind.

The simplest instance of an automatism is the phenomenon of post-hypnotic suggestion, so-called. You give to a hypnotized subject, adequately susceptible, an order to perform some designated act — usual or eccentric, it makes no difference — after he wakes from his hypnotic sleep. Punctually, when the signal comes or the time elapses upon which you have told him that the act must ensue, he performs it; — but in so doing he has no recollection of your suggestion, and he always trumps up an improvised pretext for his behavior if the act be of an eccentric kind. It may even be suggested to a subject to have a vision or to hear a voice at a certain interval after waking, and when the time comes the vision is seen or the voice heard, with no inkling on the subject's part of its source. In the wonderful explorations by Binet, Janet, Breuer, Freud, Mason, Prince, and others, of the subliminal consciousness of patients with hysteria, we have revealed to us whole systems of underground life, in the shape of memories of a painful sort which lead a

図3　フロイトへの着目――ジェイムズ『宗教的経験の諸相』への下線

ば、言挙げすることができる。当代随一の心理学者と見られたジェイムズは、頭角を現しつつあったフロイトへの賞讃を惜しまず、死の前年にようやく実現した会見では、彼の肩を抱いて「心理学の将来は君達の仕事にあるのだ」とさえ口にした[2]。また晩年の著書『宗教的経験の諸相』(*The Varieties of Religious Experience*, 1902)では"post-hypnotic suggestion"(後催眠暗示)に関する最新の研究を紹介するくだりで、後にふれるジャネなど当時第一線の心理学者と並べてフロイトの名を挙げてもいるのだが[3]、漱石所蔵の同書には、その部分に下線が残されており、漱石がフロイトの名を記憶にとどめた可能性は小さくない(図3、著者撮影。以下、漱石蔵書の写真については断りのないかぎり同様)。

いずれにもせよ、『文学論』や『ノート』で、「識末」「辺端的意識」「margin of consciousness」などのジェイムズ経由と見られる術語を用いて記述されている領域が、『坑夫』で「潜伏者」云々の言葉で表現された世界に重なり、したがってまた『夢十夜』において〈夢見〉に仮託して表現された非日常的領域と別物ではないことは認められるだろう。とすれば、それがフロイトのいわゆる「無意識」とも重なると考えても間違いではないはずで、実際〈夢見〉をめぐる両者の考察は、表現方法こそ大きく異なれ、内容はきわめて近接していたといえそうなのである。

たとえばフロイトは初期の大著『夢判断』（一九〇〇）で、「夢は願望成就である」という基本命題を打ち出しつつ、それへの反証とも見える「不安の夢」や「処罰の夢」にも合理的説明を与えた。このいわば〈夢〉的二律背反が、『夢十夜』の表現課題の一つとなっていたことは明らかだろう。さらに二十年後のフロイトは、災害神経病者が「災害の情況」や「幼年期の心的外傷の想い出」など、見たくないはずのものを夢見てしまうというアポリアについて、もはやこれを「願望成就」の観点から見ることはできないとして、「反復強迫」の概念を導入することになる（『快原理の彼岸』[4]）。すなわち「過去の苦い体験を強迫的に反復」してしまう、なぜかそうせずにはいられない心の動きが「反復強迫」であり、『夢十夜』のいくつかにそのモチーフを読むことはむずかしくないが、土居健郎によれば、『道草』の主人公の過去の因縁に囚われた対人関係の持ち方もまた「転移であり反復強迫[5]」なのだという。

それにしても、「反復強迫」のあの抗いがたい強烈な力は何に由来するのか。この問いへのフロイトの回答は「暗示」概念に訴えるものである。いわく、「反復強迫は、精神分析の際には、忘却され抑圧されたものを呼び出したいという、『暗示』によって促進される欲望に支えられている[6]」と。フロイト的「無意識」はまさにこの「忘却され抑圧されたもの」の貯蔵庫であるはずだが、そこから何かを呼び出したいという欲求を促進するものが「暗示」だというのである。とすれば、「暗示」の語で意味するところに違いがないかぎり、精神分析の始祖と日本の小説家とは同じことを考えていたということになる。なにしろ「催眠術の娘」[7]の異名さえある精神分析は、フランス留学中のフロイトがパリのシャルコーやナンシーのイポリット・ベルネームのもとで学んだ催眠療法と「暗示」論を抜きにしてはありえなかった[8]とは、大方の認めるところでもある。

かくして、「暗示」と呼ばれるこの働きを催眠術に直結するものとして概念化していた点においても、漱石はフロイトへの近接を示すのであって、そのことを最も明瞭に証し出す理論的テクストが、『夢十夜』の前年に刊行されていた『文学論』、とりわけその第五編「集合的F」ということになる。

三　『文学論』第五編の「気焔」

「『文学論』で最も面白いのは、恐らく集合的意識を説いた第五編であらう。文章も最も立派で、雄健奔放、気焔当るへからざるものがある」とは登張竹風の時評である[9]。一九〇七年五月刊行の『文学論』は、そもそも漱石の東京帝大における講義「英文学概説」(一九〇三年九月〜〇五年六月)の原稿を受講生であった中川芳太郎に文章化させものだが、やがて中川の筆にあきたりなくなった漱石が、この秀才をあえて更迭し「最後の三分の一はまったく自分の手で書き改め[10]」る、という「はじめに」でもふれた経緯があった。まるまるこの「三分の一」に含まれる第五編は、この年四月の講演「文芸の哲学的基礎」（新聞連載は五～六月）で漱石自ら「御参考を願ひたい」（第四回）と宣伝に及んだ部分にほかならず、竹風も煽られたこの「気焔」の因子としては、漱石直筆の「立派」な文章というこ とのほかに、編の内容自体への強烈な自負を考えないわけにゆかない。それなくしては「気焔」も上がりようがなかったはずなのである。

その内容はというなら、「集合的F」という題のとおり、「集合意識」（国家などなんらかの共同体において複数個人が共有する意識）の推移という観点から文学を論ずることに主眼を置き、その推移を統べるものとして「暗示の法則」を言挙げしたところがまず根本的な特色であり、そこから導かれる「一時代に於る集合意識の播布は暗示の法則に由つて支配せらる」という視座に立脚して、文学を含む社会現象の一切に理論的説明を与えてゆく記述が主要なものである。上記引用に続いて、漱石は「暗示」をこう定義している。

暗示とは感覚と云はず、観念と云はず、意志と云はず、進んで複雑なる情操に至つて、甲の乙に伝播して之を踏襲せしむる一種の方法を云ふ。暗示法〔「暗示の法則」と同義〕の尤も強烈なる証明は被催眠者に於て之を見る事を得。彼等に向つて水を熱しと云へば、氷甌を抱いて、沸湯を盛るが如くに苦悶す。羽毛の軽きを掌上に載せて、其重からん事を暗示すれば、九鼎を支へて堪ゆる能はざるが如きの観をなす。

「被催眠者」にその水は熱いという「暗示」を与えれば、彼の「感覚」まで「之を踏襲」して、場合によっては現実に火傷の症状を生じてしまう。この驚異はピエール・ジャネによる一八八六年の実験以来、広く知られるところとなったもので（第6章参照）、日本でも前章に紹介した明治三十六年以降の催眠術書の多くに紹介がある。(11) まったく同じようにして、夢見る人にも「だつて鷺が鳴くぢやないか」と「暗示」を与えれば、その耳に鷺の声が聞こえてくるという形で「之を踏襲」するのである。夢におけるそのような経験は異常なことではないし、覚醒時にも似たことが起こってしまうことは、たとえば坂井夫人の「目の謎」に伝染した『青年』の「己」がなぜか「同じ詞を語」ってしまうことにも示されていた。つまりは程度の問題であって、「常態に住するの人亦往々にして此の如きの暗示を受くる」こと、要は、人は覚醒時も催眠時と同じく「暗示」を受けながら生きているのだ、というのがここでの主張である。

さらに、神経質な女性に麻酔剤投与のために仮面を被らせると、それだけで「未だ薬を致さゞるに既に昏睡の状に陥つて知覚を失」ったという医師の報告を引き、「是常人にして尤も暗示を受け易きものなり」としてこう続けている。

> Pascal曰く吾人他を呼んで愚人なりと云ふ事屢《しばしば》なれば、単に屢なる丈にて、他をして自己を愚人なりと思はしむるに足る。他をして吾は愚人なりと自己に告げしむる丈にて、自己を愚人

なりと信ぜしむるに足る。人は斯く造られたるものなりと。

以上は暗示の方法によつて想像世界に事実を創造せしむる特別の場合に過ぎずと雖ども、吾人をして暗示の意義を少しく布衍するを得せしむれば、日常の場合に於ける日常人も亦不断に暗示を受けて、其意識を変化しつゝありと云ふを妨げざるに似たり。（第二章）

このパスカルの例話がギュイヨーから引かれていることは第6章で詳説するが、ともかくここでは、催眠術における「暗示」の「意義を少しく布衍する」ならほぼ同じと見なしうる「暗示」が、覚醒時の通常人にも同様に働いて絶えず「其意識を変化」させている、との認識が明確に打ち出されている。

この認識を『思ひ出す事など』の言葉に翻訳すればこうなる。いわく、「心」の「明らか」な部分と「暗い」部分とが「敷居の様な境界線」で区切られているとして、「暗示」が圧倒的な力で人を動かすのは人がその「暗」部にあるときだが、「明」部にあるときも実はそれは隠微な効力を人に加えているのだ、と。後者においての効果をも「暗示」と呼ばんがために、「暗示の意義を少しく布衍する」との付言も加えられたのだが、このようにして「暗示」の語義を拡大してゆくことは、ひとり漱石の志向であったわけではなく、実は世界的な流れであった。

四　暗示の時代——十九世紀末の"suggestion"

ここで「暗示」とそれが対応するとされる欧語、"suggestion"（英・仏）、"Suggestion"（独）などについて、意味内容を可能なかぎり確定しておくのが便宜だろう。一八九二（明25）年の翻訳で漱石がこの英語を「提起法」と苦心訳していたことには前章でふれたが、その漱石の四年後のエッセイ「人生」（第5章参照）には「小説は一個の理窟を暗示するに過ぎざる以上は」云々とある。もちろんこの用例は、たとえば『西遊記』の第五十二回の題の一部に「如来暗示主人公」とあるのと同じく、たんに「暗に示す」という程度の意味で、催眠術的背景とは無縁だろう。古来のこの熟語にやがて、とりわけブームとなった明治三十六年以降はとみに、催眠術的"suggestion"につながるニュアンスが多少とも付随するようになったはずで、そこは日本語における「暗示」の語義に大きな変換あるいは拡充があったと見なくてはならない。

ただ"suggestion"の訳語がただちに「暗示」に決したかといえば、そうではなく、漱石訳「催眠術」を掲載した『哲学会雑誌』の二年前の記事[12]では「暗指《ソツヂエスシヨン》」という訳語も行われており、明治三十年代に入っても国家医学会が三十七年に刊行した『催眠術及ズッゲスチオン論集』の「例言」には「Suggestion《ズッゲスチオン》は、教唆（大澤博士）暗示（福来博士、塚原医士）推感（呉博士、三宅学士）等諸家各其訳語を異にし」とあって、学術的にはなお一本化しない状況を伝えている。とはいえ、前章にそのいくつかを見たこのころの催眠術関係書では「暗示」以外の訳語は見出しにくく、一般にはすでに「暗示」で決着していたものと見てよい。漱石としてももちろん「提起法」に固執する理由もなく、東京帝大での最初の講義（一九〇三〔明36〕年三〜六月）の筆記をまとめた『英文学形式論』（一九二四年刊）には「暗示《サツジエスシヨン》」とあるので、この講義ですでに「暗示」と発語していた可能性が高い。

ついでにいっておくと、明治期の催眠術関係書にルビがある場合、「暗示」は「あんじ」より「あんし」と読まれていることが多い。また後者の方が正統的と見なされたらしいことは、一九三二（昭7）年刊行の『大言海』でこの語が「あんじ」でなく「あんし」で項目化されていることが示しており、漱石その人もどうやらこちらを好んだことは、『明暗』の原稿に露呈している（次章参照）。

では、その「暗示」が対応を期待されたところの“suggestion”などの欧語はどうかというに、“suggest”または“sugger…”を語根にもつ一群の仏・英語は古くから多用されてきたものなのだが、十九世紀半ば以降の催眠術の隆盛と科学的解明に伴って、この術の中核にある作用を指す概念にこの語が当てられることで、その意味に大きな変動と拡大が生じたことに留意する必要がある。

つまり催眠術と内実を同じくする術なら古代からあって、前章でふれた「メスメリズム」もその一つであったわけだが、そこでは術をかける者からかけられる者へ「動物磁気」(animal magnetism) などと呼ばれる実体が伝達されるものと考えられた。現実にはそこに「磁気」のような実体が流れるわけではなく、被施術者の脳に何らかの変容が生じるにすぎないという科学的実相が、ブレイドによる新造語“hypnotism”の提案（一八四三）のころから徐々に伝播されてゆくことになるのだが、そのような脳の変容を惹起する施術者の働きかけを指す語として、この"suggestion"がもってこられたわけである。

"suggestion"と「暗示」が今日背負う意味内容は、この歴史的事情に多くを負うているのであって、十九世紀半ば以前の"suggest"系統の語群からは大きく様変わりしたものと見るべきである。たとえばシェイクスピアの"Disturbing Jealousy〔ellipsis〕Gives false alarms, suggesteth mutiny"(『ヴィーナスとアドニス』)、"When devils will the blackest sins put on, /They do suggest at first with heavenly shows"(『オセロ』第二幕第三場でのイアーゴの科白)のような例でも、要するに"mutiny"(暴動)や"sins"(罪)のような通常望ましくないとされるものへと人をそそのかすことをいうのであって、「催眠暗示」やそれに似た心理作用を表しているわけではない。

フロイトがフランスに学んだ一八八五〜八六年は、催眠術とその医学への応用が大いに世間の耳目を集めるとともに、フランス語の"suggestion"の語義も、右に瞥見したような大きな変容を遂げようとする時期であった。たとえば社会学者ガブリエル・タルドは一八九〇年に刊行した『模倣の法則』のなかで、「社会とは模倣であ」り「社会的状態とは催眠状態と同じく夢の一形式」であって、「暗示された観念を自発的なものと信じ込んでいるにすぎない」と主張したが、その中で、一八八四年にある論文を発表したとき「催眠暗示について語る者はまだほとんどいなかった」と注釈していた[13]。ところが、まさにその翌年あたりから、シャルコーらの活動や研究成果の伝播によって、「けっこう昔からある『暗示』という言葉が、自己暗示(autosuggestion)という言葉と並んで新たに時代の寵児となった」[14]のだという。すなわち約十年後に哲学者P＝フェリックス・トマが著した『暗示――その教育における役割』（一八九五）によれば、「*suggestion* という用語は、昔はほとんど悪い意味での閃きやそそのかし〔les inspirations mauvaises〕を指し示す場合にしか用いられなかったが、今日ではずっと語義を拡大した」[15]のである。

前節でふれたジャネの実験結果が驚き迎えられたのは一八八六年のことであったが、ウィリアム・ジェイムズによれば、この年こそ、ある種の人々が生きている「副意識的生活」（subconscious life）――「外＝周縁的」（extra-marginal）な記憶・思想・感情――の存在が発見された年として記憶されるべきであった。漱石所蔵の『宗教的経験の諸相』には、その「一八八六」に太い下線が引かれており、心をとめたことの証しとして残っている（図4）。さきにふれたジャネ、フロイトを含

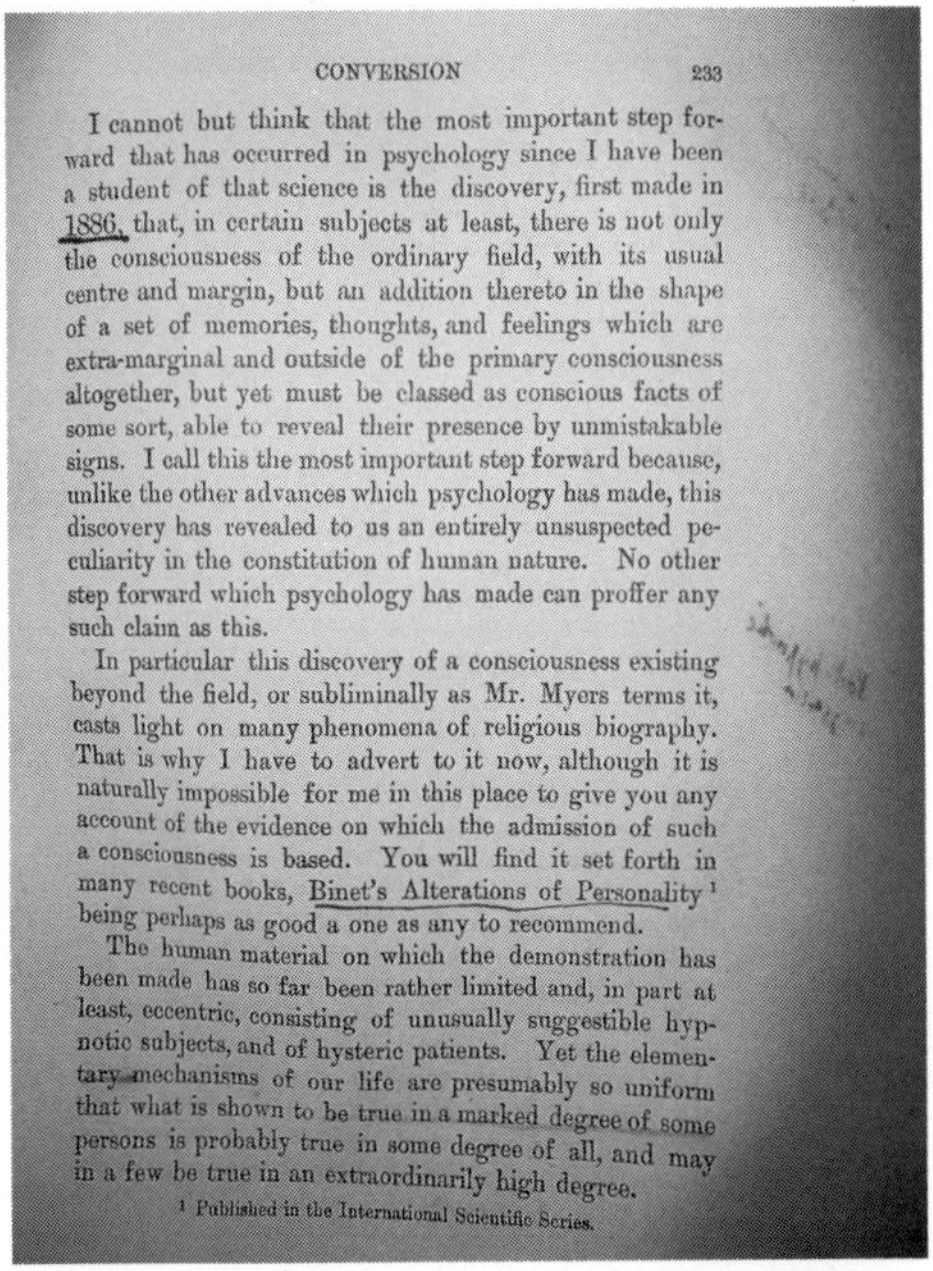
CONVERSION 233

I cannot but think that the most important step forward that has occurred in psychology since I have been a student of that science is the discovery, first made in 1886, that, in certain subjects at least, there is not only the consciousness of the ordinary field, with its usual centre and margin, but an addition thereto in the shape of a set of memories, thoughts, and feelings which are extra-marginal and outside of the primary consciousness altogether, but yet must be classed as conscious facts of some sort, able to reveal their presence by unmistakable signs. I call this the most important step forward because, unlike the other advances which psychology has made, this discovery has revealed to us an entirely unsuspected peculiarity in the constitution of human nature. No other step forward which psychology has made can proffer any such claim as this.

In particular this discovery of a consciousness existing beyond the field, or subliminally as Mr. Myers terms it, casts light on many phenomena of religious biography. That is why I have to advert to it now, although it is naturally impossible for me in this place to give you any account of the evidence on which the admission of such a consciousness is based. You will find it set forth in many recent books, Binet's Alterations of Personality[1] being perhaps as good a one as any to recommend.

The human material on which the demonstration has been made has so far been rather limited and, in part at least, eccentric, consisting of unusually suggestible hypnotic subjects, and of hysteric patients. Yet the elementary mechanisms of our life are presumably so uniform that what is shown to be true in a marked degree of some persons is probably true in some degree of all, and may in a few be true in an extraordinarily high degree.

[1] Published in the International Scientific Series.

図4 1886年への着目――ジェイムズ『宗教的経験の諸相』への下線

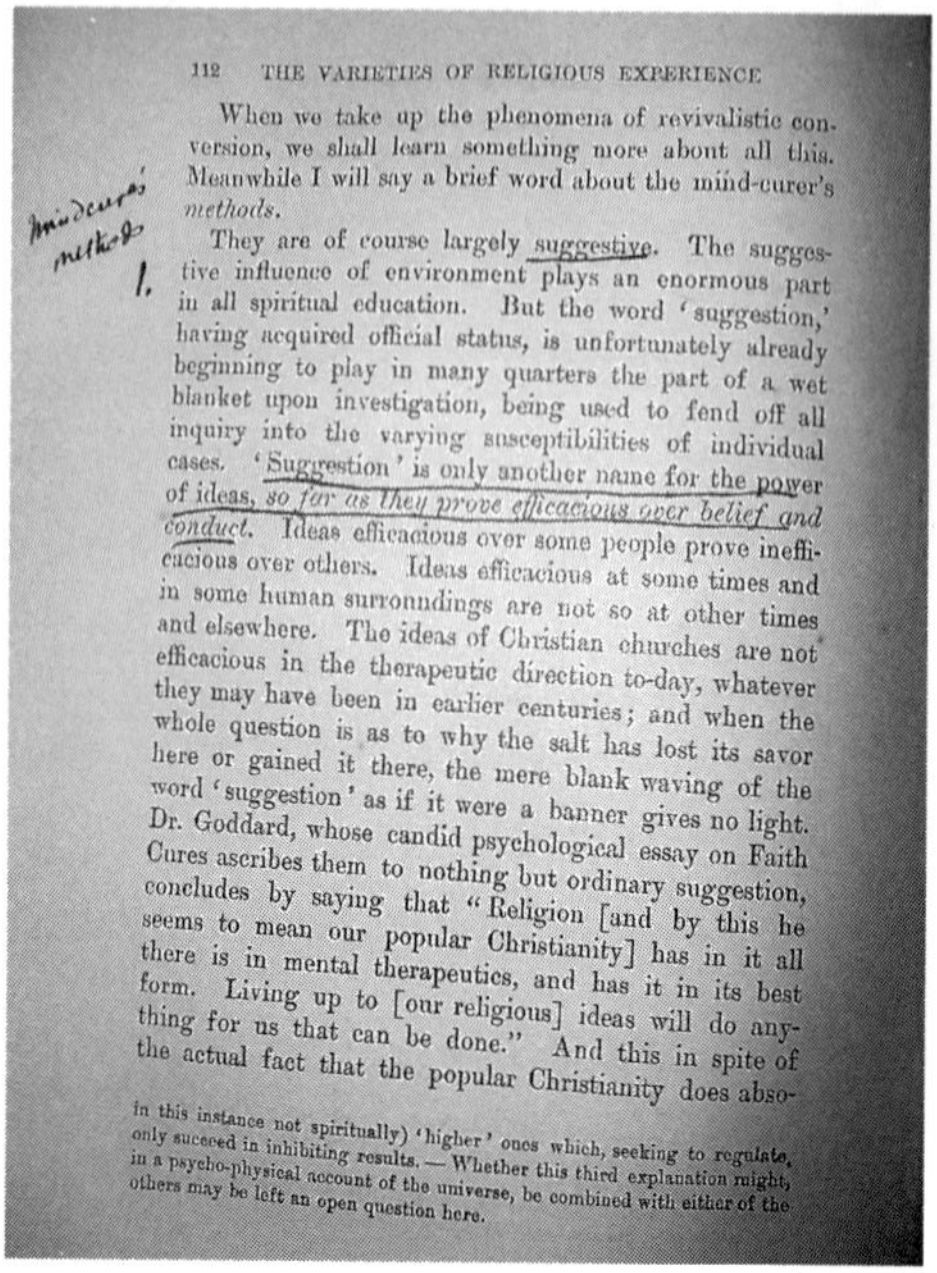

112 THE VARIETIES OF RELIGIOUS EXPERIENCE

When we take up the phenomena of revivalistic conversion, we shall learn something more about all this. Meanwhile I will say a brief word about the mind-curer's *methods*.

They are of course largely suggestive. The suggestive influence of environment plays an enormous part in all spiritual education. But the word 'suggestion,' having acquired official status, is unfortunately already beginning to play in many quarters the part of a wet blanket upon investigation, being used to fend off all inquiry into the varying susceptibilities of individual cases. 'Suggestion' is only another name for the power of ideas, *so far as they prove efficacious over belief and conduct.* Ideas efficacious over some people prove inefficacious over others. Ideas efficacious at some times and in some human surroundings are not so at other times and elsewhere. The ideas of Christian churches are not efficacious in the therapeutic direction to-day, whatever they may have been in earlier centuries; and when the whole question is as to why the salt has lost its savor here or gained it there, the mere blank waving of the word 'suggestion' as if it were a banner gives no light. Dr. Goddard, whose candid psychological essay on Faith Cures ascribes them to nothing but ordinary suggestion, concludes by saying that "Religion [and by this he seems to mean our popular Christianity] has in it all there is in mental therapeutics, and has it in its best form. Living up to [our religious] ideas will do anything for us that can be done." And this in spite of the actual fact that the popular Christianity does abso-

in this instance not spiritually) 'higher' ones which, seeking to regulate, only succeed in inhibiting results. — Whether this third explanation might, in a psycho-physical account of the universe, be combined with either of the others may be left an open question here.

図5 suggestion ハ idea ノ power ナリ——ジェイムズ『宗教的経験の諸相』への下線

む学者名の列挙はそのすぐ二頁後のことで、この前後のおびただしい下線や印づけの跡は、漱石の関心の強さを雄弁に語っている。

この「副意識的」あるいは「外＝周縁的」な領域の発見に“suggestion”が絡むことは、続く頁の記述からも明らかである。ジェイムズはこの語について、信念や行動に対して有効なものであれば、それは今や「たんに諸観念の力〔power of ideas〕の別名であるにすぎない(16)」とまで述べている。漱石所蔵の同書にはその部分に下線が残されており（図5）、『ノート』にも「suggestion ハ idea ノ power ナリ James *Rel. Ex.* p. 112」（「信仰ノ害〔文芸トノ関係〕」）とあって、力としての〈暗示〉に向けた漱石の理論構築との関わりを示している。

フランス語から英語へとただちに連動した“suggestion”の語義変動が、やがてドイツ語にも浸透したことはいうまでもない。ドイツ語の“Suggestion”は「意味がどんどん緩められ、より幅広く用いられる傾向にあり」、遠からず、「to suggest、suggestion」の語がドイツ語の"nahelegen"(容易に思いつかせる)や"Anregung"(示唆)の語に対応している英語の現状に接近し、「影響の行使であれば、どんなものでもを意味するようになりかねない」とは一九二一年におけるフロイトの言である(「集団心理学と自我分析[17]」)。

ともかくそのように流動する"suggestion"は、精神医学史家エレンベルガーによれば、それまで"imagination"(想像)の語が指していた領域全体を覆うに至って、十九世紀末にはすでに「あまりにもいい加減な使われ方をしたために意味を失ってしま[18]」ったとさえいう。だが、もちろん文字通りに「意味を失っ」たわけではなく、むしろ"suggest"語群が古くからしたがえてきた背景と催眠術的要因との結合が、妙に「いい加減」な意味効果を生むというような側面もあった。すなわち「この概念のもつ性的な意味合いを人は感じとっていて、そのためにこそ反感をかうことになった[19]」のである。つまりさきに見たイアーゴの言葉もまさにそうであったのだが、現代でも"suggestive"という形容詞の用法が顕著に示すとおり、"suggest"はもともと性的なニュアンスを帯びやすかった。催眠術はこの語群と結ばれることで性を連想させる度合いを強める結果となった次第で、前章に見た二作で鷗外が「サジエスト」、"suggestif"などと、あえて原語を残そうとしたことにも、この背景から遠ざかるまいとする意思を読むことができる。

さて、この鷗外の場合に典型的に見られたとおり、"suggestion"のこのような変転が文学に大きな影響をもったことは当然である。前出のP＝F・トマは、この語が「まったく単純な知覚から高貴な芸術的・社会的創造に至るまで、等しく」適用されるようになっているというドイツの心理学者シュミットクンツの指摘を援用しているが[20]、そのような「芸術的・社会的創造」にあって「暗示」の意義や効果を考察した芸術家の群れの一端に鷗外も、さらには次章で明確にするとおり、漱石も位置していたのである。

これらの芸術家の仕事のうち、渦中にある"suggest"語群を激しい揺れもろともに小説に取り込んだいちはやい例として、一八八六年のモーパッサン作品「オルラ」("Le Horla")、ついでユイスマンスの『彼方』(*Là-bas*, 1891)を挙げることができる。以下そのさわりだけ拾っておくが、「暗示」と訳すものの原語はすべて"suggest"系統の語である。「オルラ」では「存在は確認されながら今日まで説明されなかったあの暗示と呼ばれる影響力」、あるいは「磁気、催眠術、暗示……などと呼ばれる」「神秘的な意志の力」に支配された男が、「催眠術と暗示についての実験に伴う異常現象」を研究する学者に催眠術をかけられて「暗示に従わせられ[21]」る……。

催眠術が物語内の大きなトピックとなっていることは『彼方』も同じで、青髭伝説の素材となった十五世紀の異端者、ジル・ド・レーの「暗示」の術をめぐって交わされる論議の箇所をはじめ、"suggest"語群が随所に用いられている。また「たった十年前には、催眠術、すなわち人の魂を犯罪に導こうとして他の魂がそれを所有してしまう術など信じられなかった[22]」という、タルドの言葉に対応する証言も読まれる。

本書の観点からとりわけ興味深いのは、この両作ともに、サルペトリエール病院の実演講義で評判を取っているシャルコーが登場することで、『彼方』にはほかにベルネーム、リエボー、リエジョワらナンシー学派の学者たち、さらにはシャリテ病院のリュイスも実名で出てくる。そこでリュイスは「ある女に催眠術をかけておいて、その病気を別の女に移し」たり、「両足の麻痺した気の毒な娘」を「眠らせておいて、立ち上がれと命令[23]」したりといった治療法で大いにパリの耳目を集めている模様なのだが、そこに紛れ込んでいる詐術を告発しようとしたのが、第7章で詳しく見る漱石訳「催眠術」の原著だったということになる。

これらのように催眠術が小説の題材となった場合、そこに "suggest" 語群が現れることは、この時代以降、ほとんど約束事となったように思われる。コナン・ドイルの短篇「寄生体」(一八九四)はまさにこの術(多く "mesmerism" と呼ばれているが)の使い手が描かれる作品で、"suggest" 系の語は十回以上現れる。たとえば「催眠と、暗示の力とはお認めになるでしょう」、「暗示はといえば、私が暗示するどんなことでも、現在でも催眠から醒めた後でも、マーデン嬢は絶対確実に実行します[24]」というのだが、後者はいわゆる「後催眠暗示」(第7章参照)に言及したものである。

ところで、『彼方』の作家、ユイスマンスの影響力には、当時「ロランからグールモン、ワイルド、ダヌンツィオに至るデカダン派の散文作品のすべて」に及ぶ絶大なものがあったとされる[25]。しかるに、その影響の最も顕著な作品として挙げられるワイルドの『ドリアン・グレイの画像』(一八九一)とダンヌンツィオの『死の勝利』(一八九四)が、ともに漱石にかかっては「彼等は要するに気狂也[26]」と斬り捨てられることになるというのも興味深い展開ではある。「気狂」とはこの二作および森田草平『煤煙』（一九〇九）の主人公を指していわれたもので、彼らの思考経路が「解すべからざるもの」[27]とされるのは漱石的小説作法から来る必然であったかもしれない。ただ、その「解すべからざる」思考にまつわる言語表現の工夫に目をとめるなら、これら諸作の芸術的評価も可能だろう。

"suggest" 語群の導入もその一環で、「『あの岬だ！』突然、ジョルジョ・アウリスパに秘かな声が暗示した」（『死の勝利』[28]）、「彼は新しい様式の暗示だ」、「奇妙で、ほとんど現代的ともいうべきロマンスの暗示で彼の心を掻き乱し」、「その場面はそれなりによかった。なかなかの暗示だ」（『ドリアン・グレイの画像』[29]）など、「暗示」の語義の混乱・拡大という一般的状況なしには出現しなかったであろう新奇な表現として読まれよう。

ロシアも圏外にあったわけではない。たとえばチェーホフには「催眠術にかけようとするかのように相手の目に見入って念ずるが〔中略〕彼はその暗示にかからず」（「退屈な話」[30]一八八九）とか、「恋愛沙汰、とりわけ結婚の場合には、暗示が大きな役割を果たします」（「箱に入った男」[31]一八九八）といった表現が見られる。

このほか、「暗示」の語を多用するばかりでなく、作品のキー・コンセプトにまで祭り上げた特筆すべき小説として、少し時代は下るが、日本から鈴木善太郎「暗示」[32]（一九一八）、ドイツからトーマス・マンの名作「マリオと魔術師」（一九三〇）を呼び出すことができるだろう。

五　主語のない暗示——『硝子戸の中』

「甲の乙に伝播して之を踏襲せしむる一種の方法」というのが『文学論』における「暗示」の定義だった。「踏襲」とはなかなかうまい表現であったわけで、『模倣の法則』の著者タルドも、もし「模倣」でなく「踏襲」に近い術語を採用していれば「模倣という名詞が適しない事実をしばしば模倣と呼んだ」[33]との非難を受けずにすんだのかもしれない。現にフロイトも、前出「集団心理学と自我分析」（一九二一）の「暗示」の本質を考察した部分で、タルドはそれを「模倣」というけれども、「模倣は暗示の概念に含まれるもので、要するにその帰結だ」とする説の方が正しいと述べている。[34]つまり一般に「模倣」と見られる行為を含めて、「暗示」の結果として生ずる、「暗示」の意図あるいは方向づけに沿う形の動きを総称して、漱石は賢明にも「踏襲」と呼んだのだといえる。

このタルド批判に続けてフロイトは、ル・ボンのいう「威信」も「暗示をよび起こす作用のうちにのみ現われる」のだし、マクドゥーガルの「情緒の一時的感応」の議論も「暗示性」に還元しうるとして、つまるところ「暗示」こそは「人間の心の生活の、それ以上何ものにも還元不可能な根源現象、基本事実である」というベルネームの主張に限りなく接近してみせる。が、完全に一致することはなく、すでにふれた「暗示」の語義拡大の問題にも言及しつつ、こう留保している。すなわち「暗示の本質」は「十分な論理的根拠づけなしに影響の行使が起こる条件」であり、それは解明されるには至っていない[35]と。

つまり「論理的根拠づけ」もなく起こってしまう「影響の行使」というところに「暗示の本質」が見すえられていたわけで、前出のP＝F・トマによる「暗示」の定義もこれに重なる。

> その真の動機〔理由〕がわれわれの意識を逃れてしまうところの、そして大なり小なりの力をもってひとりでに実現してしまう傾向のある、所信の閃き。（『暗示』[36]）

つまりそれは、「十分な論理的根拠づけ」も「真の動機」も意識されないにもかかわらず、なぜか「ひとりでに実現してしまう」潜勢力をもつ「閃き」(inspiration) なのであって、誰がする〈暗示〉か、という主語の所在はここではもはや問題になっていない。催眠下において受けてしまう〈暗示〉はまさにそのようなものであるし、〈夢見〉におけるそれも同様であることは『夢十夜』連作のモチーフの一つとなっていた。思えば「はじめに」で紹介した漱石流読書法でも、たとえばカントを読むにしてもその文章から「一個の或暗示を得来らざれば、吾人終《つい》にカントの思想以外に独歩の乾坤を見出すこと能は」ずと力説されていたのだが、そのようにして得られた「暗示」がカントの意図したところと相違する可能性が許容されていることは、文面から明らかだ。つまりその主語は不在であってかまわないのである。

このようにして、主語が見えず、したがって動機も根拠も不明な「影響の行使」あるいは「所信の閃き」としての「暗示」が理論家漱石の関心を領していたことは、疑いようのないところである。ただこの語自体が彼の小説に入り込んでくる時期は意外に遅く、『心』と『明暗』を待たねばならないのだが、この二作、とりわけ『明暗』の七例における使用が強固な方法意識に貫かれていることは次章に詳説するとおりで、その光景は、満を持しての主役の登場のようにさえ映る。

『明暗』の直前に書かれた『硝子戸《がらすど》の中《うち》』（一九一五）には、その前哨とも見える「暗示」の使用例があるが、それもやはり、主語も根拠も見えない「所信の閃き」として読まれる。皮膚病で毛の抜けた家の黒猫を案じているうちに、自分の方が「病気でどつと寐《ね》てしま」い、ようやく起き出すと「彼の醜い赤裸の皮膚に故のやうな黒い毛が生へかゝつてゐ」る。

「おや癒《なほ》るのかしら」

私は退屈な病後の眼を絶えず彼の上に注いでゐた。すると私の衰弱が段々回復するにつれて、彼の毛も段々濃くなつて来た。それが平生の通りになると、今度は以前より肥え始めた。

私は自分の病気の経過と彼の病気の経過とを比較して見て、時々其所《そこ》に何かの因縁があるやうな暗示を受ける。さうしてすぐ其後から馬鹿らしいと思つて微笑する。猫の方では唯にやく〳〵鳴く許《ばかり》だから、何んな心持でゐるのか私には丸で解らない。（二十八）

このようにして、時には「馬鹿らしい」と客観視しながらも、なお人は根拠のない「所信の閃き」による「影響の行使」を受けながら生きている。

語としての「暗示」の導入は後期の作品を待たねばならないとしても、おそらくは漱石の意識においてそれと同定されていたに違いない概念としての〈暗示〉についていうなら、その様々な応用が、『坊っちゃん』から『夢十夜』まで、外観の異なる多様な作品に伏在していること、またそれらの一つ一つが堅固な理論的認識に裏付けられていたという事実が、今や深い霧の中から徐々に姿を現しつつあるのではないか。漱石テクストを総体として読むとき、理論構築と芸術的創作とを、いわば地続きに言語化した観のあることに、異色というを超えて希有の感さえ覚える。このような意味での漱石の特異性を残りなく露呈させるという本書の目標に向けて、次章では『心』と『明暗』に現れる「暗示」をつぶさに見てゆこう。

第4章

『心』と『明暗』

一　暗示し合う友達――Kと「私」

漱石による「暗示」の語の使用例は少なくないが、そのほとんどは『文学論』をはじめとする理論的テクストにおけるものであって、『漱石全集』「総索引」に拠るかぎり、小説では『心』の二例と『明暗』の七例がすべてである。計九例のすべてについて、以下順次、その深層を読み込んでみよう。まずは『心』。下編の「私」、すなわち上編で「先生」と呼ばれていた人が、親友Kの死体を発見する直前の場面。

見ると、何時《いつ》も立て切つてあるKと私の室《へや》との仕切の襖が、此間の晩と同じ位開《あ》いてゐます。けれども此間のやうに、Kの黒い姿は其所《そこ》には立つてゐません。私は暗示を受けた人のやうに、床《とこ》の上に肱を突いて起き上りながら、屹《きつ》とKの室を覗きました。　（四十八）

「床の上に肱を突いて起き上」るという動作がなぜ「暗示を受けた人のやう」と比喩されるのか、催眠術的背景を抜きにしては理解されない。すなわちこの「暗示」は「催眠暗示」以外ではなく、読者に連想が期待されているのは、催眠術にかかった人が、「さあ、あなたは起き上がります」というような催眠術師の「暗示」にしたがって、むっくりと起き上がろうとしている情景にほかならない。

　このような比喩の使用は、催眠術が広く知られ、その情景を伝える画像や写真が多く出回っているという当時の状況を当て込んだものである。たとえばここに掲げたのは、村上辰五郎著『最新式催眠術』（成美堂、一九一二）の挿入写真三十数枚中の三葉だが、体が左に傾くのが「暗示によりて」のことであるのはもちろん（図6）、「手に針」を刺して痛みがなく、「紙重くして持ち上ら」ないのも同様に「暗示によ」る（図7）。明治三十六年以降の催眠術関係書の出版ラッシュは第2章に見たとおりで、「催眠暗示」下においてこの種の不自然な姿勢をとる人々の姿は、当時一つのスペクタクルとして流布し、一定数の読者の目に焼き付いていたものと考えられる。すなわち、当時を回顧する「先生」は、自身の動作についてそのような、自由を奪われた被催眠者の動きを連想したのである。

図6　暗示によりて被術者を左へ倒す——村上辰五郎『最新式催眠術』

　さて、起き上がった「私」が声をかけても返事はなく、Kの部屋のなかを

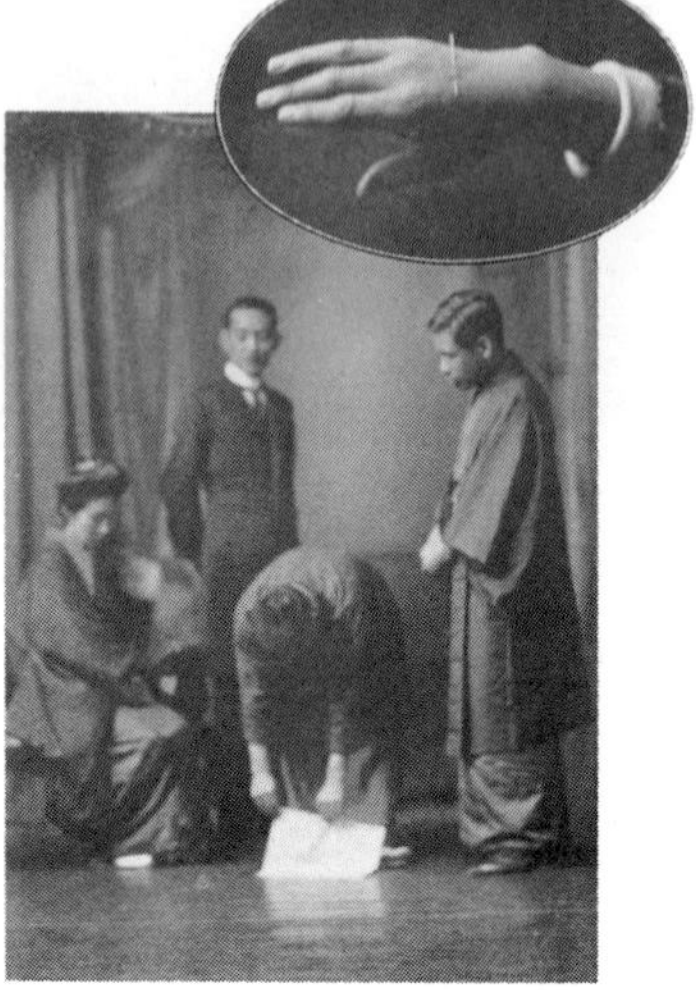

図7 手に針／紙重くして持ち上らず――村上辰五郎『最新式催眠術』

一目見るや「私の眼」は「恰《〔あたか〕》も硝子《がらす》で作った義眼のやうに、動く能力を失」い、「私は棒立《だち》に立ち竦」む……。この身体描写も「催眠暗示」下の人物を思わせるが、その「私」には「もう取り返しが付かないといふ黒い光が、私の未来を貫いて、一瞬間に私の前に横《よこ》たはる全生涯を物凄く照ら」し、「私はがたく〳〵顫《ふる》へ出」す（四十八）。Kが遺した机上の手紙を読んだ「私」は、友達の死体を目前にして感じた恐怖をこう解説している。

私はたゞ恐ろしかつたのです。さうして其恐ろしさは、眼の前の光景が官能を刺激して起る単調な恐ろしさ許《ばかり》ではありません。私は忽然と冷たくなつた此友達によつて暗示された運命の恐ろしさを深く感じたのです。（四十九）

「私」の恐怖は、死んだKが「暗示」する「運命」の「恐ろしさ」だったというのである。この「運命」が「私」の未来をいうものであることは、前段の「黒い光が、私の未来を貫いて」云々を持ち出すまでもなく自明だろうが、ところで、そうだとすれば、そのような未然の「運命」の恐ろしさが、なぜこの時点の「私」にわかるのだろうか。これは、執筆時の「私」の後知恵が入り込んでいるという意味で純正さを欠く記述というべきだろうか。それとも、執筆時に至る十数年間の未来をこの時点で予告的に「暗示」されてしまった、だからこの時その内容を恐怖した、ということなのだろうか。

この謎もまた読者によって補完されるほかないのだろうが、ここで『心』の同時代読者を想定するなら、彼らが今日の読者より多く後者の解釈に傾いたであろうとの推測は不可能ではない。というのも、「私」に降りかかったこの「暗示」は、実態はどうあれ、文章上は「此友達によつて」と主体の明記されたものであり、かつ「暗示」の語は当時、今日よりはるかに強く催眠術を想起させたがゆえに、「此友達」を催眠術師に擬する形でのイメージ化が読者に生じやすかったはずだからである。すなわち最も端的には、死せるKが起立し、催眠術師よろしく「さあ、あなたはやがて自分も死にたくなります」とでも「暗示」するような光景……。

この場合、「暗示」の主体は「私」の幻想にすぎず、実は不在なのだとしても、「暗示」自体が実現したことはたしかである。とすると、「暗示」とは結局、何を条件として成立するものと考えるべきなのだろうか。ここで、〈暗示〉の成立条件に関する一般論として、前出『催眠心理学』の著者である東京帝大助教授、福来友吉の所説を見ておこう。一九〇五（明38）年といえば、漱石がその東京帝大で『文学論』講述を完結させ、かつ『漾虚集』連作を発表し始めた年だが、この年の論説「暗示の社会に及ぼす影響」(『中央公論』九〜十一月)で、福来は、催眠術における〈暗示〉と基本的に同じ作用は社会に広く行われている、という『文学論』と重なる観点から当時の社会事象を分析しており、その過程で、「暗示といふものが如何程実現するか」を決定する「三つの条件」を挙げている。

①暗示者が暗示を与ふる技術の巧拙
②被暗示者の暗示者に対する信仰の程度
③被暗示者の精神状態

③について敷衍しておくと、たとえば人に宗教を説くような場合、相手が「何等の苦悶もない」か「失望落胆して居る」かで効果がまったく違うように、それによって「暗示の利くことゝ利かないことがある」ところの「精神状態」のヴァリエーションを指している。この三条件を念頭に『心』に戻ると、すでに死んだKから受けた「暗示」の場合、①が問題になるとすれば生前の彼についての記憶としてであり、その成立に大きく関与したのはむしろ②と③のいずれか、あるいはその両方であったと見るのが妥当だろう。

他の例を見てみよう。「私」がKを家に入れたいと申し入れたとき、奥さんは「止《よ》せ」という(十八)。このことは二度にわたって書かれ、二度目では奥さんは「そんな人を連れて来るのは、私の為に悪いから止せ」とまでいい、なぜ悪いかときけば「今度は向ふで苦笑」する(二十四)。大概の読者はここに奥さんからの〈暗示〉を読まずにはいないだろう。すなわち「私」と御嬢さんとの結婚という未来像がすでに奥さんの意識にあり、第三者の導入がその障害となる、という後に現実となる懸念を、奥さんは、おそらくそれとわかるように〈暗示〉しているのだが、読者はそれに気づいても、この時点での「私」は気づかない、という仕組みになっている。つまりここでは①②③の条件のいずれか、あるいはすべてが不十分であったがゆえに〈暗示〉は〈被暗示者〉において「実現」しなかった。そしてこれを書いている時点での「私」はどうなのかといえば、このような書きとめ方をする以上、それが〈暗示〉であったことに遅まきながら気づいている、ということになる。

これは〈暗示〉が「実現」しなかった例だが、その逆の、登場人物の言動が意図するとしないとにかかわらず〈暗示〉が「実現」してしまうという場合も、下編には少なからず埋め込まれている。思えばこの力学なしに「先生」の「悲劇」（上編（十二）で「私」がそう呼ぶ）は成立しないわけで、〈暗示〉の「実現」によって〈被暗示者〉の心理には大きな変動が起こり、それが彼を新しい行動へと導く、その結果、物語は否応なくあの「暗示された運命」へと押しやられてゆく、という仕掛けになっていることがわかる。

例を挙げよう。Kから御嬢さんへの恋を打ち明けられてから少したったある日、「私」は彼に、「精神的に向上心のないものは馬鹿だ」という、以前にKから受けたのとそっくり同じ言葉を二度までも投げ返す（四十一）。これによってKが深く〈暗示〉を受けたこと、そしてその〈暗示〉の「実現」が〈暗示者〉たる「私」の予期をはるかに超えるものでさえあったことはいうまでもない。この批評に対してKがその場で応じた「馬鹿だ」「僕は馬鹿だ」という自認（四十一）やその後の態度、そして「自分は薄志弱行で到底行先の望みがないから自殺する」という遺書の言葉（四十八）には、「私」の言葉がほぼ全的な肯定を受ける形で受容され、かつそれがその後もKの心理をますます強く支配していったことが示されている。

Kに対しかくも強力な〈暗示〉を与えた「私」は、しかし、このときの対話で相手を追いつめた挙げ句にKの口から漏れた「覚悟、――覚悟ならない事もない」という「独言」めいた言葉、また「夢の中の言葉のやう」な返答（四十二）によって、Kからの意図しない逆襲を食らう形となる。つまり今度はこの「覚悟の二字」が「私」に対して強い〈暗示〉効果をもち、求婚へ突き進む「覚悟」ではないかとの不安を醸成した結果、「私」は御嬢さんへの求婚を急ぐ。そしてそのことがKの自殺という「悲劇」を呼び込むわけだから、「悲劇」に至る二人の「運命」は、お互いに対して掛けた言葉が、ともにその意図を超えて、あるいは意図とは異なる方向に導く〈暗示〉として「実現」してしまう、というある種の対称性を保ちながら進んでいるといえる。

このように見てくると、『心』下編の物語が文字通りに〈心〉のドラマであって、語り手兼主人公である「私」の行動、そしておそらくはKの行動もまた、彼らが〈心〉に受けた〈暗示〉によって決定する部分が非常に大きく、かつそうした行動の複合的な結果が悲劇を導く、という仕組みになっていることがわかる。このような構造が実現する深刻なスリルに『心』の永続的な人気の一因を見ていいだろう。

二　暗示者としての静

さて、『心』下編の物語を進める上での「私」とKとの主な働きが〈暗示〉を受信してそれに反応することであったとすると、もっぱら〈暗示〉を発信する側にあって、その受信する側面は描かれない主要人物が御嬢さん（静）だということになる。

御嬢さんの態度に『三四郎』の美禰子にも似た〈暗示者〉的な側面があること——鷗外のひそみに倣って誇張するなら「言語や挙動には suggestif《サジエスシイフ》 な処があつて」、「半ば無意識にそれを利用して、寧ろ悪用して、人の意志を左右しようとする傾きがある」こと（「悪用」の部分は保留するとして）——は、下宿した当初から多少とも「私」に認知されている。「時たま御嬢さん一人で、用があって私の室に這入つた序《ついで》に、其所に坐つて話し込むやうな場合」、自分は不安になるのに対して「相手の方は却つて平気で」、あまり長くなるので母に呼ばれてもなお腰を上げないことさえある。が、「それでゐて御嬢さんは決して子供ではなかつたのです。私の眼には能《よ》くそれが解つてゐました。能く解るやうに振舞つて見せる痕跡さへ明らかでした」と「私」は書く（十三）。

またその後、「私」はこの母子と三人で買い物に出かけたところを学友に目撃され、お前の「細君は非常に美人だ」などとからかわれる（十七）。帰宅してそのことを二人に話すと、御嬢さんの結婚のことへと会話が進むのだが、その間、「あんまりだわとか何とか云つて笑つた御嬢さんは、何時の間にか向ふの隅に行つて、脊中《せなか》を此方《こつち》へ向け」、戸棚の隙間から何か引き出して膝の上に置いて眺め出す。やがて「私」は、それが彼女自身の反物と重ねてあったところの「私」の「昨日買つた反物」であることに気づく（十八）。

執筆時の「私」がこうしたことどもを書きとめるのは、それらが意図された〈暗示〉であったことを明瞭に認識しているからに違いなく、同時に、語られる当時の若い「私」がそれらを適切に受けとめることができなかったことをも示唆するような書きぶりとなっている。つまり御嬢さんによるこれらの〈暗示〉を、「私」との結婚の意思が十分にあることを示したものであると了解することができていたならば、その後の「悲劇」は起こりようがなかったはずなのだが……と仄めかしているように受け取れるのである。

ただ、このときの理解が不十分であったとしても、もしその後何事もなく推移したならば、時の経過とともに御嬢さんの〈暗示〉は浸透し、やがて「実現」に至っていたのではないか、とは十分に考えられるところである。その「実現」を阻んだ最大の要因がKの登場、つまり先に見た奥さんの〈暗示〉を受けそこねたままKを家に引き入れる、という「私」の行為にあったことは容易に見て取れるだろう。Kの後見人のような役回りになった「私」は、Kについて大いに気を遣い、「あたゝかい面倒を見て遣つてくれと、奥さんにも御嬢さんにも頼み」（二十三）、「自分が中心になつて、女二人とKとの連絡をはかる様に力《つと》め」（二十五）る。

そして、それを言われるとおりに実行した格好の御嬢さんのKに対する態度が、今度は逆に「私」

を苦しめることになってしまうというアイロニカルな物語展開が、小説をさらにスリリングなものにしてゆく。すなわち「私」は御嬢さんとKとが二人きりでいる場面に出くわしたり、その場面から漏れる御嬢さんの笑い声を耳にすることがとみに多くなり、心穏やかでなくなる次第だが、ここで留意すべきは、この展開があくまで遺書を書く時点での「先生」の視点から構成されたものだということである。

すなわち語られたとおりを受け取るかぎりでは、御嬢さんの振る舞いには眉をひそめられかねない部分がたしかにある。言われたとおりを実行したにしては度が過ぎていたのではないか、Kの恋心に火をつけたことに責任があるのではないか、等々。たとえば彼女の笑いをめぐっては、「私はこんな時に笑う女が嫌でした。〔中略〕御嬢さんも下らない事によく笑ひたがる女でした」（二十六）、「すると御嬢さんは私の嫌な例の笑ひ方をするのです」「さう不真面目に若い女から取り扱はれると腹が立ちました」と嫌悪感の表白を伴った報告がなされ、そのような状態に置かれた「私」には彼女が「知つてわざと遣るのか、知らないで無邪気に遣るのか」も、この態度が「Kに対する私の嫉妬」からそう見えるのか、それとも「私に対する御嬢さんの技巧と見做《な》して然るべきものか」も判別できず（三十四）、そのような宙づり状態がその後の行動を決定したように語られてゆくのである。

しかしながら、同一の事実経過についてもし静に尋ねたならば、大きく様相を異にした〈物語〉が展開されたかもしれないのである。ことによると、笑った憶えなどまったくないとさえ彼女は主張するかもしれない。「先生の遺書」はもちろん「先生」の視点からする〈物語〉であるほかなく、その

「先生」は、「ぢや奥さんも信用なさらないんですか」という「私」の問いに答えず（上 十五）、むしろその「私」に「私は死ぬ前にたつた一人で好いから、他《ひと》を信用して死にたいと思つてゐる。あなたは其たつた一人になれますか。なつて呉れますか」と迫る男である（三十一）。つまり妻を「信用」しているとはいいにくい状態にあり、このような意識をもつ者による語りであるかぎり、Kの死に至る経緯において追想される彼女の「笑ひ方」が、たとえばそれを実際に見聞きした際に感じたのに倍する嫌悪感を伴って蘇るということも十分ありうるし、もし「先生」に何らかの病理を仮定してよければ、実際にはなかった「笑ひ」を勝手に再構成してそれに苦しめられている、という可能性さえなくはないのである。

このような展開に、作者による静への懲罰を読むべきだろうか。女性への「抑圧」という問題系(1)に加えて、赤シャツのような男を含む〈暗示〉的〈勧誘者〉をほぼ一貫して罰してきた漱石という作家の傾向からすれば、その可能性は否定できない。『心』の〈物語〉の最後の最後に彼女に与えられる役割にも、あるいはその志向が関与しているのかもしれない。すなわち「先生の遺書」の末尾近くで語られるところを追うと、主因となった事件から十何年をも経てから「私」が結局、自分も死ぬことに決めるのは、いくつかの現象が〈暗示〉として彼に作用することによっているのだが、その一つが妻の口にした「殉死」の語なのである。明治天皇崩御の報知を受け、「最も強く明治の影響を受けた私どもが、其後に生き残つてゐるのは必竟時勢遅れだといふ感じ」に打たれた「私」が、妻にそう告げると、妻は笑い、「突然私に、では殉死でもしたら可《よ》からうと調戯《からか》」う（下 五十五）。

静の意図のいかんにかかわらず、これが〈暗示〉として効果をもってしまう、という成り行きが作者によって仕組まれていることは否定のしようがない。もしこの「調戯」いがなかったとしたら、どうなのか。「私」の自殺が乃木自刃を追う形でなされることはなく、さらに先へ延ばされるか、あるいは結局果たされないままになるか、といった事態が当然に想定されるわけである。

> 私は殉死といふ言葉を殆んど忘れてゐました。平生使ふ必要のない字だから、記憶の底に沈んだ儘、腐れかけてゐたものと見えます。妻《さい》の笑談《（じょうだん）》を聞いて始めてそれを思ひ出した時、私は妻に向つてもし自分が殉死するならば、明治の精神に殉死する積《つもり》だと答へました。私の答へも無論笑談に過ぎなかつたのですが、私は其時何だか古い不要な言葉に新しい意義を盛り得たやうな心持がしたのです。
> （五十六）

「妻の笑談」はなんの邪気も感じられないものだが、結果として「私」の「記憶の底に沈んだ儘、腐れかけてゐた」ものを刺激してそれを甦らせ、それが「私」の意識に「死」という選択肢を浮上させる。したがって彼女のこの行為は、物語内において、夫の死を決定する、あるいは早める役割を負うている。それは意図せざる〈暗示〉として機能してしまったのであり、かつての彼女の、たとえば戸棚の隙間から「昨日買つた反物」を引き出して眺め出す類の意図した〈暗示〉が有効に働かなかったことと、アイロニカルな対照をなしてもいる。

さらにこの「記憶の底に沈ん」でいたものを浮上させた意図せざる〈暗示〉は、さらに新しい閃き、すなわち「明治の精神に殉死する積だ」という「笑談」を「私」の意識に生起させ、この新しい「笑談」がまた「古い不要な言葉に新しい意義を盛り得たやうな」という新しい「心持」を醸成している。つまりここでは、外部から来たある刺激が「記憶の底」の何かにヒットすることで一つの〈暗示〉が成立し、その〈暗示〉がまた刺激となって別の何かとふれあうことで次の〈暗示〉が生まれ、その〈暗示〉がさらに……という〈暗示〉形成の連鎖が重層的に捉えられている。

たとえばこのようにして、意識の水面下に働く〈暗示〉の動きを追う記述は『心』の随所に見られるもので、この小説の一つの特質を形作っている。その〈暗示〉にも、意図された〈暗示〉と、誰も意図しないのに成立してしまう〈暗示〉とがあることを見てきたが、漱石文学において追い求められるところは、前者から後者へと徐々に比重を移していった感がある。結果的にその極点を示すことになったのが、最後の大作『明暗』においての七度にわたる「暗示」の語の使用例にほかならない。

三　いかにして暗示は発生するか――『明暗』

前章に見た『硝子戸の中』では、皮膚病で毛の抜けていた猫がいつか健常に復しているのを目にして「私は自分の病気の経過と彼の病気の経過とを比較して見て、時々其所《そこ》に何かの因縁があるやうな暗示を受ける」のだった。このような「暗示」は、〈被暗示者〉がただ「受ける」のであって、〈暗示者〉の所在は想定されていない。『明暗』で明記された七回の「暗示」の場合も同様で、光が当てられるのは〈被暗示者〉の意識である。その舞台をまずは一つ一つ眺めてゆこう。

(1)「そりやお前と継とは……」

中途で止《や》めた叔母は、何をいふ気か解らなかつた。性質が違ふといふ意味にも、身分が違ふといふ意味にも、また境遇が違ふといふ意味にも取れる彼女の言葉を追究する前に、お延ははつと思つた。それは今迄気の付かなかつた或物に、突然ぶつかつたやうな動悸がしたからである。

「昨日の見合に引き出されたのは、容貌の劣者として暗に従妹の器量を引き立てるためではなかつたらうか」

お延の頭に石火のやうな此暗示が閃いた時、彼女の意志も平常《へいぜい》より倍以上の力をもつて彼女に逼《せま》つた。（六十七）

お延の頭に閃いた「石火のやうな此暗示」は何の脈絡もなく突発したわけではなく、「そりやお前と継とは……」と口ごもった叔母の「言葉」という外的刺激が、お延の意識の内部の「今迄気の付かなかつた或物」に突然ぶつかる、という経過を経たものであることが精細に記述されている。すなわち二重線を施した外的刺激と波線を付した〈被暗示者〉の内部にある要因との出会いが「暗示」を発生させていること、またそれを明記してゆく語りの姿勢が読まれるのだが、実は『明暗』における七回の「暗示」の記述はほぼすべて、律儀にこの形を踏んでいるのである。以下にそれを示すべく同様の傍線を付して、残り六つの舞台を並べておく。

(2)「一体お父さんこそ何《ど》ういふ積《つもり》なんだらう。突然金を送らないとさへ宣告すれば、由雄は工面するに違ないとでも思つてゐるのか知ら」

「其所《そこ》なのよ、兄さん」お秀は意味ありげに津田の顔を見た。さうして又付け加へた。

「だからあたしが良人《うち》に対して困るつて云ふのよ」

微かな暗示《あんし》が津田の頭に閃いた。秋口に見る稲妻のやうに、それは遠いものであつた、けれども鋭どいものに違なかつた。それは父の品性に関係してゐた。今迄全く気が付かずにゐたといふ意味で遠いといふ事も云へる代りに、一旦気が付いた以上、父の平生から押して、それを是認したくなるといふ点では、子としての津田に、随分鋭どく切り込んで来る性質《たち》のものであつた。

(九十六)

ここでは、津田を見た「意味ありげ」なお秀の顔という外的刺激が、彼の内部のどこかにかねてより保存されながら「今迄全く気が付かずにゐた」ものにヒットし、これを呼び出す形で「暗示」が「閃いた」わけである。

なおここで「暗示」に振られている「あんし」というルビは、このあと第五、第七の引用文に現れるのみで、不統一なのだが、それは、「ルビは、漱石自身により相当数付されている[2]」という自筆原稿にもとづいて編まれた『漱石全集』のテクストに依拠した結果である。その舞台裏を憶測するなら、自分でルビを振らないと総ルビの新聞初出で「あんじ」と出てしまうので、これに不満をもった漱石が自ら「あんし」と書きつけた、という事態が最も考えやすいところである。

(3)「愛と虚偽」

自分の読んだ一口噺から此二字を暗示された彼は、二つのものゝ関係を何う説明して可《い》いかに迷つた。彼は自分に大事なある問題の所有者であつた。内心の要求上是非共それを解決しなければならない彼は、実験の機会が彼に与へられない限り、頭の中で徒らに考へなければならなかつた。哲学者でない彼は、自身に今迄行つて来た人世観をすら、組織正しい形式の下《もと》に、わが眼の前に並べて見る事が出来なかつたのである。　(百十五)

ここでは、「一口噺《ひとくちばなし》」という外的刺激が津田の内部のどのような要素にヒットしたかが明示されていないわけだが、津田がこれまで明瞭に「わが眼の前に並べて見る事が出来なかつた」ところの「自身に今迄行つて来た人世観」をそれに相当するものと読むことは十分可能だろう。

(4)「君が正直で僕が偽物なのか。其偽物が又偉くつて、正直者は馬鹿なのか。君は何時《いつ》又そんな哲学を発明したのかい」

「哲学は余程前から発明してゐるんだがね。今度改めてそれを発表しようと云ふんだ、朝鮮へ行くに就いて」

津田の頭に妙な暗示が閃かされた。

「君旅費はもう出来たのか」

（百十八）

この例では、「暗示」発生に与った外的刺激もそれに呼応する内的要因も、明瞭には示されていない。刺激として最も考えやすいのは会話の相手（小林）の直前の言葉だが、そうだとしても、それが何にヒットすることで「旅費」のことが頭に浮かんだのかは伏せられ、それが物語上、一つの〈謎〉を構成する形となっている。やや変則的なこの例に対し、残りの三例はいずれも外的刺激と内部要因を明示するものである。

(5)「なにお秀さんぢやない。〔中略〕其代りに吉川の細君が来るんだ」〔中略〕

津田の頭に二つのものが相継いで閃いた。一つは是から此所《こゝ》へ来る其吉川夫人を旨く取扱はなければならないといふ事前の暗示《あんし》であつた。彼女の方から病院迄足を運んで呉れる事は、予定の計画から見て、彼の最も希望する所には違なかつたが、来訪の意味がこゝに新らしく付け加へられた以上、それに対する彼の応答振も変へなければならなかつた。〔中略〕けれども其所には平生の自信も亦伴なつてゐた。彼には夫人の持つてくる偏見と反感を、一場《じよう》の会見で、充分引繰り返して見せるといふ覚悟があつた。〔中略〕

残る一つの閃きが、お延に対する態度を、もう一遍臨時に変更する便宜を彼に教へた。

（百二十〜二十一）

(6)「非道《ひど》く降つて来たね。此様子ぢやまた軽便の路が壊れやしないかね」
彼は仕方なしに津田の耳へも入るやうな大きな声を出して斯《か》う云つた。
「なに大丈夫だよ。なんぼ名前が軽便だつて、さう軽便に壊れられた日にや乗るものが災難だあね」〔中略〕
此挨拶のうちに偶然使用された軽便といふ語は、津田に取つてたしかに一種の暗示であつた。彼は午後の何時間かを其軽便に揺られる転地者であつた。ことによると同じ方角へ遊びに行く連中かも知れないと思つた津田の耳は、彼等の談話に対して急に鋭敏になつた。〔中略〕
津田の推測は段々慥《たしか》になつて来た。〔中略〕さうして今度は清子と其軽便とを聯結して「女一人でさへ楽々往来が出来る所だのに」と思ひながら、面白半分にする興味本位の談話には、それぎり耳を貸さなかつた。

（百六十八）

(7) 明るい浴室に人影一つ見出さなかつた彼は、万事君の跋扈に任せるといつた風に寂寞を極めた建物の中《うち》に立つて、廊下の左右に並んでゐる小さい浴槽の戸を、念のため一々開けて見た。尤も是は其うちの一つの入口に、スリツパーが脱ぎ棄てゝあつたのが、かれに或暗示《あんし》を与へたので、それが機縁になつて、彼を動かした所作に過ぎないとも云へば云へない事もなかつた。〔中略〕
今朝の彼はまだ誰も来ないうちから一種の待ち設けのために緊張を感じてゐた。

それは主《ぬし》のないスリツパーに唆《そゝ》のかされた罪かも知れなかつた。けれどもスリツパーが何故《なぜ》彼を唆のかしたかといふと、寐《ね》起きに横浜の女と番頭の噂さに上つた清子の消息を聴かされたからであつた。彼女はまだ起きてゐなかつた。少くともまだ湯に入つてゐなかつた。若《も》し入るとすれば今入つてゐるか、是から入りに来るか何方《どつち》かでなければならなかつた。（百七十九）

これらにおいて、「暗示」を成立させるために外部からやってくる刺激は、多く人の口や書物から出る言葉である。〈被暗示者〉がそうした言葉の意味に反応しやすいことは当然だが、同じことは人の「顔」や「スリツパー」のような視覚像の場合にもいえるわけで、やはりそれらが彼にとってもつ意味こそが内部の何かを呼び起こすわけである。その呼び起こされる内的要素はといえば、「今迄気の付かなかつた或物」「今迄全く気が付かずにゐた」「自身に今迄行つて来た人生観」と「今迄」が反復されたことも示すとおり、多く〈被暗示者〉がその時点までに獲得し保存してきながら、長くその存在を意識しなかった類のかたまりのようなものである。

四　「因縁」としての暗示

〈暗示〉の発生過程をこのように捉える漱石の洞察は、『明暗』執筆時に始まるものでは決してない。たとえば十五年も前のものである『ノート』のあちこちにそれに呼応する記述が見られるのであって、一例を挙げるなら、「genius」（天才）と「talent」（能才）の相違を「margin of consciousness」（辺端的意識）や「focal idea」（焦点的観念）の観点から解明しようとする文脈で、イタリアの犯罪学者チェーザレ・ロンブローゾの所説にふれた漱石は、ニュートン、ガリレオのような偉大な発明・発見の成因を究極的には「chance」（運、偶然）に帰してしまう見方に疑念を呈して、こう書いている。

○余云フ林檎ト lamp ナケレバ Newton, Galileo ノ発明ナキカ？　曰ク是縁ナリ因ハ彼等ノ沈潜シタル結果ナリ

これすなわち「analogy and similarity ノ relation」（類比・類似の関係）を即座に「*suggest* スル」ような「concrete phenomena」（具体的現象）に「偶フ」ということにすぎない。この種の具体的現象が「縁」なのであって、それはちょうど「（マッチ）ヲ堅キ表面ニ」擦っても「靴ノ底ニテモ机ノ角デモ」点火できるのと同じで、「之ヲ *suggest* スル近因ハ林檎ヤランプニ限ラ」ない。こうした思いつきは「chance ニ似テ実ハ其人ニ夫丈《それだけ》ノ修養アル」ことによる、というのである。だから「俗ニ之ヲ *inspiration* ト云ヒ *flash* ト云フ」けれども、実態は「何デモナシ」、なんらかの関係を知覚するか、きわめて繊細な「association」（連想）が生じたことの必然的結果にすぎない……。そしてこのような「因」「縁」の遭遇こそが「余云フ」ところの「suggestion」なのだ。

○此 *suggestion* ハ phenomena 自身ノ intensity ト margin of consciousness ニブラブラシテ居ル idea トニ depend ス。其結果ハ action itself トナリ又ハ他ノ思想トナル（事業、文章、思考等）

（「文芸ノ Psychology」）

すなわち天才のみに訪れる「inspiration」（霊感）あるいは「flash」（閃き）とされるものも決して僥倖として聖別すべきではなく、そこになんらかの必然性を見るべきである。つまりそれは、右において二重線で示した外的刺激（縁）と波線を施した内的要因（因）との遭遇によって、生ずべくして生じた「因縁」なのである。とすれば天才の閃きも、さきに見た『明暗』における「暗示」の七つの舞台に発生していた事態となんら変わりはない。これをたとえば最後の引用文(7)に即応させるなら、「スリッパー」という具体的現象の知覚への刺激が、「margin of consciousness ニブラブラシテ居ル」清子という「idea」にヒットすることで、「暗示」が成立して「focal idea」を構成し、「其結果」が、たとえば清子の部屋を訪れるという「action itself」（行為そのもの）の形を取る。そしてその「行為」が物語に新しい展開を生むわけである。

俗に「inspiration ト云ヒ flash ト云フ」のは、要するにこの「縁」と「因」との接触が意味深い成果を生む瞬間の感動を表現したものであって、凡才の脳裏に生ずる「閃き」も、当人にとっては、天才のそれに比して意味が小さいわけではない。前章に見たP＝F・トマの「暗示」の定義にも、その真の動機が意識を逃れてしまうような所信の「閃き」（inspiration）云々とあったが、『文学論』第五編冒頭の漱石も縷説していたとおり、常人もすべて大小様々な〈暗示〉の「閃き」を感知しながら生活していることに変わりはないのである。

では、ニュートンやガリレオに発生した〈暗示〉に、津田やお延におけるものとは比較にならない卓越性が認められるとしたら、それはどのような理由によるのか。これすなわち、「margin of consciousness ニブラブラシテ居ル idea」の内実、つまりはその人の「修養」いかんによる、ということになる。『ノート』には、実はズバリ「Suggestion」と題された、やはり質量ともに重要な紙片群もあるのだが、そのなかの「Suggestion ト Memory トノ関係」と見出しされた部分では、右のような認識の法則化が試みられている。「suggestion」とは、空間的時間的関係における「phenomena ノ智覚ニツレテ」これと同様または類似の「phenomena ヲ憶起スル」ことだと規定した上で、「憶起スル」ことは「memory」に依存し、それを「呼起スモノ」は「現在ノ phenomena」にほかならない、との認識から次のような等式を導くのである。

cognition of object or event *suggested*

= stored up impression of *the suggested*

\+ the sense impression of *the suggesting*

（此 *suggested* ト *the suggesting* ガ whole トナル）

「whole」とはすなわち一つの〈暗示〉現象の全体であり、それは「暗示するもの」（the suggesting）と「暗示されるもの」（the suggested）とを表裏一体として成立している。というのも、「暗示されるものの蓄積された印象」（memory）と「暗示するものの感覚印象」（phenomena ノ智覚）との重ね合わせ（右辺）があってはじめて「暗示される事物や事件の認知」（左辺）が生じうるわけで、両項のいずれを欠いても〈暗示〉が知覚されることはないからである。

この公式から、「signifiant/signifié」（意味するもの／意味されるもの）の表裏一体として「signe」（記号）を捉えたソシュール理論を想起される向きもあろう。もちろん漱石にその知識はないのだが、第9章で見るように、文学理論における歴史主義から形式主義への過渡を先導する先駆者の一人に漱石が位置するのであれば、〈暗示〉をめぐる漱石の思考が、同様の過渡を言語学において推進したソシュールの「記号」観と並走するようであったとしても、驚くに当たらない。そもそも〈暗示〉は、それが「意味」として受けとめられるかぎりにおいて、「記号」の一種であるには違いないのである。

さて、「suggestion」「suggesting」「suggested」の三者をそれぞれ「Su」「Sg」「Sd」と略記することにすると、この「Su＝Sg＋Sd」こそ漱石的「暗示の法則」の第一公式ともいうべきものに違いないが、さきに見た『明暗』の七例の「暗示」の記述がすべてこの公式に則っていたことは、すでに明らかだろう。すなわち外部からの能動的因子Sg（縁）と内部の受動的因子Sd（因）という両項の接触があって初めて「暗示」Suが発生するという経緯が、これら三項のすべてに言葉を与えるという原則をほぼ毎回守る律儀さで叙述されていたのである。Sg、Sdがともに明瞭でない点で例外的な引用文(4)では、この「暗示」の内容自体を〈謎〉として残してゆくところに物語的な作意を読むことができた。実は他の例にしても、Su、Sg、Sdの各項は、明瞭に名詞化されるより、言語表現に至る以前の曖昧模糊たるものとして描かれている場合も多いので、いずれか一項が見あたらない場合も潜在しているものと見なすことが、『明暗』の語りに慣れてきた読者にとっては自然である。

さらに、「直覚」「予感」「疑ひ」など、「暗示」以外の語で表現されながら、漱石的〈暗示〉の範疇に属しうる心理作用の記述を拾い上げてゆくとすれば、七の何倍もの数になることだろう。たとえば(5)の引用文では、まず「津田の頭に二つのものが相継いで閃いた」として、一つ目を「暗示」と呼んだあとで、「残る一つの閃き」がこれこれを「彼に教へた」とある。後者の「閃き」が前者の「暗示」と実態を同じくすることは文脈からも明らかで、「閃き」あるいは「閃く」が、ともにおそらく漱石のなかで英語の「flash」に即応しつつ、〈暗示〉あるいはその発生の瞬間を表現する語として愛用されたことは見やすい。

さて、〈暗示〉の成立またはそれに近い心的作用をこのような方法でたどり、かつ表現してゆく語りが一つのパターンをなしていることが、『明暗』の文体を、漱石作品を含めた他のあらゆる小説から際だたせる特質となっている次第だが、それは、『明暗』着手に際して漱石が構成した組織的な手法の一環であったと見て間違いない。主要登場人物の心理の変化が新しい行動を生み、その行動が物語を進展させるということなら近代小説にはありふれた成り行きだとしても、その場合の心理の推移をこの〈暗示〉の成立のような、言語的表現が未だたしかな形を取らない場面にまで掘り下げて記述していくところに、『明暗』の新しさがあったといえる。そこを狙った漱石の野心は冒頭一、二回の意味ありげな言葉にすでに〈暗示〉されている。

「だから君、普通世間で偶然だ偶然だといふ、所謂偶然の出来事といふのは、ポアンカレーの説によると、原因があまりに複雑過ぎて一寸《ちよつと》見当が付かない時に云ふのだね。ナポレオンが生れるためには或特別の卵と或特別の精虫の配合が必要で、其必要な配合が出来得るためには、又何んな条件が必要であつたかを考へて見ると、殆ど想像が付かないだらう」　(二)

「偶然」と呼ばれる事態も、実はその経緯が「あまりに複雑過ぎて一寸見当が付かない時」にいわれる必然にすぎないのではないか。ポアンカレの口を借りて提示されたこの考察が漱石自身温めてきたところでもあったことは、さきに引いた『ノート』の一節から探知される。ニュートンやガリレオに訪れた〈暗示〉が天才のみに許される「chance」による「inspiration」などとしてロマン化されるのも、その発生過程が凡人には「見当が付かない」がゆえのことであって、複雑な過程がすべて解明されるならば、それらも一つの必然として理解されるはずなのである。

『ノート』には「Chance」と題された紙片群(六枚)もあって、この問題への漱石のこだわりを伝えている。その内容には第8章で立ち入ることになるが、ここでは、「天才」的発明・発見を「chance」と見るか、それともそこに一つの必然としての〈暗示〉を見るかという漱石持ち前の関心を示す写真を見ておきたい。図8は、『文学論』第一編冒頭にその名が現れるフランスの心理学者テオデュール・リボの、『創造的想像力』の漱石蔵英訳書(Théodule Ribot, *Essay on the Creative Imagi-*

nation, trans. A. H. N. Baron〔Chicago : Open Court, 1906〕)の一六三頁である。読まれたのは『ノート』作成以後のことになるが、第二部第四章「発明の高次の形式」の、発明・発見の生成過程という議論の過程で持ち出された「chance」の語に、赤鉛筆による下線がしっかり残されている。

発明・発見が「chance」(原語は“hasard”)(3)によったといわれる場合、そこには二様の意味がある、とリボはそこでいう。第一は発明家自身の内的・心理的な状況に依存するもので、第二は発明を刺激する幸運な出来事である。狭義の「chance」はこの後者だが、広義のそれは「二つの要因――一つは内的(個人的天才)、他は外的(偶発的な出来事)――の出会いと収束である」と(4)。

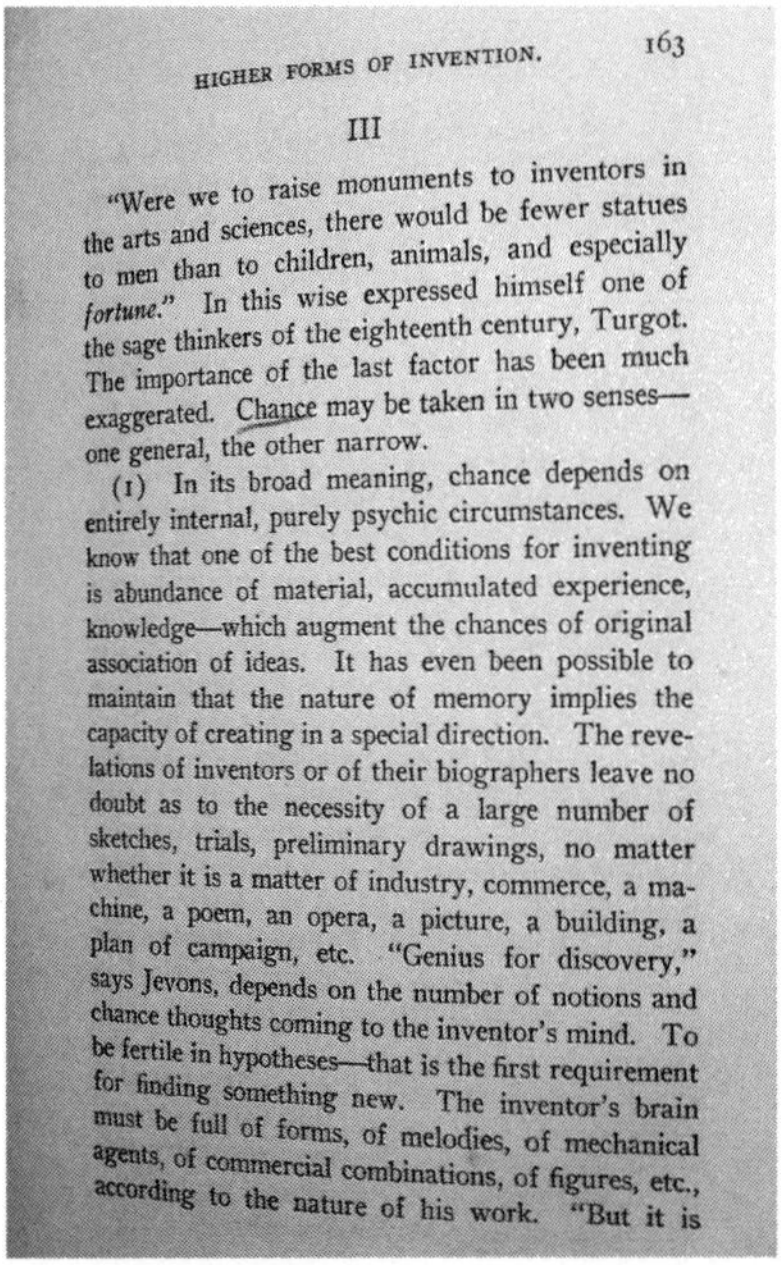
HIGHER FORMS OF INVENTION. 163

III

"Were we to raise monuments to inventors in the arts and sciences, there would be fewer statues to men than to children, animals, and especially *fortune*." In this wise expressed himself one of the sage thinkers of the eighteenth century, Turgot. The importance of the last factor has been much exaggerated. Chance may be taken in two senses—one general, the other narrow.

(1) In its broad meaning, chance depends on entirely internal, purely psychic circumstances. We know that one of the best conditions for inventing is abundance of material, accumulated experience, knowledge—which augment the chances of original association of ideas. It has even been possible to maintain that the nature of memory implies the capacity of creating in a special direction. The revelations of inventors or of their biographers leave no doubt as to the necessity of a large number of sketches, trials, preliminary drawings, no matter whether it is a matter of industry, commerce, a machine, a poem, an opera, a picture, a building, a plan of campaign, etc. "Genius for discovery," says Jevons, depends on the number of notions and chance thoughts coming to the inventor's mind. To be fertile in hypotheses—that is the first requirement for finding something new. The inventor's brain must be full of forms, of melodies, of mechanical agents, of commercial combinations, of figures, etc., according to the nature of his work. "But it is

図8　chanceへの着目――リボ『創造的想像力』への下線

してみると、広義の「chance」についてのリボの分析――内的な要因と外的な出来事との出会い――は、意外にも、漱石による〈暗示〉=「因縁」の成立過程の必然論的説明とまったく同じ形を取っている。しかし、混乱してはならない。「chance」と呼ばれる事態の非神話化にこそリボの志向もあるのだから、結局いわんとするところは漱石の考えに重なる。要は、「複雑過ぎて一寸見当が付かない」経緯を内容不明の「chance」として神秘化するのでなく、必然的過程として解析すること、それを心理の「暗」部にまで降りて行うことである。『明暗』の言葉の特異な動きは、そのような志向にこそ支えられているように見える。

五　『文学論』のエロス

ところで、『明暗』のこのような手法は、一九二〇年代の英語圏で開花を見る、ジョイス、ウルフらのいわゆる「意識の流れ小説」（stream-of-consciousness fiction）に通ずるものではないだろうか。斯界の権威とされるロバート・ハンフリーによるその定義は、以下のようである。

> 主として作中人物の心的なあり方を明らかにするために、意識の前言語的レヴェルの探求に主眼を置くタイプの小説。(5)

「意識の流れ」という概念がもともとウィリアム・ジェイムズに発することはハンフリーも認めるとおりだし、そのジェイムズを漱石が精読してきたこともよく知られるところである。そしてその満を持した大作『明暗』が、「作中人物の心的なあり方を明らかにするために、意識の前言語的レヴェルの探求」をさかんに行う小説であることは、これまでの解析からすでに明らかだろう。そこで、もしこの探求に作品の「主眼」があるのだとすれば、『明暗』も「意識の流れ小説」と呼ばれてよいことになるのだが、それが主眼だとまでいうのには多少、無理がある。

この意味で『明暗』は、「意識の流れ小説」の前段階的小説として捉えることが可能だが、そう見てよいとすると、漱石のこの野心作は、意識の流れでなく「回想的な側面」を扱っているにすぎないとの理由でハンフリーが「意識の流れ小説」に含めなかったプルーストの『失われた時を求めて』（一九一三〜二七）と、互いを知らぬまま並走していたということになる。実際、この二人の作家の志向は重なっていたはずで、『明暗』以前においても、たとえば初期の「京に着ける夕」や『永日小品』中の数点で漱石が実現している意識の「回想的な側面」の力動的表現には、プルーストの有名な無意志的想起に通ずるものがたしかにある（第10章参照）。また漱石が大きな共感をもって読み込んだベルクソンの哲学（第6章参照）とプルーストの文学的冒険との類縁性はつとに指摘のあるところで、このことも二人の作家の「縁」を示すが、その「縁」には、ベルクソンとプルーストとが義理のいとこに当たるというおまけも付く。[6]

さて、『明暗』の「ポアンカレーの説」のくだりに戻るなら、これを「ぴたりと自分の身の上に当て嵌めて考へ」てみた津田は、これまで万事を自分の意志と力で行ってきたという自覚と矛盾することとして、「暗い不可思議な力が右に行くべき彼を左に押し遣つたり、前に進むべき彼を後ろに引き戻したりするやう」な感覚に襲われる。つまり自分でも「一寸見当が付かない」意識の深層では、

「暗い不可思議な力」が働いて自分をどちらかへ動かそうとしている。これまで自分が得たもの、失ったものは、実はそのような「暗い」動きの結果であり、その意味では、見えないからといって「偶然」と片付けるべきではなく、むしろ必然であったのかもしれない。『明暗』は、このことに津田が気づく過程を語る〈物語〉として開かれたのではないだろうか。

胎児ナポレオンが発生したのも、だから「偶然」ではない。「複雑過ぎて一寸見当が付かない」だけの話で、彼の母の子宮内での「或特別の卵と或特別の精虫の配合」を一つの必然と見ることも可能なのである。とするなら、この「卵」と「精虫」の配合による受胎は、内部の受動的因子Sd（因）と外部からの能動的因子Sg（縁）との遭遇による〈暗示〉発生の経緯と、どこがどう違うのか。両現象のこの見事な符合が『明暗』の書き手に意識されていなかったとは、とても考えられない。

さて、『明暗』のこのような読みが妥当なものならば、この意匠は、〈暗示〉を「因縁」として説いた『ノート』の一節や、『文学論』の幾つかの部分をはじめとして、漱石テクストのあちこちと呼応するものである。それらのうち最も精細な解析を実現している理論的テクストが、前章にその一部を見た『文学論』第五編の特に第二章「意識推移の原則」で、〈暗示〉一般、すなわち人間の「複雑なる情操」の「伝播」「踏襲」という事態がいかにして発生するのかの解析を試みた部分である。

『文学論』において「F」が「焦点的印象又は観念」を表すことは「はじめに」で見たとおりだが、〈暗示〉を考えるには、その「F」が「F′に推移する」過程を考える必要がある。そのために新たに導入される略号が「C」である。「Fを焦点に意識する時、之に応ずる脳の状態」を「C」とすると、

「FのF′に推移するとき、Cも亦之に応じてC′に推移する」。とすれば、「C」は「C′を生ずる一の条件」であり、かつ「C′はF′に相応する脳の状態」だから、「Cは又F′を生ずる一の条件」でもある。ここにおいて「Cは何等の刺激（内、外）なくしてC′に移るの理由なきが故に、F′を生ずる必要条件はCとS（刺激）とに帰着す」るという結論が導かれる。

別の言い方をすれば、推移後の新しい「印象又は観念」である「F′」の発生は、推移前の「脳の状態」（C）になんらかの「刺激」（S）が加わることを「必要条件」としているということである。ところで、その場合、個々の「S」の強弱・性質は様々であるに違いなく、また「C」もそれぞれ「特殊の傾向を有する」がゆえに、その「一様ならざるSがCを冒し」、かつ「C」が「二個以上のSに選択の自由を有するときは、第一に尤も其傾向に都合よきSを迎へて、之と抱合してC′を構成」する云々……。この「冒し」とか「抱合」とかの表現は、この後も連発されてゆくものだが、それが読者になんらかの連想を促すレトリックであることは自明だろう。

此Sは外部より内部より種々なる形を以て刻々にCを冒さんとするは明らかなるを以て、CがC′に推移する迄には幾多のSを却下せざる可からず。幾多のSが却下せられたるとき、尤もCの傾向に適したる幸福なるSはCを抱いてC′を生ず。

これすなわち「暗示」成立の過程でもあるわけだが、それがなぜ「暗示」と呼ばれるかを説くに当たって、ここで漱石が新たに導入するのが「Ⓕ」という記号である。この過程は「FのF′に推移する場合には普通Sの競争を経ざるべからず」という法則で表されるとした直後、漱石はこの「Sの競争」の部分に「幾多のⒻの競争」を代入して法則を記述し直す。すなわち「Ⓕ」とは、意識の焦点に存在はしても「意味を有せず、識末もしくは識域下にあるもの」、つまりは意味明示的となる以前の漠たる存在を指す記号であり、「FのF′に移るには幾多のⒻより申し込みを得て、其うちより尤も優勢なるものもしくはFの傾向に適したるものを採用する」形となるのだという。言い換えれば、「F′」は突然「焦点に上る」ものではなく、「識域下」の「Ⓕの競争」の動きを感知するといった形で「幽かに暗示せらるゝ」というのである。

「Cを冒さん」と「申し込み」をしてきた「幾多のⒻ」のうち「尤も優勢なる」もしくは「傾向に適したるもの」のみが「採用」され、「幸福なるS」として「Cを抱いてC′を生ず」……。この一連の記述に、漱石自らの考案にかかる「F＋f」の公式を適用してみよう。きわめて科学的な「焦点的観念」を表示したこの「F」に、多少とも文学的な「f」（情緒）の付随を受け取らないわけにいくだろうか。それも『明暗』の読者であれば、その「f」に、さきに見た「卵」と「精虫」の「配合」云々の記述との近似を感知しないではいられまい。同じ著者の理論面と創作面とを代表する二つのテクストに十数年の時を超えて現れたこの二つの思い描きは、どう見ても重なっている。『明暗』期の漱石は『文学論』によく言及し、「もう一度講壇に立つて、新に自分の本当の文学論を講じて見たい」[7]などと弟子のみならず妻にまで語っていたが、[8]このことも、『明暗』の創作が『文学論』との、あるいはその更新されつつあった理論との絶えざる往還において構築されていたことの傍証となろう。

ともかくかつて『文学論』に現れたかたまりが『明暗』で反復したとき、漱石の意識にはほぼ同じ「F＋f」が甦っていたに違いない。読者には、その「f」が含有する「幸福」感に染まって、自らも「幸福」になる権利があるだろう。すなわち「精虫」が「卵」を抱合するように、「Ⓕ」が「C」を冒し、抱いて「C′」を生む。この「F」に伴う「f」が含むエロスを自らの身体に反復する、ささやかな「幸福」。

六　「因縁」は「因縁」を生む

ざっと以上のような知見をもって、『心』に立ち戻ってみよう。そこでは、『明暗』における「暗示」の七つの舞台のように、外的刺激（縁／Sg／S／Ⓕ）と内的要素（因／Sd／C）との反応の現場を押さえるというパターンが表面化することはない。ただ水面下では、同様の心的動態が同じように物語を進める動力となっていること、すなわち『明暗』の場合と同じく「縁」と「因」との遭遇によって「因縁」たる〈暗示〉が成立し、それが次の行動を生むことで主要登場人物の運命が決してゆく、という物語の仕掛けを見て取ることができる。

たとえば下編でKの口から漏れた「覚悟ならない事もない」という「独言」めいた言葉が、逆に「私」に及ぼした強い〈暗示〉効果には論及ずみだが、この場合、「覚悟の二字」という「縁」にふれて反応した「私」内部の「因」とは、どのようなものだったろうか。彼の言葉を「頭のなかで何遍も咀嚼してゐるうちに」、「私」の心理はこう推移する。

凡ての疑惑、煩悶、懊悩、を一度に解決する最後の手段を、彼は胸のなかに畳み込んでゐるのではなからうかと疑ぐり始めたのです。さうした新らしい光で覚悟の二字を眺め返して見た私は、はつと驚きました。其時の私が若し此驚きを以て、もう一返彼の口にした覚悟の内容を公平に見廻したらば、まだ可《よ》かつたかも知れません。悲しい事に、私は片眼《めつかち》でした。私はたゞKが御嬢さんに対して進んで行くといふ意味に其言葉を解釈しました。果断に富んだ彼の性格が、恋の方面に発揮されるのが即ち彼の覚悟だらうと一図に思ひ込んでしまつたのです。（四十四）

ここでは、Kから「私」に投げられた「覚悟」というSgに対応すべきSdが「咀嚼」とともに推移した結果、「新らしい光」となってようやく劇的な反応を起こし、「はつと驚」くような〈暗示〉を生んでいる。が、その内容は「たゞKが御嬢さんに対して進んで行く」という、Kにおける実情から懸け離れた認識であった。かくして、「縁」と「因」との結合によって新しく生まれたこの認識は、言葉の通俗的な意味における「因縁」ともなって、その後の彼らの運命を規定することになる。

そして実は、その「私」が十何年もたってから結局、自分も死ぬという「action」に導かれるのも、いくつかの現象が〈暗示〉として働くことによっている。その一つが妻の口にした「殉死」の語であったことはすでに見た。「では殉死でもしたら」という「笑談」の刺激（縁）が「記憶の底に沈んだ儘、腐れかけてゐた」観念（因）と反応を起こすことが、忘れていた「殉死といふ言葉」を浮上させ、さらに「明治の精神に殉死する」という新しい「因縁」（F′）を生んだのである。

　このときの「新しい意義を盛り得たやうな心持」云々の表現が妙に明るく感じられるとしても、不自然ではない。ニュートンやガリレオの脳裏に新発見が浮上した瞬間もそうであったに違いないように、〈暗示〉の成立による新しい「因縁」の生起を快として受けとめることは、おそらく人間の本性に属することだからである。さらに、「明治の精神に殉死する」というこの新奇な「因縁」が生じて約一カ月後、「私は今度は新聞紙上の乃木希典が「書き残して行つたもの」という新しい「縁」に接する。「西南戦争の時敵に旗を奪《と》られて以来、申し訳のために死なう〳〵と思つて、つい今日まで生きてゐたといふ意味の句」が、内部のなんらかの「因」と反応を起こすことで、「さういふ人に取つて、生きてゐた三十五年が苦しいか、また刀を腹へ突き立てた一刹那が苦しいか」と考えるというまた新しい「因縁」を生む（五十六）。

　自殺の決心に至る心理としてそれ以上のことは書かれていないのだから、この「因縁」こそが「先生」に引導を渡したと考えるべきだろう。とすれば、乃木自刃にどのような意味を付するかが『心』の〈物語〉の最後の鍵となるはずで、実際、それをどう意味づけるかは、事件直後から意見百出して国民的議論を呼んだトピックであった。何を表現する死であったか、どう解釈すべきかの議論を整理すると、焦点は次の三つに収斂する。一つは天皇への殉死、二つ目は過去の失策について「責任」を取る意味での死、最後に浮華なる社会に向けた諫死である。[9]「先生」内部の「因」にふれた「縁」としての乃木自刃がこの三つのうちどれであったかというなら、二つ目の「責任」の死を挙げるべきであることは「先生」の語りの文脈から明らかであるし、またそれは、『心』連載開始五カ月前の、すでにふれた講演「模倣と独立」で示された乃木事件の捉え方とも整合的である。

「明治の精神」という、ここでふと浮上した言葉に超国家主義あるいは天皇主義までを見てしまう類の誤読は、この点を見ない杜撰さあるいは戦略に足を置いているというほかない。ただ、『心』のテクストがそれを呼び込む可能性に対して警戒的であるとはいえず、そこには漱石個人のナショナリズムが微妙に絡む。この問題には第8章で立ち戻る。

第5章——シェイクスピア的そそのかし

一　志賀直哉の不満

「精虫」が「卵」を「抱合」するのとそっくりの動きを描いて、外部から来て脳の状態（C）に作用した刺激（S）のうち競争を勝ち抜いたもの（Ⓕ）が、そこに潜在する何らかの要素に遭遇することで〈暗示〉が成立する。その場合、Sは〈暗示するもの〉（Sg）、C内部の要素は〈暗示されるもの〉（Sd）として、対になって〈暗示〉という受精卵を創造したわけであり、この経緯はまた、前者を「縁」、後者を「因」と呼び直すならば、一つの「因縁」の成立として観ずることもできる。

「暗示」をめぐる『明暗』の記述を『文学論』や『ノート』の用語に翻訳するなら、ざっとこのようになる。脳内に発生する〈暗示〉は、子宮内に起こる受精とまったく同じようにして、新しい「因縁」を形成する。あなたには脳があって、そこに今、文字の連鎖が刺激として飛び込むことで読書という「因縁」を形成している。だが、実はその脳も、あなたの両親の間にもし何らかの「因縁」が発生しなかったなら今そこにないのであって、両親の間の「因縁」も〈暗示〉なしにはありえなかったことにかんがみれば、現在生起しつつある〈暗示〉の場となっているあなたの脳も、もともと〈暗示〉の産物なのである。

そのような意味において畏怖するに足る、「因縁」としての〈暗示〉の成立過程にまで表現を届かせようとするところに『明暗』の動機の一つがあったとするなら、『心』の焦点はむしろ、起こってしまった〈暗示〉が不慮の結果を生んでゆくという意味での「因縁」の恐ろしさに向けられていた。「先生の遺書」はそのような「因縁」の連鎖を時系列に沿って語り継ぐものであったわけだが、前章で問題にした、Kの死の時点でその後の「運命」が「暗示」されたという記述（下 四十九）は、そのような語りの流れに微細な混濁を持ち込むものであった。現実的に考えれば、「運命」の恐ろしさは、あの事件を経た後も経験を重ね、ついに遺書を書くところまで来た執筆時の「私」が来し方を回顧してはじめて認知されるはずのものであり、とすれば、この記述も後知恵の混入したものと読むのが妥当だろう。が、そうだとしても、もう一つの可能性――事件渦中の「私」が事実そのような「運命」の「暗示」を感知し、その後の生涯が結局、予告通りに推移したという読み――を絶対的に排除しうるわけではない。なぜなら、それは〈物語〉であるから。事実としてはともかく、〈物語〉の世界でなら、それはむしろなじみ深い成り行きでさえあるのではないか。つまり〈物語〉はしばしばそのように作られるのであって、漱石もそのような〈物語〉作者の一人であると考えるなら、どうか……。

どうでもよいことにこだわっているように見えるだろうか。しかし、このこと、すなわち主人公の「運命」をどう構想するかは〈物語〉作者にとって最も根柢的な問いであるに違いなく、たとえば

『心』読後の志賀直哉が考え込まずにはいられなかった問題に直結している。『心』完結から間もない時期のものと思われる紙片に、志賀は、『心』が内容的には短篇小説的で、「心理」で読ませる「作り物」であると批評しつつ、このように書いていた。

> ○運命の力を根本にして動く小説を書きたい。心理を根本にしたものは気持ちの悪い裕通〔ママ〕が利きさうで不愉快だ、運命ならばどうにもならない、どうにもならない物の動いて行く所に筋の発展を置いてそれに心理をつけて行くやうなものでなければ永久的な作物にはなれない、心理は——特に病的な心理で発展する筋は普遍性がない。
> 〔中略〕自分はもう少し運命で動いて行くものが書きたい。Kといふ男があゝなるに作者に都合のいゝ性質と思想と境遇とにしてある。あれがどれか一つくるつても発展が変る。読んで行く内に自分ならと誰でも思ふ、かう思ふ事の出来ない運命で押しつめて行つた物が此頃は書きたい。
> （「未定稿141」）(1)

事態が「あゝなる」過程で「どれか一つくるつても発展が変る」。「自分なら」あの時点でそのような選択をしないがゆえに「あゝ」はならない、と思わせる余地がある。「心理」で動く物語は、この点「気持ちの悪い裕通〔ママ〕が利きさうで不愉快だ」。だから、そう思うことのできない「運命」にこそ「筋の発展」を置き、「心理」はそれに「つけて行く」という形で書きたい。おそらくこれが『暗夜行路』（一九二一〜三七）にそれなりの結実を見ることになる、志賀固有の志向だったのだろう。

この志向は、ところで、ギリシア悲劇に表現された「運命」観に通ずるものではないだろうか。たとえばソポクレスが劇化したオイディプス王は、神託に予言された「運命」から逃れ去るためのあらゆる行動を取りながら、結局は予言通りの結末に吸い寄せられてしまう。次々と降りかかる「偶然的事象《テュケー》」にその都度、持ち前の洞察力と性格と「心理」をもって懸命に対応しながら、それでも既定の終着点に、逃れがたく逢着する。だから「運命ならばどうにもならない」、と観客は深い感動に浸る。志賀がその長篇小説で試みようとしていた作劇法もおそらくこれに似たもので、絶対的な「運命《モイラ》」をあらかじめ確定し、場面ごとの「偶然的事象《テュケー》」とそれに伴う「心理」はあくまでその「運命《モイラ》」に整合すべく逆成してゆく形で練られた〈物語〉であったのではないか。(2)

だが、ひるがえって人生の実際を考えるなら、「偶然的事象《テュケー》」の連鎖を回顧してはじめて「運命《モイラ》」も観相されるはずで、ソポクレス＝志賀的な〈物語〉はこの時間的先後の逆転の上に成り立っている。「運命《モイラ》」の逃れがたさを突きつけるこの種の〈物語〉は、しかし、「偶然的事象《テュケー》」の継起が必然か偶然かは実は物の見方による、という実相に蓋をするものではないか。これに対し、「心理を根本にしたもの」と志賀が難じる『心』では、「心理」の場としての「偶然的事象《テュケー》」こそが主要で、「運命《モイラ》」はむしろそれについてくる。ここにおそらく漱石流も存するのであって、そこにシェイクスピア悲劇に通ずるものを見て取ることもできる。たとえば魔女のやはり予言的な言葉につい「心理」的に乗ってしまうマクベスは、選ばずにすんだはずの破滅への道を選んでしまう。そのように、ほんのちょっとした「気持ちの悪い裕通」の加減でAの道でなくBの道を採ってしまう、という「偶然的事象《テュケー》」の場における選択の恐ろしさこそをむしろ主眼としてゆくのである。

結局こうなってしまった、その「運命《モイラ》」を必然としてまるごと受忍するか、それとも「偶然的事象《テュケー》」の「因縁」的連鎖を見極めようとするか。前章に見た『明暗』冒頭の、「偶然」は説明できないことの別名にすぎないという「ポアンカレーの説」を導入する部分は、偶然と必然をめぐるこの種の問いが主人公に芽生える過程を描いているといえるだろう。この「説」に促されて自省した津田は、これまで信じてきた意志の自律に揺らぎを感じ、むしろ「暗い不可思議な力」によって前後左右に押されたり引かれたりしている自分を意識し始めるのだった。さらに、津田はこう独白する。

「何《ど》うして彼《あ》の女は彼所《あすこ》へ嫁に行つたのだらう。それは自分で行かうと思つたから行つたに違ない。然し何うしても彼所へ嫁に行く筈ではなかつたのに。さうして此己《このおれ》は又何うして彼の女と結婚したのだらう。それも己が貰はうと思つたからこそ結婚が成立したに違ない。然し己は未だ嘗て彼の女を貰はうと思つてゐなかつたのに。偶然？　ポアンカレーの所謂複雑の極致？　何だか解らない」　　（二）

未完に終わった『明暗』の結末としてありうべき仮説の一つは、この「何だか解らない」が解かれることである。(3) その前兆は、絶筆となった「百八十八」に見られる。温泉場の旅館でついに清子と面会した津田が、その「偶然」を怪しむ清子に対して、「僕は僕で独立して此処《こゝ》へ来《き》ようと思つてる所へ」云々と嘘で固めた説得を試みる場面である。

「さうでせう。さうでもなければ、何う考へたつて変ですからね」

「いくら変だつて偶然といふ事も世の中にはありますよ。さう貴女《あなた》のやうに……」

「だからもう変ぢやないのよ。訳さへ伺へば、何でも当り前になつちまふのね」　（百八十八）

二人の再会は決して「偶然」ではない。「訳さへ伺へば、何でも当り前」つまりは必然として理解されるのである。一定の出来事あるいは「F」の推移について、「複雑の極地」で「訳」がわからないがゆえに「偶然」の語で蓋をする。この傾向への抵抗が『明暗』の主要モチーフの一つにあることは疑えない。「二」の津田が意識している「暗い不可思議な力」はおそらく、理解されるべき必然の末端とも称すべきものであり、その成長によって、大団円では「偶然」の欺瞞が暴かれ、一連の経緯について必然として解される部分が増大する……。そのような形での人生理解の深化、それに伴う他者理解と倫理性への目覚め、といったところが予定されていたのではないだろうか。

二　悪漢、魔女、幽霊のそそのかし

学者時代の漱石がシェイクスピアを高く評価していたことは、講義録『『オセロ』評釈』（一九〇五年講述。野上豊一郎〔一九三〇〕と小宮豊隆〔一九三五〕の筆録から構成）やその前年の評論「マクベスの幽霊に就て」（一九〇四）などから明らかだが、このこともまた、上述のような「暗い不可思議な力」への焦点化という漱石固有の主題と無関係には考えられない。これらのテクストや蔵書への書き込みに示された漱石の読みには、この種の「力」の表現への強烈な関心が読み取られる。その最も顕著な例が『『オセロ』評釈』に残された、イアーゴ造型を讃嘆する言葉である。

Shakespeare は Iago を conceive し得る人である。彼は一変すれば自ら Iago 位になれる人である。それほど conception の大きい人である。余には Iago の如きことは出来ない。良心の為に出来ないのではなく、intellectually に出来ない。

これは第二幕第一場、キプロス島に到着したデズデモーナをオセロが喜び迎えるシーンで、一同退場の後、イアーゴがロダリーゴに、デズデモーナはキャシオに惚れているというようなことを吹き込むあたりに置かれた記述で、そのあたりを講じながら漱石が余談のように洩らした感慨と思われる。かくしてイアーゴの計略どおりキャシオはオセロから職を解かれ落胆するのだが、そのキャシオに、イアーゴは復職への取りなしをデズデモーナに頼み込むように助言する。その直後のイアーゴの独白のあたりにも、「冷酷に大悪を為し得て、それを善の如く装ふ手際を持つ」イアーゴは「一方から見れば大いにえらい」、「Shakespeare が Iago を作つたのを以つても Shakespeare の intellectually にえらかつたことがわかる」という絶讃の言葉が残されている。

漱石ほど「intellectually に」すぐれた人が、「Iago を conceive し得る」という一点のみを捉えて

「intellectually にえらかった」とまで脱帽する。これはいささか奇異な光景ではあるまいか。しかし、おそらくこの隘路こそが、二人の文豪の作家的癖をつなぐものなのである。すなわち漱石の脱帽がイアーゴ造型のどの部分に向けられていたかといえば、『「オセロ」評釈』が示すかぎりでは、「大悪」の成就に向けて彼が用いる「手際」としての、他者に吹き込む言葉をめぐってであった。つまりそれらは、もしその「手際」のいずれか一つでももし奏功していなければ『オセロ』の悲劇は起こらずにすんだはずであるところの、讒言やそそのかしである。そのような「運命」的な選択を導く類のそそのかし（これこそ"suggest"の——「催眠暗示」が関与する以前からの——基本的な意味であることは第3章に見た）の言葉を「conceive」してゆく知力において、作家として立ちつつある自分がシェイクスピアを凌駕しうるかと考えたときに、それが可能とは思えないという自己評価を、漱石先生、学生を前にふと洩らしたものだろう。

　ともあれ、これらの場面でのロダリーゴやキャシオにおけるように、他者の言葉に動かされて行動し、その行動が悲劇の一要因をなす、という展開への強烈な関心こそ、『オセロ』のみならぬシェイクスピア悲劇全般に対して漱石が示した反応の核心をなしていたものと考えられる。『オセロ』講義前年の評論「マクベスの幽霊に就て」（一九〇四）もそのことを示すもので、そもそも『マクベス』を論じるに様々な観点がありうるなかで、特に「幽霊」の読み方に焦点化する批評を構想した時点で、すでに漱石の面目は際だっている。というのも、劇中に幽霊が要請される主な理由は、主人公の心理に影響し、悲劇への道行きを加速するといったところにあるはずで、その役割は冒頭で「予言」

を行う魔女たちと同じく、イアーゴのそそのかしに通ずるものに違いないからである。

　シェイクスピアを読む漱石の意識の焦点がこうしたところに集中しがちであったことは、所蔵していた二冊の『マクベス』への書き込みに明瞭に読み取られる。まず *The Works of Shakespeare : Macbeth* (Ed. by K. Deighton, 1896) の冒頭 (p. 3) の余白に書き込まれた漱石の評言を見ておこう（図9）。この場面は劇全体にとって何の利点もない云々としたシーモアの注釈を「This is the most unpoetical criti〔c〕ism.」（これは最も詩的でない批評だ）と一蹴し、劇全体の特徴を構成する「key-note」（主眼・基調）を打ち出しているがゆえに必要だとしたコウルリッジを持ち上げている。[4]

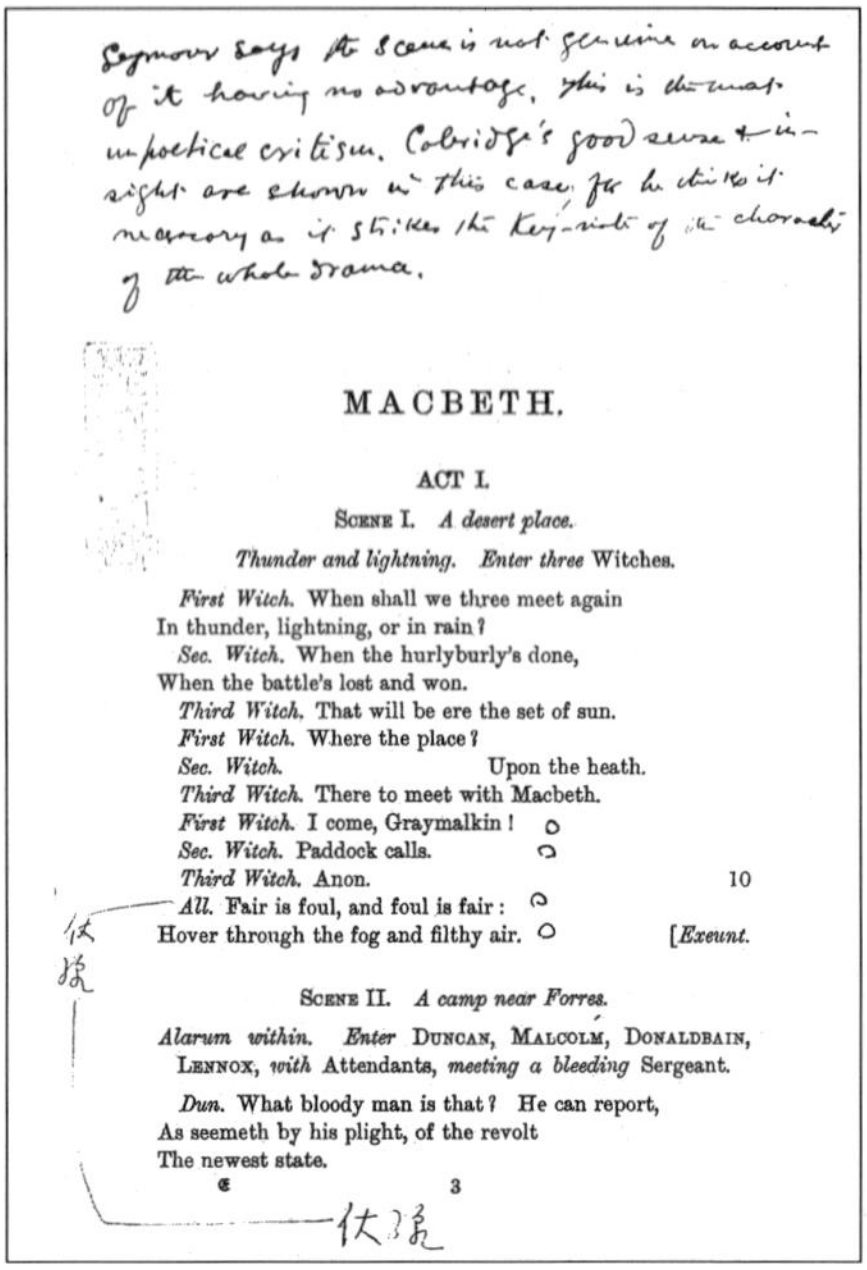
Seymour says the scene is not genuine on account of its having no advantage. This is the most unpoetical critisism. Coleridge's good sense & insight are shown in this case, for he thinks it necessary as it strikes the key-note of the character of the whole drama.

MACBETH.

ACT I.

SCENE I. *A desert place.*

Thunder and lightning. Enter three Witches.

First Witch. When shall we three meet again
In thunder, lightning, or in rain?
Sec. Witch. When the hurlyburly's done,
When the battle's lost and won.
Third Witch. That will be ere the set of sun.
First Witch. Where the place?
Sec. Witch. Upon the heath.
Third Witch. There to meet with Macbeth.
First Witch. I come, Graymalkin!
Sec. Witch. Paddock calls.
Third Witch. Anon.
All. Fair is foul, and foul is fair:
Hover through the fog and filthy air. [*Exeunt.*

伏線

SCENE II. *A camp near Forres.*

Alarum within. Enter DUNCAN, MALCOLM, DONALDBAIN, LENNOX, *with* Attendants, *meeting a bleeding* Sergeant.

Dun. What bloody man is that? He can report,
As seemeth by his plight, of the revolt
The newest state.

3

伏線

図9　This is the most unpoetical criti〔c〕ism.——『マクベス』（Deighton 編）冒頭部分への書き込み（複写）

　実はもう一冊の『マクベス』、*A New Variorum edition of Shakespeare*, Vol. II. *Macbeth* (1878) にも、やはりシーモアによる「魔女たちが導入される目的は、後に再び会うことを告げ知らせること以外になさそうだ[5]」とする脚注に反応した「most unpoetical criticism」という素っ気ない書き込みが残されており（図10）、漱石にとって譲れない一線がそこにあったことが窺われる。つまり第一幕第二場でのダンカン王の宣言が図らずも魔女の予言の力に信憑性を与える形となるわけだが、続く第三場でまた魔女が現れ、そこでさらなる予言をマクベスに与える、という特異な展開は劇全体の主眼とさえいえるわけで、冒頭の魔女の登場はその前哨として必然性のあるものだという理解である。

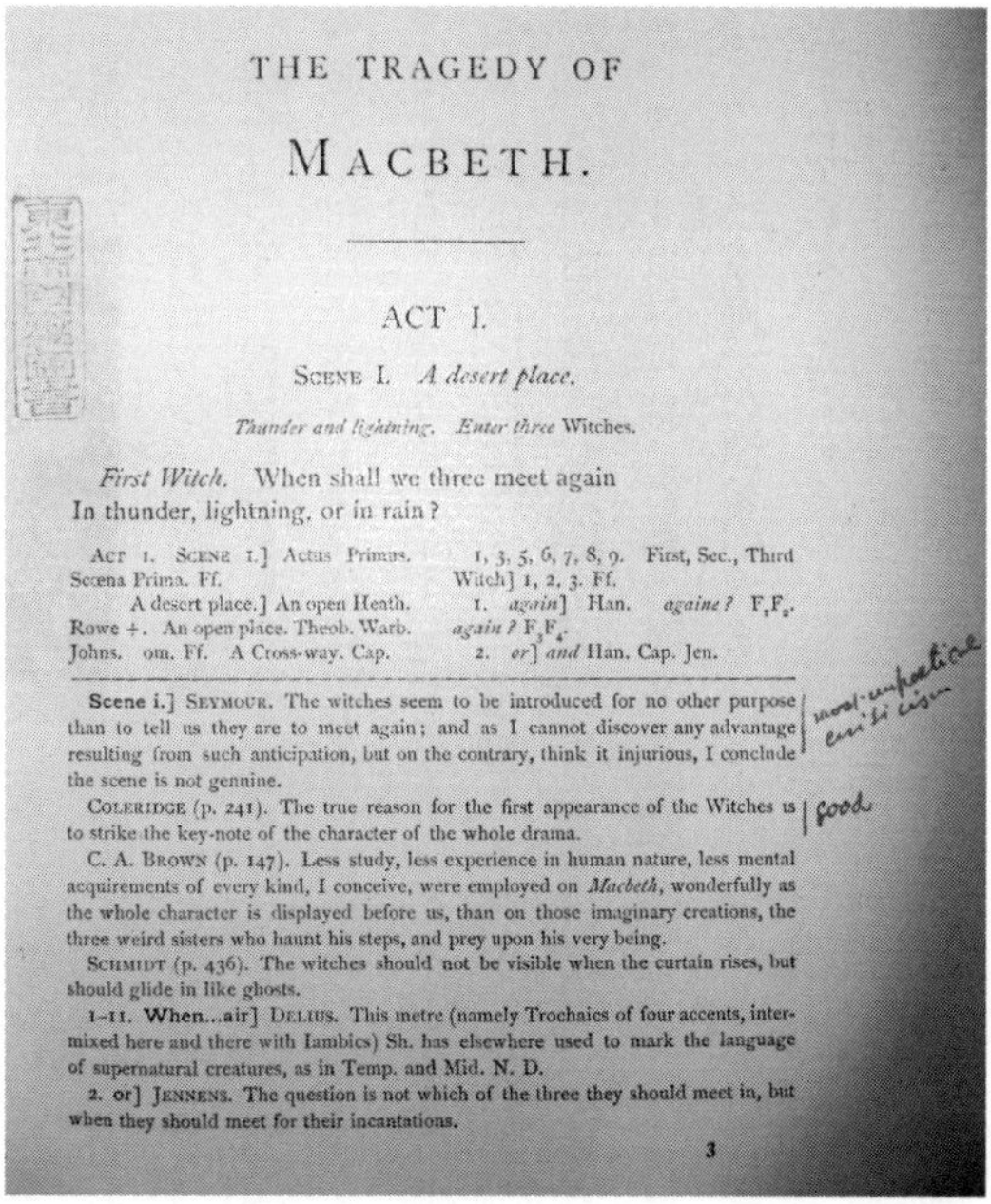

THE TRAGEDY OF

MACBETH.

ACT I.

SCENE I. *A desert place.*

Thunder and lightning. Enter three Witches.

First Witch. When shall we three meet again
In thunder, lightning, or in rain?

ACT I. SCENE I.] Actus Primus. Scœna Prima. Ff.
A desert place.] An open Heath. Rowe +. An open place. Theob. Warb. Johns. om. Ff. A Cross-way. Cap.
1, 3, 5, 6, 7, 8, 9. First, Sec., Third Witch] 1, 2, 3. Ff.
1. *again*] Han. *againe?* F_1F_2. *again?* F_3F_4.
2. *or*] *and* Han. Cap. Jen.

Scene i.] SEYMOUR. The witches seem to be introduced for no other purpose than to tell us they are to meet again; and as I cannot discover any advantage resulting from such anticipation, but on the contrary, think it injurious, I conclude the scene is not genuine.

COLERIDGE (p. 241). The true reason for the first appearance of the Witches is to strike the key-note of the character of the whole drama.

C. A. BROWN (p. 147). Less study, less experience in human nature, less mental acquirements of every kind, I conceive, were employed on *Macbeth*, wonderfully as the whole character is displayed before us, than on those imaginary creations, the three weird sisters who haunt his steps, and prey upon his very being.

SCHMIDT (p. 436). The witches should not be visible when the curtain rises, but should glide in like ghosts.

1–11. When...air] DELIUS. This metre (namely Trochaics of four accents, intermixed here and there with Iambics) Sh. has elsewhere used to mark the language of supernatural creatures, as in Temp. and Mid. N. D.

2. or] JENNENS. The question is not which of the three they should meet in, but when they should meet for their incantations.

3

図 10　most unpoetical criticism——『マクベス』（A New Variorum edition）冒頭部分への書き込み

この点に無頓着なシーモアの論評を二度までも「最も詩的でない」と斬り捨てた漱石の批評からは、逆に、「詩的」とはいかなるものの謂いか、をめぐっての漱石の哲学を感知することもできる。それすなわち『文学論』の基本構想をなすところの、「暗示」と

「聯想」にこそ文学の本質を見る文学観だということになるが、今はそれはさておき、第三場で初めて登場したマクベスの最初の科白への漱石の批評に着目しておこう。第一場の終わりで三人の魔女が口を揃える科白との「照応」を漱石は考察する。

例の“Fair is foul, and foul is fair”（きれいはきたない、きたないはきれい。第一幕第一場一一行）という魔女の科白に対しては「伏線」と書き込まれ（図9）、それに呼応するマクベスの“So foul and fair a day I have not seen.”（こんなにきたなくてきれいな日は見たことがない。第一幕第三場三八行）に対しては「照応何故ニ面白キカ。」との書き入れがなされている。さらにこの「照応」について英語で1から6まで箇条書きした紙片が、この蔵書の見返しに挿入されていたものとして保存されているのだが、その4以降には、冒頭の魔女の言葉を聞いていないはずのマクベスの科白に、なぜ“fair”と“foul”という同一の語彙が含まれているのか、という問題に漱石が強くこだわっていたことが如実に示されている。ここに6のみ訳出しておく。

これは、シェイクスピアの名に値する、最も微妙な節の一つである。この最も強力な一行の意義を指摘した注釈者はまだない。彼らはみな“foul”と“fair”を説明するに両語の論理的関係を見出そうとして苦しみ、感情の論理〔the logic of emotion〕を見失ってきたのである。（傍線原文）[6]

下線を付された「logic of emotion」なるものの探求こそが、結局は『文学論』の主題であったともいえる。同書の『マクベス』の魔女や幽霊にふれた箇所でも、また前掲の「マクベスの幽霊に就て」においても、文学の研究には科学における論理とは別種の「感情の論理」が要請されるゆえんを、たとえば「文学は科学にあらず」（「マクベスの幽霊に就て」）、「吾人が文学に待つ要素は理性にあらずして感情にあり」（『文学論』第一編第三章）といった言葉で、漱石は諄々と説いている。それでは「文学」は「科学」とどう違い、それが準拠するという「感情の論理」とはどのような筋道なのか。シェイクスピアの多くの作品に書き込まれた漱石の言葉には、その示唆となっているものが少なくない。

三　「観念の聯想」の手法化

デイトン編『マクベス』には、すでに言及したもの以外にもメモ的な書き込みが多く残されており、その一つ一つが漱石の目のつけどころを窺わせる。いくつか紹介すると、最も頻出する単語のみのメモは「照応」の語で八回を数え（同義と思われる「照会」を含めて）、次に多いのが図9にも見られる「伏線」の五回。それらの多くは、やはりマクベスの言動と魔女や幽霊の言葉との微妙な関係への着目を示すもので、またそれらに相接しての「性格一転」（第三幕第四場）、「性格又一転」（第四幕第二場）のような書き込みは、彼らの言葉がマクベスを変容させていく行程の要所を押さえたものと読める。

「幽霊」への着目はもちろん『ハムレット』でも示されている。「幽霊ノ登場ニテ一段落。〔中略〕カクスレバ観客ハ愈幽霊ニ重キヲ置クナリ」（第一幕第四場六〇行）のような「幽霊」がらみの書き込みが数個あり、なかには「幽霊ノ話ヲ出ス処少々マヅシ、余ナラバ〔中略〕ト云フ風ニカク積リナリ」（第一幕第二場一八九行）と、作家としてシェイクスピアを凌ぐ意識を見せるものもある。

そのほか、シェイクスピア戯曲のほぼ全般にわたる漱石の書き込みとして目を引くのが、「Ass.」あるいは「As.」というメモである。これは"association"の——あるいは『リチャード二世』『リチャード三世』に書き込まれている術語でいえば「associative use of language」（言語の連想的使用。図11参照）の——略記と見られるもので、このメモの多さは、シェイクスピアを読み進める漱石がたえず焦点化していた観点の一つに「聯想」があったことを如実に示している。

この「聯想」という主題が、〈暗示〉と並んで、あるいは切っても切れない相方として、『文学論』の鍵をなしていることは、第四編冒頭での宣言によく示されている。すなわち、ここまでで「文芸上の真」をすでに論じたから「勢此真を伝ふる手段を説」く段となったとして、こう述べるのである。

> 余の説を以てすれば、凡そ文芸上の真を発揮する幾多の手段の大部分は一種の「観念の聯想」を利用したるものに過ぎず。以下説くところ（第一、二、三、四、五、六章）の如き全く此主張を本として組み立てたる結果に外ならず。

ほとんどあらゆる文学技法の構造が「観念の聯想」という唯一の原理から解析されるというのであ

る。そうだとすれば、この「観念の聯想」とは容易ならぬ代物に違いなく、漱石がたとえば何をもって「聯想」と見、「Ass.」「As.」などと書きつけたのかは押さえておくに値しよう。

その多くは比喩における「聯想」に着目したもので、"In rage deaf as the sea, hasty as fire."（聞く耳もたぬ海のように憤怒し、火のように急く。『リチャード二世』第一幕第一場一九行。図11参照。下線は漱石、以下同じ）、"they spake not a word /But, like dumb statues or breathing stones,"（黙せる銅像か息をする石ででもあるかに一語も発せず。『リチャード三世』第三幕第七場二四～二五行）、"as weeds before / A vessel under sail, so men obey'd / And fell below his stem"（突き進む船の前の海藻のように服従し、舳先の下に倒れた。『コリオレイナス』第二幕第二場一〇三～〇五行）など。これらよりやや変則的な修辞に着目した例としては、"And pluck up drowned honour by the locks"（溺れていた名誉を、その髪房を摑んで引きずり上げ。

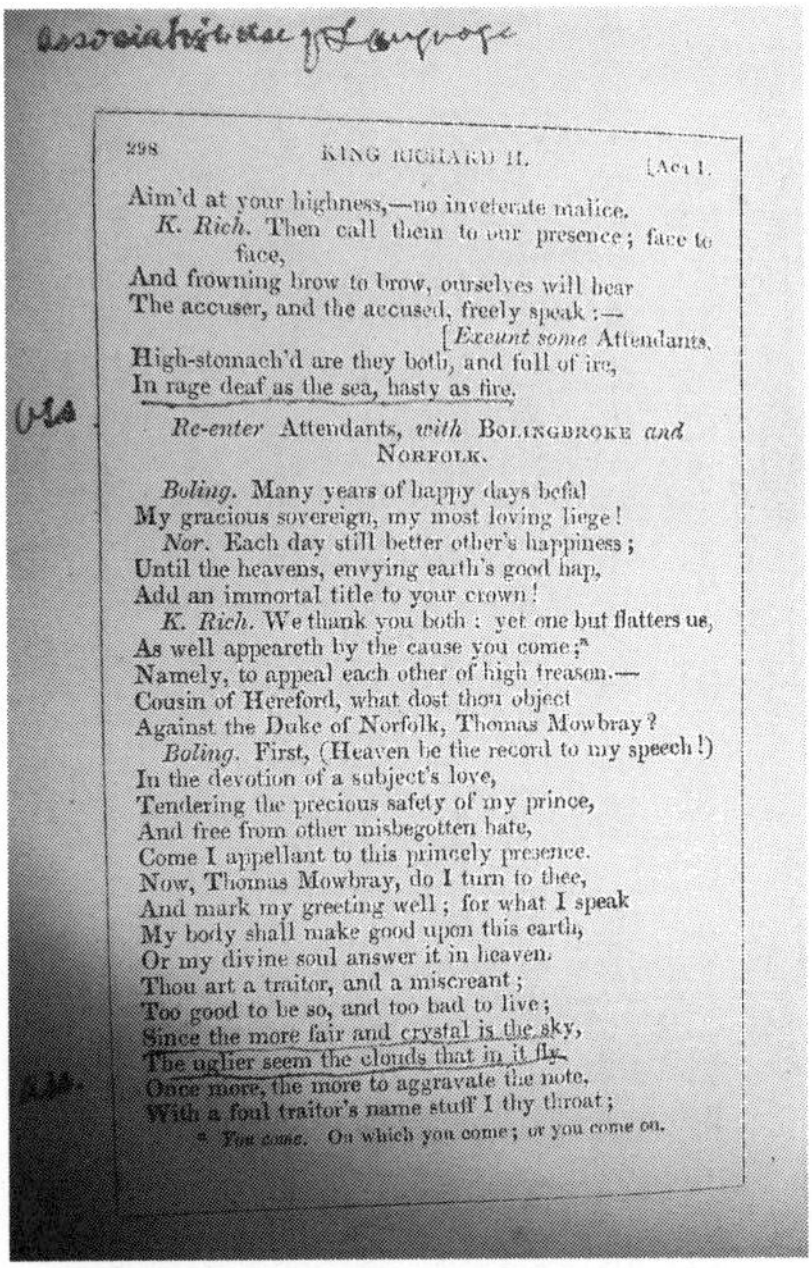
298 KING RICHARD II. [Act I.

Aim'd at your highness,—no inveterate malice.
K. Rich. Then call them to our presence; face to face,
And frowning brow to brow, ourselves will hear
The accuser, and the accused, freely speak:—
[*Exeunt some* Attendants.
High-stomach'd are they both, and full of ire,
In rage deaf as the sea, hasty as fire.

Re-enter Attendants, *with* BOLINGBROKE *and* NORFOLK.

Boling. Many years of happy days befal
My gracious sovereign, my most loving liege!
Nor. Each day still better other's happiness;
Until the heavens, envying earth's good hap,
Add an immortal title to your crown!
K. Rich. We thank you both: yet one but flatters us,
As well appeareth by the cause you come;[a]
Namely, to appeal each other of high treason.—
Cousin of Hereford, what dost thou object
Against the Duke of Norfolk, Thomas Mowbray?
Boling. First, (Heaven be the record to my speech!)
In the devotion of a subject's love,
Tendering the precious safety of my prince,
And free from other misbegotten hate,
Come I appellant to this princely presence.
Now, Thomas Mowbray, do I turn to thee,
And mark my greeting well; for what I speak
My body shall make good upon this earth,
Or my divine soul answer it in heaven.
Thou art a traitor, and a miscreant;
Too good to be so, and too bad to live;
Since the more fair and crystal is the sky,
The uglier seem the clouds that in it fly.
Once more, the more to aggravate the note,
With a foul traitor's name stuff I thy throat;

[a] *You come.* On which you come; or you come on.

図11　Associative use of Language /Ass. /Ass. ——『リチャード二世』第一幕第一場への書き込み

『ヘンリー四世 第一部』第一幕第三場二〇五行)、"Go, tread the path that thou shalt ne'er return, / Simple, plain Clarence! I do love thee so, / That I will shortly send thy soul to heaven," (戻らぬ道を歩いてゆけ、馬鹿正直なクラレンス! 私は君を愛するとも、じきに君の魂を天国へ届けるほどさ。『リチャード三世』第一幕第一場一一八〜一一九行) などがある。

憤怒から海や火を、沈黙から「息する石」を、服従から海藻を、瀕死の名誉から髪房を摑むことを、愛から魂の天国送りを、それぞれ観念Aから観念Bへと「聯想」する働きが文学的な言葉に結実していった例を、それらの文に見ることができる。ところで、「聯想」によって浮上するこれら観念B、すなわち海や火、息する石、海藻、髪房、魂の天国送りといったものは、通常は、現実には不在であるものの記号にすぎないが、場合によっては記号の分際を超えて、現実に姿を現す。「幽霊」の出現を事実として感知する場合などがそれである。

漱石の評論「マクベスの幽霊に就て」が「幽霊」に焦点化していたのも、だから決して一時の気まぐれではなく、「聯想」ひいては〈暗示〉という年来の課題に連続している。論考の狙いは「一、此幽霊は一人なるか、二人なるか。二、果して一人なりとせば、ダンカンの霊かバンコーの霊か。三、マクベスの見たる幽鬼は幻想か将《は》た妖怪か」を解決することなのだが、この「要領」に沿って重ねられる推論は結局、第三の問題、すなわち劇中の「幽霊」は現実に現れた「妖怪」か、それとも「マクベスの妄想より捏造せられたる幻影」かに収斂してゆく。それへの漱石の最終的回答は、「マクベスの幻想を吾人が見得るとし、其見得る点に於て幻怪として取り扱つて」よいとするもので、これをいう途次で持ち出された論拠が、さきに見た「文学は科学にあらず」だったのである。つまり「科学」でない以上、「幽霊」は現実に現れたものとしてよいのだが、それはもちろん「聯想」によって浮上した観念Bが記号を超えて「幻想」化した場合である、と。

ところで、さきに見た『ハムレット』への書き込みでは作家としての技術に疑問を呈したものもあり、漱石のシェイクスピア絶讃が確固不動というわけではなかったことが知られる。その評価はやがて明確な下降線を描いたようでもあって、一九一五（大4）年九月の談話とされる記事では「あれ程多くの人物になり了せて居る」点で「沙翁は偉い」が、「一つ一つの作を取つていへば一向感心しない」との明言に及んでいる。

> 凡てが作り物である。そして人物の心理の働きなども頗る粗大である。とても近代の仏国や露国の作家を読むやうな味は出ない、リヤ王にしろ、オセロにしろ、あゝいふ事件が近世に起つたとしても、あんな具合にはとても発展しない。とても沙翁などをこれから研究する気は起らない。
>
> （「夏目先生の断片」）

『心』『道草』を経て『明暗』に向かう時期の漱石の、自信と志向を明瞭に開示する言葉である。シェイクスピアへの不満が特に「人物の心理の働き」に向けられたことには、漱石という作家が力量を自任する領域のありかを看取することもできるだろう。自作を「心」と題すること二度に及んだ（長篇『心』のほかに『永日小品』中の「心」。第10章参照）この作家の野心の焦点が「人物の心理の働き」に定められていたと考えることに何の不都合もない。そうだとしたら、彼のうちにその志向が発生したのは職業作家となるはるか以前のことである。

四　思いがけぬ心——「人生」

鎌倉円覚寺に参禅し、「父母未生以前本来の面目」という公案をもらった『門』の宗助は、老師の室中に入って「たゞ一句」を吐くが、「もつと、ぎろりとした所を持つて来なければ駄目だ」とたちまち斥けられる。「其位な事は少し学問をしたものなら誰でも云へる」と（十九の二）。宗助が何をいったかは知りようもないが、一八九四（明27）年にほぼ同じ経験をした漱石が吐いた言葉なら、高い確度で推定しうる。『ノート』内のこの記述からである。

> 十年前円覚寺ニ上リ宗演禅師ニ謁ス禅師余ヲシテ父母未省〔生〕以前ヲ見セシム・次日入室見解ヲ呈シテ曰ク物ヲ離レテ心ナク心ヲ離レテ物ナシ他ニ云フベキコトアルヲ見ズト禅師冷然トシテ曰クソハ理ノ上ニテ云フコトナリ・理ヲ以テ推ス天下ノ学者皆カク云ヒ得ン更ニ茲〔こ〕ノ電光底ノ物ヲ拈出シ来レト
> （「超脱生死」）

その「一句」——物ヲ離レテ心ナク心ヲ離レテ物ナシ——の認識こそ、若き漱石が譲れない一線として把持したところでもあった。そのことは、『ノート』の文脈から、またその二年後、熊本時代のエッセイ「人生」の冒頭からも知られる。

空《くう》を劃して居る之を物といひ、時に沿ふて起る之を事といふ、事物を離れて心なく、心を離れて事物なし、故に事物の変遷推移をなづけて人生といふ、

「事物」（客観）のないところに「心」（主観）は想定しえず、「心」がなければ「事物」も認知されない。〈暗示〉と「聯想」を軸に「F」の推移を考える漱石理論の前提として、この哲学は漱石の生涯を貫いたようにも見える。たとえば「マクベスの見たる幽鬼は幻想か将た妖怪か」という問いにしても、その「幽鬼」は客観的「事物」かそれとも「心」による主観的「捏造」か、と翻訳しうるものであって、「物ヲ離レテ心ナク」の哲学に根をもつ。「何で狸が婆化しやせう。ありやみんな催眠術でげす」と狸に語らせた「琴のそら音」は、さらにある男にこういわせている。「なあに、みんな神経さ。自分の心に恐いと思ふから自然幽霊だつて増長して出度《でたく》ならあね」。

ともかく、このように「心ヲ離レテ」はありえないところの「事物」の「変遷推移」こそを「人生」と呼ぶのだと、「人生」と題したこの文章は説く。そして「小説は此錯雑なる人生の一側面を写すもの」だが、いかなる名作の「心理的解剖」も「直覚」も捉えていない「一種不可思議のもの」が人生にはあると述べ、この洞察からさらに次のように論を進めている。

「因果の大法を蔑《ないがしろ》にし、自己の意思を離れ、卒然として起り、驀地《ばくち》に来るもの」、「世俗之を名づけ

て狂気と呼ぶ」。この種の「狂気」ないし「馬鹿」、あるいは「思も寄らぬ夢」は「天災」と同じく「人為の如何ともすべからざるもの」であって、「良心の制裁」も「意思の主宰」もものともしない。ある朝突然「奈落に陥落し、闇中に跳躍する」こともあり、そうなれば「わが身心には秩序なく、系統なく、思慮なく、分別なく、只一気の盲動するに任ずるのみ」で、もはや「良心は不断の主権者にあらず、四肢必ずしも吾意思の欲する所に従はず」という状態となる。このような「変転推移」の相においては、「小説」に期待できないことは「数学」と同じだとして、一文はこう結ばれる。

> 吾人の心中には底なき三角形あり、二辺並行せる三角形あるを奈何《いかん》せん、若《も》し人生が数学的に説明し得るならば、若し与へられたる材料より、Xなる人生が発見せらるゝならば、若し人間が人間の主宰たるを得るならば、若し詩人文人小説家が記載せる人生の外に人生なくんば、人生は余程便利にして、人間は余程ゑらきものなり、不測の変外界に起り、思ひがけぬ心は心の底より出で来る、容赦なく且乱暴に出で来る海嘯と震災は、啻《ただ》に三陸と濃尾に起るのみにあらず、亦自家三寸の丹田中にあり、険呑《ママ》なる哉。

「天災」にも似た「狂気」「馬鹿」「思も寄らぬ夢」、そして「思ひがけぬ心」が「心の底より出で来る」、それが人生だ。そう明言しているというだけで、このエッセイはその後の漱石文学の核心のありかを予告する貴重なテクストだといえるが、実はその価値にさらに上乗せされるべきものがある。それは、そのような「人生」観を語るに際して漱石の持ち出す例話に看取される精神病理学的な観点である。

たとえば『平家物語』の「富士川」の段で、七万余騎もの平家の大軍が、「水鳥の羽音」に驚いて「一矢も射らで逃げ帰る」という挿話。これは読者のみならず当事者たちも「馬鹿々々しと思ふ」に違いないことながら、見方を変えれば、これすなわち「急に揃も揃ふて臆病風にかかりたる」という事態であって、思えば世間によく見られることではないか。またたとえば「犬に吠え付かれて、果てな己れは泥棒かしらん、と結論するものは余程の馬鹿者か、非常な狼狽者と勘定する」のが普通だが、実は世間の「賢者」「智者」であっても「此病にかゝること」は往々にしてあるのだ、という。「天災」のごとく「容赦なく且乱暴に出で来る」「思ひがけぬ心」にも種々あろうと思われるなかで、特にこのような、客観的に見ればあまりにも「馬鹿々々し」い誤認への着目を促していること、かつその成因について「臆病風にかかりたる」「此病にかゝる」と何らかの「病」に罹患することとの類比で捉えているところに注意しよう。前段では、「天災」のごとく抵抗しがたい「狂気」を説くに際して「わが身心には秩序なく」「四肢必ずしも吾意思の欲する所に従はず」といった表現が重ねられているが、これらも罹病との類比に置かれていることは明らかである。

このような「狂気」、「思ひがけぬ心」は、だから、自己の「心の底より出で来る」には違いないのだが、その「出で来る」過程は、「臆病風」や「病」に「かゝる」、すなわち病原菌のような何ものかが外部からやって来て自己内部を冒すという身体感覚において、言い換えれば他者性の侵入として捉えられている。この意味での他者として漱石が持ち出したのが、「水鳥の羽音」や「犬に吠え付かれ」

たことであったわけだ。ところで、これらの「かゝる」が、「暗示にかかる」と今日よくいう場合の「かかる」の用法に連なる感覚表現であることに疑問の余地はないだろう。してみれば、これら様々な形を取る「思ひがけぬ心」という他者は、本書ですでに縷説してきた漱石的概念としての〈暗示〉とまさに同じ動きを見せているわけであって、両者の重なりは明らかである。『ノート』で醸成される〈暗示〉論の、いわば仕込み段階をここに読むことが可能だろう。

「人生」という広漠たる題の下にこのような特殊とも見える側面を掘り下げる人は、いささか特異というべきだろうか。そういってもよいが、その場合、その特異性が、前節に見たシェイクスピアの世界への反応の特異性と不可分であることに注意したい。「思ひがけぬ心は心の底より出で来る」のだとしたら、それを「心の底」からおびき出すものは何か。シェイクスピアの世界ではそれがイアーゴであり、魔女や幽霊であった。そう理解するときはじめて、シェイクスピア戯曲に書き込まれた漱石の言葉と若年のエッセイ「人生」の言葉とは、互いに呼び交わし始めることになる。

五　狸は人を婆化《ばか》すか――「琴のそら音」

しかしながら、幽霊や魔女やイアーゴの“suggestive”な言動が新しい行動を生むことで「因縁」が形成され、事後的にそれが「運命」と観ぜられるに至るのだとしても、この結果は、マクベスなり

料金受取人払郵便

千種支店
承　　認

124

差出有効期間
平成23年3月
31日まで

郵便はがき

464-8790

092

名古屋市千種区不老町名古屋大学構内

財団法人 名古屋大学出版会 行

ご注文書

書名	冊数

ご購入方法は下記の二つの方法からお選び下さい

A．直　送	B．書　店
「代金引換えの宅急便」でお届けいたします 代金＝定価（税込）＋手数料200円 ※手数料は何冊ご注文いただいても200円です	書店経由をご希望の場合は下記にご記入下さい __________ 市区町村 __________ 書店

読者カード

（本書をお買い上げいただきまして誠にありがとうございました。
このハガキをお返しいただいた方には図書目録をお送りします。）

本書のタイトル

ご住所　〒

TEL（　　）　―

お名前（フリガナ）　年齢

歳

勤務先または在学学校名

関心のある分野　所属学会など

Eメールアドレス　@

※Eメールアドレスをご記入いただいた方には、「新刊案内」をメールで配信いたします。

本書ご購入の契機（いくつでも○印をおつけ下さい）

A 店頭で　B 新聞・雑誌広告（　　　　）　C 小会目録
D 書評（　　　）　E 人にすすめられた　F テキスト・参考書
G 小会ホームページ　H メール配信　I その他（　　　）

ご購入書店名　都道府県　市区町村　書店

本書並びに小会の刊行物に関するご意見・ご感想

ロダリーゴなりキャシオなり、それを受けた人間がその“suggestion”(そそのかし/暗示)に反応することがもしなければ生じなかったはずのものである。そこで浮上するのが、受け手の側の“suggest”されやすさ、すなわち“suggestibility”(被暗示性)の問題である。

幾度か言及してきた福来友吉は、この訳語のまだ定着していなかった一九〇六(明39)年の主著『催眠心理学』でこれを「暗示感性」と呼んでいるのだが、同書第四章「暗示奏功の法則」冒頭で、その「強弱」が「暗示奏功」を規定する三条件の一つであると論じている。[7] ちなみに他の二条件は「暗示」そのものの強弱と「反対精神活動の有無強弱」であり、「暗示」自体が強くても、それを妨げる「反対精神活動」が働いていれば暗示は「奏功」しにくく、またもともと「暗示感性」の弱い人の場合もそうだ、というのである。なお、同書における「暗示」の定義は以下のようであって、前章に見た『文学論』のそれと基本線を共有していることは見やすい。

> 今或る刺激がAなる心理的活動(感覚、観念、知覚、運動等)を喚起し、而してAが聯合関係によりてB、C、D、E、F、Gを誘発したりとせよ。然る時はAはB、C、D、E、F、Gの活動を解発したるなり。此の場合に於てAを称して暗示と言ふ。A、B、C、D、E、F、Gは、其の中の一活動の導火によりて聯合活動をなすべき傾向を具ふるものなり。故に暗示とは聯合的に活動すべき精神的或は精神物理的傾向を解発して之を実際的活動となす所の導火となる所の刺激なり。[8]

ここにいう「聯合」は"association"、すなわち『文学論』にいう「聯想」と同一の概念である。右でA〜Gについていわれている「其の中の一活動の導火によりて聯合活動をなすべき傾向」が「暗示感性」こと〈被暗示性〉だということになる。

さて、前章で読み込んだ『心』と『明暗』が、人間の傾向としてのこの〈被暗示性〉に対してきわめて敏感なテクストであることはすでに明らかだろうが、それはもちろんこの二作に限定されるわけではない。そもそも小説家としてのデビューが、〈暗示〉と〈被暗示性〉を表現の核心に置くことを動力として噴出したとも見えるのであって、「倫敦塔」（一九〇五年一月）以下、堰を切ったように書き継がれた『漾虚集』収録の諸短篇は、それぞれに別の実験を試みているようでいて、実はいずれも〈被暗示性〉を抜きにしては語れない構造を備えている（第10章参照）。そしてそのことは、それらの執筆時期が『文学論』第五編相当部分、すなわち「暗示」論を講義していた期間およびその直後であることと無関係ではない。時あたかもその講義「英文学概説」の終了月（一九〇五年六月）に発表された「琴のそら音」は、その関係の特に顕著なものである。

滑稽味豊かな会話と語りで進展し、会話では「丸で林屋正三の怪談だ」という茶々も入るこの作品が落語を強く意識していることは指摘のあるとおりで[9]、ほとんど怪談噺の小説化の試みといった趣さえあるのだが、その語り手兼主人公である「余」は、前半で、「幽霊論」執筆中の津田文学士からこんな「事実」を聞かされる。

重病に伏せった陸軍中尉の若妻が日露出征前の夫に誓って、万一留守中に死んでも「必ず魂魄丈は御傍《おそば》へ行つて、もう一遍御目に懸ります」と告げる。この誓いが、戦地の夫がふと見た手鏡の奥に「青白い細君の病気に窶《やつ》れた姿がスーとあらはれ」、その「同日同刻」に「細君が息を引き取つ」ていた、という形で果たされたというのである。この話に影響を受けた「余」が、自分の死に思いを致したり、婚約者の「インフルエンザ」の進行が急に心配でたまらなくなったりするところが後半の興趣で、婚約者を訪ねてその全快に安堵したあと、彼女の言葉に促されて床屋へ行き、そこで聞く職人や客たちの「幽霊」談義が作品全体の〝落ち〟あるいは結論のように置かれる格好になっている。

この作品について槐島知明は、語り手の「余」が「《諸々のものに影響を受けやすい「余」》という自己像を終始一貫して描いている点」に着目し、右に見た主筋においてばかりでなく、生活上のあれこれをめぐって周囲の人々の言葉や判断、態度や「気色」を「そのまま受け入れ」る傾向にあることを指摘している。たとえば夜中の犬の遠吠えについて、前半ではこれを婚約者の病気に結びつける「迷信婆々《ばばあ》」の「預言」に影響されていた「余」が、後半では「泥棒」との関連をいう「巡査の言葉に影響を受けだす」ことなどだが、より微妙な影響として、津田君の下宿で「相馬焼の茶碗」で茶が出たときに「『安くて俗』・『貧乏士族』・『三十匁の出殻』」との負の印象を連想し、急に「何となく厭な心持がして飲む気がしなくなつた」といった例も挙げている。[10]

この「諸々のものに影響を受けやすい」傾向と〈被暗示性〉とが重なり合うことは間違いない。どう呼ぶにせよ、人間のこの側面が作品の動機の一つとなっていたことは、最後の床屋での「幽霊」談義の内容で開示される形となる。すなわち「自分の心に恐いと思ふから自然幽霊だつて増長して出度《でたく》ならあね」というすでにふれた職人の指摘に源さんも賛成し、松さんは「有耶無耶道人」著『浮世心理講義録』を少しずつ読んで聞かせる。「狸が人を婆化すと云ひやすけれど、何で狸が婆化しやせう。ありやみんな催眠術でげす」と。

たとえば自分が一度「古榎になつた」時も、実は作蔵という若者が首をくくりに来たので腕を枝のように伸ばしてやったのだが、それをもって「作蔵を婆化した様に」いうのは「ちと御無理でげせう」。「作蔵君は婆化され様、婆化され様として源兵衛村をのそ〳〵して居るのでげす。その婆化され様と云ふ作蔵君の御注文に応じて拙が一寸婆化して上げた迄の事でげす。すべて狸一派のやり口は今日開業医の用ひて居りやす催眠術でげして」云々。

「婆化」されるという経験は要するに「催眠暗示」の結果なのであって、「婆化され様、婆化され様として」いる被術者側の態勢、すなわち〈被暗示性〉が不十分であれば起こりようがない、というのが狸の主張である。いずれにもせよ、見てきたとおり〈暗示〉の探求者であった漱石がこの〈被暗示性〉にもとりわけ強い関心を向けていた以上、この関心が表現意欲の形を取るのもまた自然の成り行きであった。

『ノート』にもこの概念への論及は少なくない。たとえば前章に見た「Su＝Sd＋Sg」(cognition of object or event *suggested* = stored up impression of *the suggested* + the sense impression of *the suggesting*) の公式で、「Sd」は「蓄積された印象」であり「memory」に依存すること、それにより「憶起スル」ことが起こるのだと説かれていた。その結論部にこうある。

law ハ其人ノ尤モ余慶《〔ママ〕》見タル即チ memory ニ尤モ strong ナル者ヲ *suggest* スルニアリ memory ニ faint ナル者之ニ次グ memory ニナキ者ハ *suggest* スルコトナシ。故ニ曰ク因襲ノ久シキハ *suggestibility* ヲ滅ス　又曰ク flexible ナル *suggestion* ヲ得ントセバ experience ヲ多クスベシ

（「Suggestion」）

この「law」は「law of suggestion」、すなわち『文学論』にいう「暗示の法則」にほかならず、ここでは要するに、多様な経験の記憶が豊かに蓄積されている者ほど「暗示」に対して柔軟に開かれているのに対し、経験に乏しい者、また長く生きはしても「因襲ノ久シキ」が経験可能領域を狭めている類の者は「暗示」を受けにくい、という一般法則が語られている。「琴のそら音」の場合でいえば、津田君の語った怪談的「事実」も、犬の遠吠えとそれについての諸見解も、また「相馬焼の茶碗」に付着するイメージもすべて、「strong」であれ「faint」であれ、「余」の「memory」に残存してはいたがゆえに、なにものかの刺激により「憶起」され浮上してきて「余」の行動に「影響」を与える。各個人のこの「suggest」されやすさの程度が〈被暗示性〉というわけである。

さて、「琴のそら音」に戻れば、「刻下の事件を有の儘に見て常識で捌いて行く」法学士にして「自慢ぢやないが文学者の名なんかシエクスピヤとミルトンと其外に二三人しか知らん」という現世主義者のように自己規定する「余」は、その実、高度の〈被暗示性〉の持ち主でもあるという分裂的な人格を有している。たとえば「頭脳は余よりも三十五六枚方明晰に相違ない」と畏敬する津田君の発言

に対して、時に心中で「津田君は外部の刺激の如何に関せず心は自由に働き得ると考へて居るらしい。心理学者にも似合しからぬ事だ」といった批評を加える。そのようにいうからには、現実には「心は自由に働き得る」ものではなく「外部の刺激」次第だという認識を「余」は前提しているはずだが、実際この「余」という人が外的現象の「刺激」に「心」を揺らしやすい人であることは、後段のたとえば次のような場面で明瞭となる。

津田君の下宿を辞して帰る「気味がわるい」夜道、茗荷谷の坂の中途あたりに、ふと「赤い鮮かな火が見え」、それが「ゆらり〱と盆燈籠の秋風に揺られる具合に動」く。見ていると今度はそれが「雨と闇の中を波の様に縫つて上から下へ動いて来」て、「是は提灯の火に相違ないと漸く判断した時それが不意と消えて仕舞ふ」。

此火を見た時、余ははつと露子の事を思ひ出した。露子は余が未来の細君の名である。未来の細君と此火とどんな関係があるかは心理学者の津田君にも説明は出来んかも知れぬ。然し心理学者の説明し得るものでなくては思ひ出してはならぬとも限るまい。此赤い、鮮かな、尾の消える縄に似た火は余をして慥かに余が未来の細君を咄嗟の際に思ひ出さしめたのである。――同時に火の消えた瞬間が露子の死を未練もなく拈出した。額を撫でると膏汗と雨でずる〱する。余は夢中であるく。

この「赤い鮮かな火」という「外部の刺激」が「余」の「心」に「露子の事」を「憶起」させ、さらにはその消失が彼女の「死」を浮上させたわけで、このような反応を示す「心」であれば、その〈被暗示性〉を弱いというわけにいかない。「余」の〈被暗示性〉は、戦地の手鏡に病妻を見た中尉や、狸の腕を榎の枝と見た作蔵のそれに勝るとも劣らぬものであったに違いなく、してみるとこの小説は、きわめて現実的で〈被暗示性〉になど乏しいと見えた人物が、意外にもそれを見出す、あるいは深めてゆく過程を描いたものとも読まれる。とすると、これに似た人物造型は漱石のその後の小説に反復されているはずで、たとえば『心』なら、「先生」の繰り出す〈暗示〉的言動が浸透しないようでいて、いつか「先生」に同化してゆく上・中編の「私」がそうだろうし、下編のKにもこれに似た〈被暗示性〉の変動があることは前章に見た。

ところで、「此火」から「露子の事を思ひ出した」という現実の出来事は「心理学者の津田君にも説明は出来んかも知れぬ」と「余」は書いていた。もちろん「聯想」によるものだとの指摘なら三文学者にもできるのだが、何が何を喚起して両者がつながったのかの説明には窮するであろうといいたいのだろう。しかしそれは不可能ではないはずである。現に『明暗』ではその経路の徹底的究明が一つのパターンとさえなっていたのではなかったか。

第6章——ギュイヨー、ベルクソンを読む

一 「伝染的影響力」の法則

一八八〇年代、とりわけ八六年以降のヨーロッパが「暗示の時代」とも呼びうる様相を呈していたこと、『文学論』の用語でいえば、時代の「集合的F」に「暗示」の問題系が深く食い入っていたことは第3章で概観した。一九〇〇年に英国に渡り、しばらく後に「文学とは全く縁のない書物」に向かい「科学的な研究やら哲学的の思索に耽り出した」[1]漱石がその「F」の浸透を受けたことは当然で、したがって『ノート』と『文学論』に無数に書きつけられた「suggestion」と「暗示」もまた往時の「暗示」論の浸透を受けていること、これも疑いようがない。

現在東北大学附属図書館「夏目漱石文庫」に保存されており、かつ書き込みや下線・脇線（左右の余白に縦に引かれた線）など読み込みの跡の残されている漱石蔵書のうち、「suggestion」を問題化した部分を含むものの著者としては、既出のウィリアム・ジェイムズ、テオデュール・リボ、ギュスターヴ・ル・ボンのほか、ヴィルヘルム・ヴント、アルバート・モル、J・M・ボールドウィン、ウィリアム・ナイト、G・F・スタウト、L・T・ホブハウスなどを挙げることができ、後年これにアンリ・ベルクソンの名が加わる。これらのうち、『文学論』第五編を律していた「暗示の法則」に相当する術語、"law of suggestion" を含む文献として管見に入ったのは、ジャン＝マリ・ギュイヨー(Jean-Marie Guyau, 1854-1888) の遺著『教育と遺伝』(*Education et Hérédité*) の英訳、*Education and Heredity—A Study in Sociology* (London : Walter Scott, 1891) のみである。

またこの書の本文第一頁には "Education and Heredity" というタイトルの下に「道徳教育における遺伝と暗示の役割」(The Rôle of Heredity and *Suggestion* in Moral Education) という副題が置かれ、それに続いて第一章が始まる形となっているが、その章題も「道徳的本能を変容する影響力としての暗示と教育」(*Suggestion* and Education as Influences Modifying the Moral Instinct) というわけで、「暗示」を一つの大きな主題とする点において際だっている。

同書の自序 (Preface) の結論部分(2)には、この著者が「暗示」作用に寄せた期待の大きさがきわめて率直に表示されている。いわく、近年の精神生理学によって証明されてきた「暗示の法則」が「習慣」形成のための「新しい要素を構成する」可能性を検討してゆきたい。「暗示」に関する近来の諸発見は実に重要なもので、「暗示」が遺伝にも匹敵する「人工的本能」を創出する可能性を示唆しているからである、云々。この見方からやがて「教育は整序され合理化された諸暗示の総体にほかならない」と断じるに至っており、脚光を浴び始めたばかりの新概念としての「暗示」に、教育学者として実に大きな、今日からは素朴とも見える希望を抱いていたことがわかる。

これに続く第一章は三節に分かたれ、その題も順に「神経的暗示とその効果」(Nervous *Suggestion*

and its Effects)、「心理的・道徳的・社会的暗示」(Psychological, Moral, and Social *Suggestion*)、「道徳教育の手段および遺伝変容の影響力としての暗示」(*Suggestion* as a Means of Moral Education, and as an Influence Modifying Heredity)というのだから、「暗示」が中心概念として前景に押し立てられていることは明白であり、漱石の読みがそれを着実に追っていることも、手沢本への下線や、左右の余白に縦に引く傍線、メモ的な書き込みなどから明らかである。

たとえば『文学論』の漱石は、「常人にして尤も暗示を受け易き」例として、仮面を被らせられただけで昏睡に陥って知覚を失った女性の事例を引き、続けて「他を呼んで愚人なりと云ふ事屢なれば」それだけで「自己を愚人なり」と思わせることができるという洞察に言及していた(第3章参照)。このパスカルの所説がギョイヨー経由であることにもすでにふれたが、『ノート』には、それに関するものを含むひとまとまりのメモがあるので、紹介しておく。

○ *suggestion* ノ例　Guyau 2, Moll, *Hypnotism* 280, 281
○ ideas of action and volition ノ *suggestion*.
　Guyau 4, Moll, 154–55 259–60〔中略〕
○ psychological *suggestion*
○ crime ノ伝染　Guyau 16
○ word — idea 又ハ emotion ヲ生ジ — action トナル　Guyau 19

カルデロン演劇集

ペドロ・カルデロン・デ・ラ・バルカ著　佐竹謙一訳

A5判・516頁・6600円

シェイクスピアにも比される、スペイン黄金世紀を代表する劇作家カルデロン——色彩渦巻く豊饒な世界は、バロック演劇の精華と言えよう。哲学劇『人生は夢』をはじめ、宗教劇・歴史劇・喜劇・名誉の悲劇等、人生の深淵をのぞかせる傑作を集めた初の本格的選集。

978-4-8158-0597-5

ニッポン・モダン

—日本映画 1920・30年代—

ミツヨ・ワダ・マルシアーノ著

A5判・280頁・4600円

大衆文化のつくり上げた近代——。日本の近代という比類ない「国民的」経験に、映画はどのように関わったのか。東京の都市空間、小市民映画ジャンル、近代スポーツ、女性映画、松竹蒲田調スタイルを焦点に、日本映画の最も魅力的な時代を重層的にとらえ、戦前の文化への視角転換を迫る。

978-4-8158-0604-0

ダイチン・グルンとその時代

—帝国の形成と八旗社会—

承　志著

A5判・660頁・9500円

中国史で清朝とよばれるダイチン・グルンは、マンジュ（満洲）人のつくった国家であった。本書は、ナショナリズムに彩られた漢文中心の歴史叙述を脱し、ポスト・モンゴルのユーラシア史の文脈で、膨大な満洲語史料や地図を読み解き、この時代と社会の新たな実像を多角的に描きだす。

978-4-8158-0608-8

アレクサンドロス変相

—古代から中世イスラームへ—

山中由里子著

A5判・588頁・8400円

大王が征服した広大な地域に流布した伝承を、宗教・政治・歴史の分野にわたって、アラブ・ペルシアの多様なテクストにたどり、語り手たちが求めた「真実」に迫る。アレクサンドロスが内包する本質と、古代世界の遺産を再解釈していくムスリムの精神史をみごとに浮かび上がらせた力作。

978-4-8158-0609-5

インドネシア　展開するイスラーム

小林寧子著

A5判・482頁・6600円

世界最大のムスリム人口を抱えるインドネシア。外来の宗教が地域に根づき、時代と社会の要請に応えて発展しつづける姿を、植民地時代から民主化後の現在まで、イスラーム法の浸透と解釈による現地化を軸に、ムスリム指導者の知的営為や政治との関係にも光をあてて動態的に描き出す。

978-4-8158-0596-8

小川浩之著
イギリス帝国からヨーロッパ統合へ
—戦後イギリス対外政策の転換とEEC加盟申請—
A5判・412頁・6200円

EUの今日の発展を決定づけた戦後イギリス最大の外交転換を、帝国＝コモンウェルス、英米特殊関係、対ヨーロッパ関係の困難に満ちた再編過程を軸に、徹底的な資料の博捜により解明、EFTA設立など経済的要因も踏まえ、現在に続くイギリスとヨーロッパ関係の特質を浮彫りにする。

978-4-8158-0595-1

遠藤　乾編
原典 ヨーロッパ統合史
—史料と解説—
A5判・804頁・9500円

ヨーロッパの統合という困難なプロセスはいかにして進められてきたのか。政治・経済、軍事・安全保障、規範・社会イメージにわたる複合的な国際体制の形成過程を軸に、今日にいたる統合の全容を、多角的な原典史料に語らせる待望の史料解説集。ヨーロッパ統合の生きた姿が浮かび上がる。

978-4-8158-0601-9

牧野雅彦著
国家学の再建
—イェリネクとウェーバー—
A5判・360頁・6600円

政治指導における責任とは何か。イェリネクによって集大成されたドイツ国家学が先駆的に取り組んだ諸問題を引き受け、あらためてその再構成を試みたウェーバー。主権国家の枠組みが問い直される現在、ドイツ国家学の今日的意義を明らかにするとともに、二人の知的営為の核心に迫る。

978-4-8158-0603-3

社本幹博監修　越川卓／横井豊治編
新版 細胞診断学入門
—臨床検査技師・細胞検査士をめざす人のために—
B5判・302頁・6000円

細胞の見方や、検体処理・染色法等の手技、各種疾患の特徴など、カラー写真や図表を多用して丁寧に解説。分子生物学の応用に関する章を設け、ますます高度化してゆくこれからの細胞診に不可欠な知識も盛り込んだ。一冊で細胞診のすべてが把握できるよう編まれた好評テキストの新版。

978-4-8158-0605-7

富岡秀雄著
最新のカルベン化学
B5判・356頁・6600円

有機分子でありながら、一重項と三重項の二つの電子状態をとり得る、ユニークな化学種カルベンは、触媒配位子への利用や磁性材料への期待など、近年新たな展開を見せている。その化学の最前線を、研究手法、電子状態と構造の関係、多様な反応、今後の発展まで、系統的に解説した初の成書。

978-4-8158-0606-4

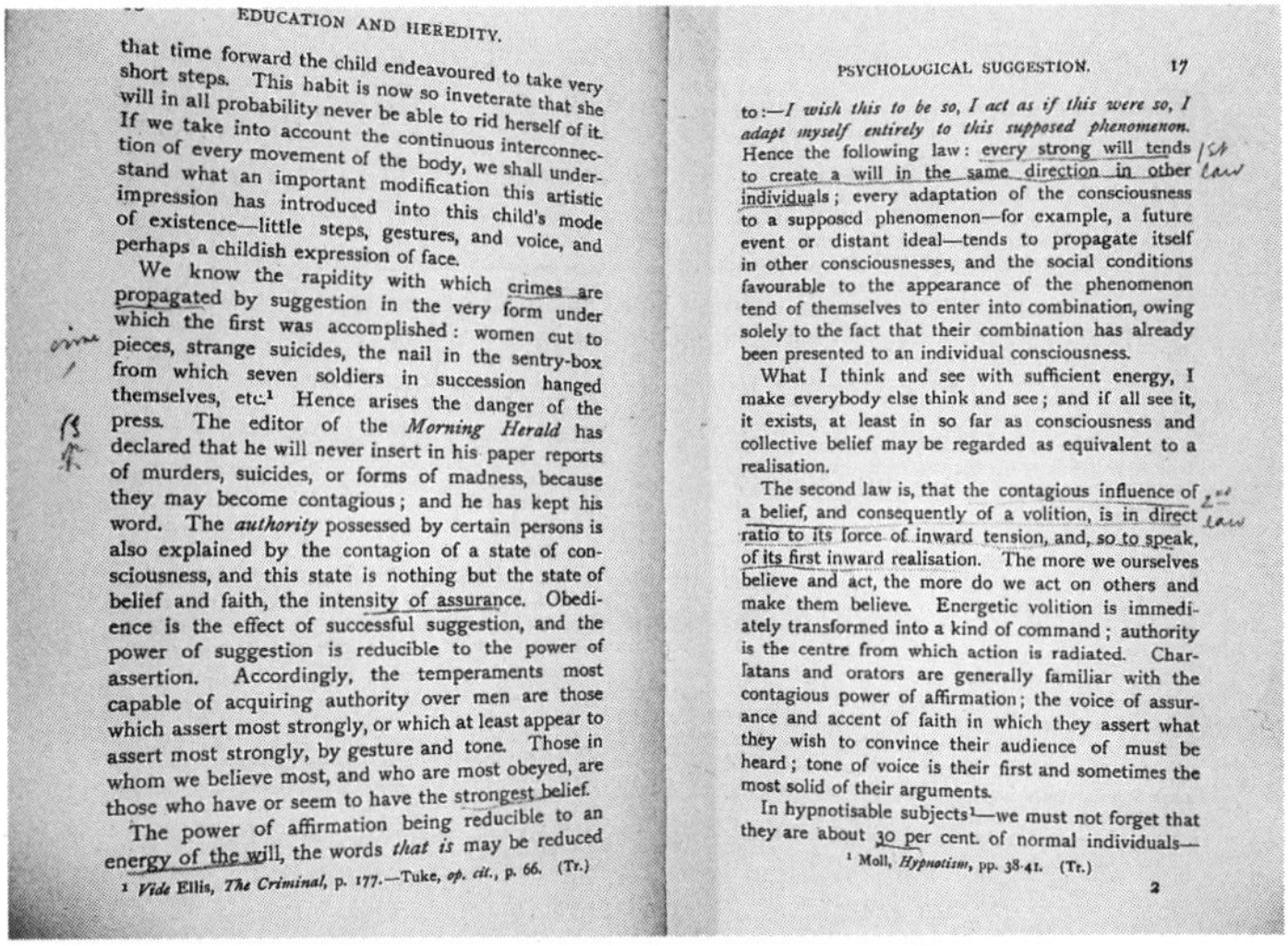

EDUCATION AND HEREDITY.

that time forward the child endeavoured to take very short steps. This habit is now so inveterate that she will in all probability never be able to rid herself of it. If we take into account the continuous interconnection of every movement of the body, we shall understand what an important modification this artistic impression has introduced into this child's mode of existence—little steps, gestures, and voice, and perhaps a childish expression of face.

We know the rapidity with which crimes are propagated by suggestion in the very form under which the first was accomplished: women cut to pieces, strange suicides, the nail in the sentry-box from which seven soldiers in succession hanged themselves, etc.[1] Hence arises the danger of the press. The editor of the *Morning Herald* has declared that he will never insert in his paper reports of murders, suicides, or forms of madness, because they may become contagious; and he has kept his word. The *authority* possessed by certain persons is also explained by the contagion of a state of consciousness, and this state is nothing but the state of belief and faith, the intensity of assurance. Obedience is the effect of successful suggestion, and the power of suggestion is reducible to the power of assertion. Accordingly, the temperaments most capable of acquiring authority over men are those which assert most strongly, or which at least appear to assert most strongly, by gesture and tone. Those in whom we believe most, and who are most obeyed, are those who have or seem to have the strongest belief.

The power of affirmation being reducible to an energy of the will, the words *that is* may be reduced

1 *Vide* Ellis, *The Criminal*, p. 177.—Tuke, *op. cit.*, p. 66. (Tr.)

PSYCHOLOGICAL SUGGESTION. 17

to:—*I wish this to be so, I act as if this were so, I adapt myself entirely to this supposed phenomenon.* Hence the following law: every strong will tends to create a will in the same direction in other individuals; every adaptation of the consciousness to a supposed phenomenon—for example, a future event or distant ideal—tends to propagate itself in other consciousnesses, and the social conditions favourable to the appearance of the phenomenon tend of themselves to enter into combination, owing solely to the fact that their combination has already been presented to an individual consciousness.

What I think and see with sufficient energy, I make everybody else think and see; and if all see it, it exists, at least in so far as consciousness and collective belief may be regarded as equivalent to a realisation.

The second law is, that the contagious influence of a belief, and consequently of a volition, is in direct ratio to its force of inward tension, and, so to speak, of its first inward realisation. The more we ourselves believe and act, the more do we act on others and make them believe. Energetic volition is immediately transformed into a kind of command; authority is the centre from which action is radiated. Charlatans and orators are generally familiar with the contagious power of affirmation; the voice of assurance and accent of faith in which they assert what they wish to convince their audience of must be heard; tone of voice is their first and sometimes the most solid of their arguments.

In hypnotisable subjects[1]—we must not forget that they are about 30 per cent. of normal individuals—

1 Moll, *Hypnotism*, pp. 38-41. (Tr.)

2

図12　crime ノ伝染／1st law／2nd law——ギュイヨー『教育と遺伝』への書き込み

○belief ハ important factor ナリ　Guyau
20
○小児ト hypnotisable subject トノ類似
○人ニ元気ヲツケル、ト元気ガツク。人ヲ善人ダト云フト善人ダト思フ。人ヲ悪漢ダト云フト悪漢カト思フ。皆是 *suggestion* ナラズヤ　愚考　Pascal ノ言　Guyau
29
（「Suggestion」）

「Guyau」の後の数字は『教育と遺伝』の関連頁を示すもので（「Moll」の場合も同様に漱石蔵書 *Hypnotism*〔1901〕の頁）、実際、手沢本のそれらの頁には「crime ノ伝染」「word ― [ideas / emotion] ― action」「important factor」「小児ト hypnotisable トノ類似」「パスカルの言」といったメモ的な書き込みや下線・脇線を見出すことができる（図12～図14。『漱石全集』

未収)。

「縁」「因」の遭遇によって〈暗示〉が成立し、「其結果ハ action itself トナリ又ハ他ノ思想トナル」という『ノート』(「文芸ノ Psychology」)の記述には幾度かふれてきたが、漱石的〈暗示〉理論の中核

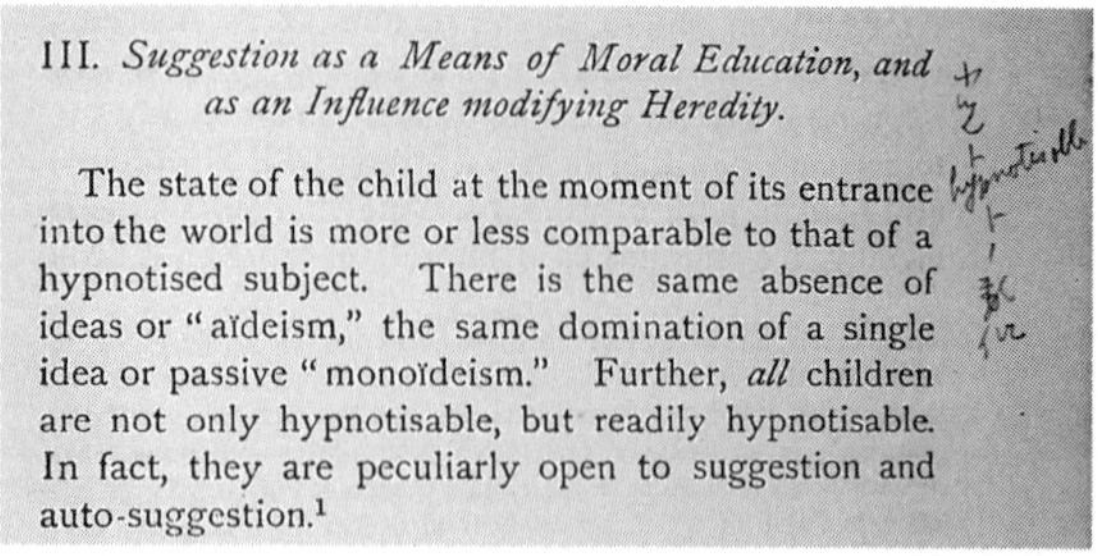

III. *Suggestion as a Means of Moral Education, and as an Influence modifying Heredity.*

The state of the child at the moment of its entrance into the world is more or less comparable to that of a hypnotised subject. There is the same absence of ideas or "aïdeism," the same domination of a single idea or passive "monoïdeism." Further, *all* children are not only hypnotisable, but readily hypnotisable. In fact, they are peculiarly open to suggestion and auto-suggestion.[1]

図 13 小児ト hypnotisable トノ類似——ギュイヨー『教育と遺伝』への書き込み

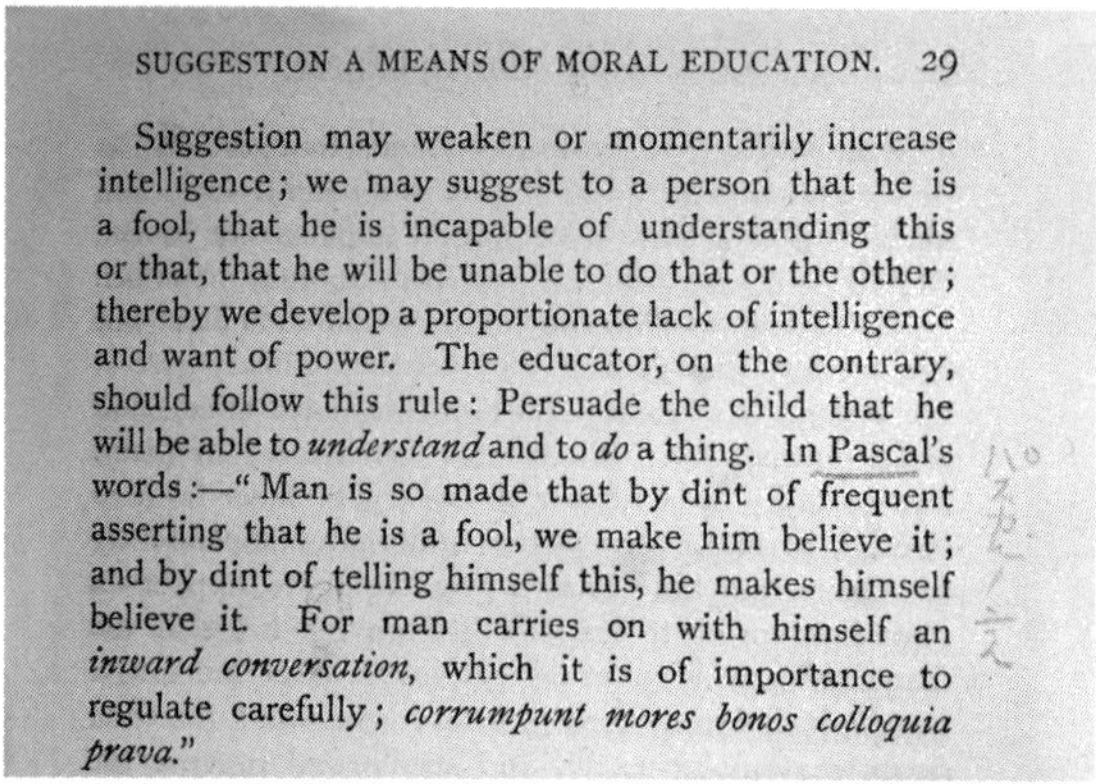

SUGGESTION A MEANS OF MORAL EDUCATION. 29

Suggestion may weaken or momentarily increase intelligence; we may suggest to a person that he is a fool, that he is incapable of understanding this or that, that he will be unable to do that or the other; thereby we develop a proportionate lack of intelligence and want of power. The educator, on the contrary, should follow this rule: Persuade the child that he will be able to *understand* and to *do* a thing. In Pascal's words:—"Man is so made that by dint of frequent asserting that he is a fool, we make him believe it; and by dint of telling himself this, he makes himself believe it. For man carries on with himself an *inward conversation*, which it is of importance to regulate carefully; *corrumpunt mores bonos colloquia prava.*"

図 14 パスカルの言——ギュイヨー『教育と遺伝』への書き込み

をなすこの認識の形成に、ギュイヨー読書がそれこそ「縁」として働いたことの可能性を、これらのメモとそれに対応する『教育と遺伝』の論述は示している。また、右に列挙されたもののほか、「crime ノ伝染」と書き込まれた頁に続く一七頁には、上記の議論から導かれるとされた“law”（法則）を定義した文に下線を引いた上で、その横に「1st law」「2nd law」と書き込んでいる。さらにその先の二二頁にも同様の下線と「law」との書き込みがあり、これら〝ギュイヨーの法則〟もまた、『文学論』第五編の中核をなした漱石的「暗示の法則」への「縁」を思わせる。

漱石がそれぞれに下線を施した、これら三つの法則の定義を押さえておこう。「1st law」は「あらゆる強い意志は、他の個人のうちに同じ方向の意志を創出する傾向がある」というもの。「2nd law」は「信念の、したがって意志の伝染的影響力は、内的緊張の、そして、こういってよければ、最初の内的実現の力に正比例する」。最後のたんに「law」とされたものは「筋肉的あるいは感覚的な活動のどのような表れも、自己のうちの何らかの信念、あるいは特定の結果への期待が伴わなければ、先行する諸条件の出来に効果をもつことはない」というものである(3)。

これらはもちろん『文学論』を統べる「暗示の法則」に大きな関わりをもつはずだが、本書の読者にはそれ以上に、第1章に見た「断片35E」での漱石独特の「感化」論——「双方ノ近似スルコト」が「感化」であり、相手を「己レニ似タ者ニ変化サセ」る力の「程度」の強い者を「人格ノ判然トシタ人」という、云々——を想起させもしよう。直接に影響したことを示す証拠はないが、「意志の伝染的影響力」を言挙げする〝ギュイヨーの法則〟は、この「感化」論とたしかに響き合う。両者の思考の軌跡に相通ずるものがあったとはいえそうである。

「模倣」や「感化」が子供においてより生じやすいとは、第1章で引いた講演「模倣と独立」でもふれられていたことだが、ここでの「小児ト hypnotisable トノ類似」という書き込みももちろんその問題に関わっている。図13に見るとおり、第一章第三節「道徳的教育の方法としての、また遺伝を変容する影響力としての暗示」（*Suggestion* as a Means of Moral Education, and as an Influence modifying Heredity）冒頭の段落に対応するメモであり、『文学論』との内容的連関も明らかである。すなわちさきにふれた仮面を被っただけで昏睡してしまう女性の事例に続けて、「常人にして尤も暗示を受け易きもの」としては「小児は其最たるもの、女子之に次ぐに似たり」と『文学論』は明記している。「普通の男子にあつては大に其度を減ずるが如しと雖も、其存在は争ふべからず」と。

したがって、もちろん「普通の男子」であっても「暗示を受け易き」者はいるわけで、その「受け易き」度合い、つまりは〈被暗示性《サジェスティビリティ》〉に漱石の強い関心が向けられていたことにもすでに論及してきた。スタウトやボールドウィンの著書に残された下線は、その関心の証明となるものである（図15）。

さて、この観点から漱石の小説を見直すとき、主要登場人物の造型において生きている人間観として、この〈被暗示性〉の偏差、すなわちどの程度に、あるいは特にどのような方面において「暗示を受け易」いかは、人により場合によって大きく異なるという認識があったことが見えてくる。たとえば『心』下編の**K**という人物が、一見、鈍物で、およそ〈暗示〉の通じない男のようにも見えて、実はいくつかの〈暗示〉は〈暗示者〉の意図をはるかに超えた深さで食い入っていた、というような事例を見てきた。少なくともそこにおいてKは極度に“suggestible”であったということになる。しかも「精神的に向上心のないものは馬鹿だ」という以前に自分が投げた言葉を「私」に投げ返されて、「馬鹿だ」「僕は馬鹿だ」と肯い（四十一）、その後「自分は薄志弱行で到底行先の望みがないから自殺する」と書き置いて自殺する（四十八）というKの推移は、それこそ「他をして吾は愚人なりと自己に告げしむる丈にて、自己を愚人なりと信ぜしむるに足る」場合の究極的な例ではないか。

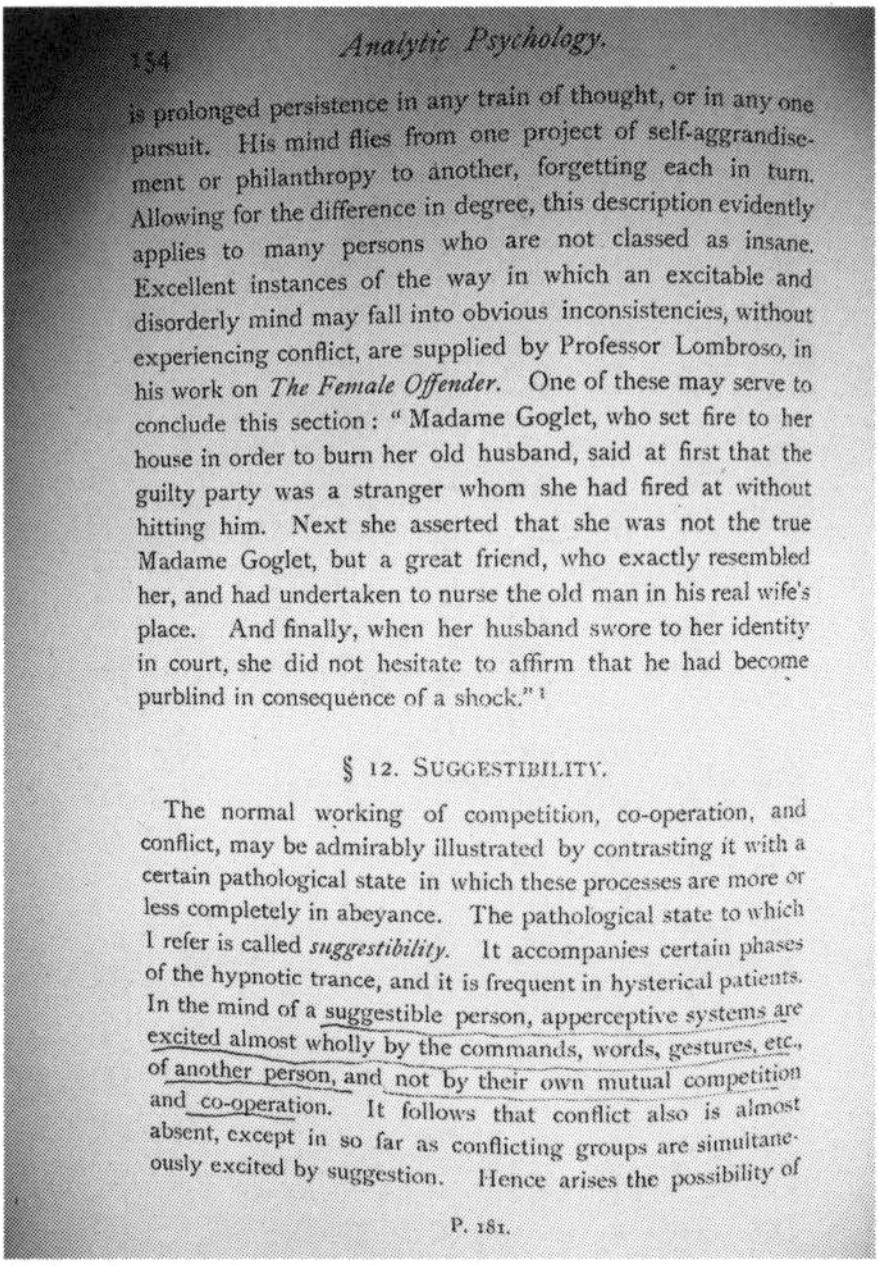
154 *Analytic Psychology.*

is prolonged persistence in any train of thought, or in any one pursuit. His mind flies from one project of self-aggrandisement or philanthropy to another, forgetting each in turn. Allowing for the difference in degree, this description evidently applies to many persons who are not classed as insane. Excellent instances of the way in which an excitable and disorderly mind may fall into obvious inconsistencies, without experiencing conflict, are supplied by Professor Lombroso, in his work on *The Female Offender*. One of these may serve to conclude this section: " Madame Goglet, who set fire to her house in order to burn her old husband, said at first that the guilty party was a stranger whom she had fired at without hitting him. Next she asserted that she was not the true Madame Goglet, but a great friend, who exactly resembled her, and had undertaken to nurse the old man in his real wife's place. And finally, when her husband swore to her identity in court, she did not hesitate to affirm that he had become purblind in consequence of a shock." [1]

§ 12. SUGGESTIBILITY.

The normal working of competition, co-operation, and conflict, may be admirably illustrated by contrasting it with a certain pathological state in which these processes are more or less completely in abeyance. The pathological state to which I refer is called *suggestibility*. It accompanies certain phases of the hypnotic trance, and it is frequent in hysterical patients. In the mind of a suggestible person, apperceptive systems are excited almost wholly by the commands, words, gestures, etc., of another person, and not by their own mutual competition and co-operation. It follows that conflict also is almost absent, except in so far as conflicting groups are simultaneously excited by suggestion. Hence arises the possibility of

[1] P. 181.

図15　suggestibilityへの着目——スタウト『分析的心理学』への下線

二　「恋情」をめぐる東西文学の相違

ところで、そのような〈暗示〉は、『心』の「私」（先生）のような特定の〈暗示者〉によってもたらされるとは限らない。自己内部あるいは周囲の状況の変化から突如生じてしまう類の、主語なき〈暗示〉の存在も指摘してきたとおりで、『教育と遺伝』がこの問題に接近するとき、漱石が示した反応は理解しやすいところである。

たとえば図16は第二章「習慣の力」（The Power of Habit）の一部で、五四頁の余白に「moral & social instinct ハ reflex action ナリ」と書き込んであるように（以下、この節で紹介する書き込みのほとんどは『漱石全集』未収）、道徳的・社会的本能は「反射」すなわち内的生命から他の生命に向かう突然の自発的衝動なのであって、「道徳法則」への尊敬でも、「功利」や「快楽」の追求でもない、という主張のために様々な例を挙げてゆくくだりである。五五頁下方の「例　面白キ例ナリ　人ノ利他心」という書き込みがどういう「例」に対してのものかといえば、まずある男が自殺の決意のもとセーヌ河に投身する。これを目撃した労働者がいさんでボートに飛び乗り漕ぎ出したものの、橋柱に衝突して転覆。水面下に沈んでしまったところへ最初の男が浮上し、必死に泳いでこの労働者を救助した、という話。

続く五六頁の「例　面白シ　犬ノ利他心」（図17）というのは、同じようなことが犬同士の間にも

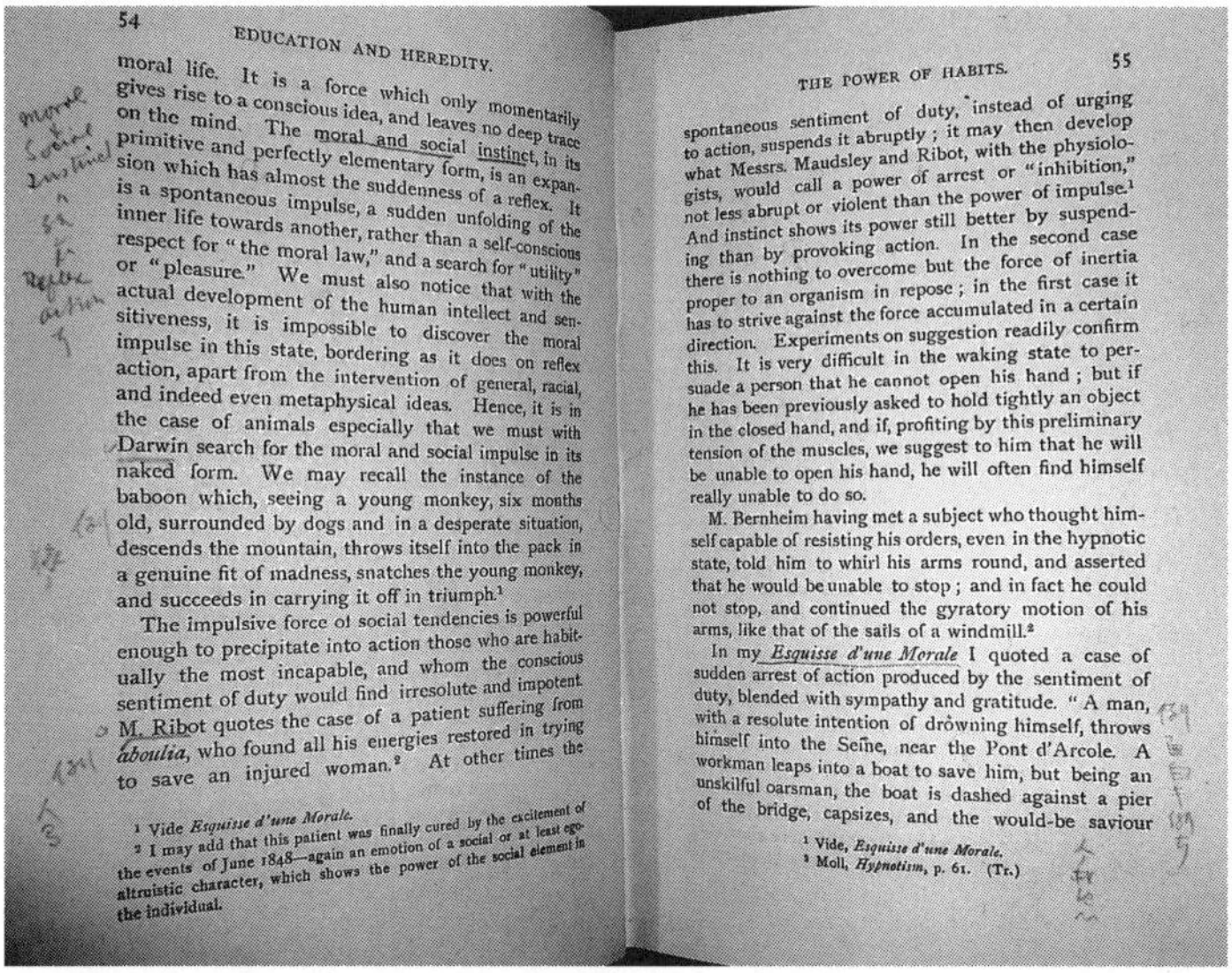
54 EDUCATION AND HEREDITY.

moral life. It is a force which only momentarily gives rise to a conscious idea, and leaves no deep trace on the mind. The moral and social instinct, in its primitive and perfectly elementary form, is an expansion which has almost the suddenness of a reflex. It is a spontaneous impulse, a sudden unfolding of the inner life towards another, rather than a self-conscious respect for "the moral law," and a search for "utility" or "pleasure." We must also notice that with the actual development of the human intellect and sensitiveness, it is impossible to discover the moral impulse in this state, bordering as it does on reflex action, apart from the intervention of general, racial, and indeed even metaphysical ideas. Hence, it is in the case of animals especially that we must with Darwin search for the moral and social impulse in its naked form. We may recall the instance of the baboon which, seeing a young monkey, six months old, surrounded by dogs and in a desperate situation, descends the mountain, throws itself into the pack in a genuine fit of madness, snatches the young monkey, and succeeds in carrying it off in triumph.[1]

The impulsive force of social tendencies is powerful enough to precipitate into action those who are habitually the most incapable, and whom the conscious sentiment of duty would find irresolute and impotent. M. Ribot quotes the case of a patient suffering from *aboulia*, who found all his energies restored in trying to save an injured woman.[2] At other times the

1 Vide *Esquisse d'une Morale*.
2 I may add that this patient was finally cured by the excitement of the events of June 1848—again an emotion of a social or at least egoaltruistic character, which shows the power of the social element in the individual.

THE POWER OF HABITS. 55

spontaneous sentiment of duty, instead of urging to action, suspends it abruptly; it may then develop what Messrs. Maudsley and Ribot, with the physiologists, would call a power of arrest or "inhibition," not less abrupt or violent than the power of impulse.[1] And instinct shows its power still better by suspending than by provoking action. In the second case there is nothing to overcome but the force of inertia proper to an organism in repose; in the first case it has to strive against the force accumulated in a certain direction. Experiments on suggestion readily confirm this. It is very difficult in the waking state to persuade a person that he cannot open his hand; but if he has been previously asked to hold tightly an object in the closed hand, and if, profiting by this preliminary tension of the muscles, we suggest to him that he will be unable to open his hand, he will often find himself really unable to do so.

M. Bernheim having met a subject who thought himself capable of resisting his orders, even in the hypnotic state, told him to whirl his arms round, and asserted that he would be unable to stop; and in fact he could not stop, and continued the gyratory motion of his arms, like that of the sails of a windmill.[2]

In my *Esquisse d'une Morale* I quoted a case of sudden arrest of action produced by the sentiment of duty, blended with sympathy and gratitude. "A man, with a resolute intention of drowning himself, throws himself into the Seine, near the Pont d'Arcole. A workman leaps into a boat to save him, but being an unskilful oarsman, the boat is dashed against a pier of the bridge, capsizes, and the would-be saviour

1 Vide, *Esquisse d'une Morale*.
2 Moll, *Hypnotism*, p. 61. (Tr.)

図 16　moral & social instinct ハ reflex action ナリ／例　面白キ例ナリ　人ノ利他心——ギュイヨー『教育と遺伝』への書き込み

起こったという話に対してのもので、堤防の上で猛烈な喧嘩の最中だったニューファウンドランド犬とマスチフ犬が、二匹ともども海に転落する。と、ニューファウンドランド犬はたちまち先刻の怒りを忘れて仇敵の救助に向かい、泳ぎの下手なマスチフを土手まで運び上げたというのである。

これらの挿話は、前章に見たエッセイ「人生」で漱石が説いていた「思ひがけぬ心は心の底より出で来る」という事態の好例であるに違いない。ただ、「人生」ではその「思ひがけぬ心」としてはむしろ「険呑なる」ものが想定されていたのに対し、ここではそれが「利他的」で歓迎すべきものである点が救いとなっている。そこに、「暗示」による新しい教育

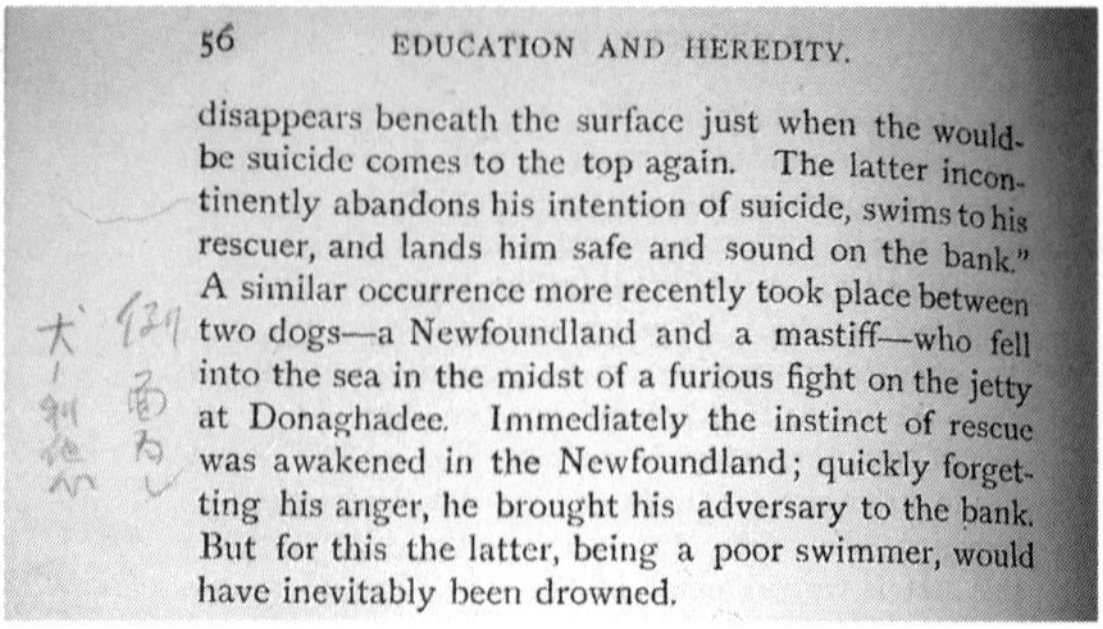

56 EDUCATION AND HEREDITY.

disappears beneath the surface just when the would-be suicide comes to the top again. The latter incontinently abandons his intention of suicide, swims to his rescuer, and lands him safe and sound on the bank." A similar occurrence more recently took place between two dogs—a Newfoundland and a mastiff—who fell into the sea in the midst of a furious fight on the jetty at Donaghadee. Immediately the instinct of rescue was awakened in the Newfoundland; quickly forgetting his anger, he brought his adversary to the bank. But for this the latter, being a poor swimmer, would have inevitably been drowned.

図17 例　面白シ　犬ノ利他心——ギュイヨー『教育と遺伝』への書き込み

学を構想しようとしたギュイヨーの希望を読むことも可能だろう。ともかく漱石が書き込んだこれらの文字からは読書の喜びが伝わるようでもあって、批判的な書き込みもいくつかあるとはいえ、『教育と遺伝』全般の漱石の読みがおおむね同調的、好意的であったとはいえそうである。

そのことは、『文学論』の、西洋文学が恋愛を「如何に過当に見積もるか」を指摘するくだりでこの書を援用したところにも感知される。"Love is best"（恋は無上）と結ばれるブラウニングの「廃墟の恋」、その他コウルリッジ、キーツらの恋愛詩を解読していったのちに、漱石は「吾々東洋人の心底に蟠る根本思想を剔抉して」これらを見るならば、「此快感は一種の罪なりとの観念」の浮上は避けられないとの議論に及ぶ。「これ誠に東西両洋思想の一大相違と云ふて可なり」として、いわく、

仏の学者 Guyau は希羅《[ギリシア・ラテン]》古代文学の佳所は其浪漫的ならざるにありと論じ、語を続けて曰く「近世文学は屡々余りに蛮的にして、或は時に上品に過ぎて調和を欠き、又殆ど常に情熱的に過ぐる嫌あり。即ち Pascal が所謂恋情と称するところのも

のゝ侵略を受くること甚し。婦人は近世文学の神泉にして、今の儘に放置せば年少者の心に永久に非男性的気風を宿らしむるの危険あるべし」(『教育と遺伝』二三七頁)。　(第一編第二章)

英訳『教育と遺伝』二三七頁にはたしかにこれに相当する文章[4]があって、その横に「現今文学ノ弊恋情多し」と書き込まれ(図18)、『ノート』にも「現今文学ノ弊ハ amorous passion 多キニアリ Guyau 237」と記されている(「Love」)。

「何となく英文学に欺かれたるが如き不安の念」「漢文学に所謂文学と英語に所謂文学とは到底同定義の下に一括し得べからざる異種類のもの」という『文学論』「序」の述懐の根柢に横たわる「一大相違」の一環に、「恋情」の扱いがあったことは間違いない。が、もちろん、「序」を書いたときすでに作家として立ちつつあった漱石が「恋情」を扱わなかったわけでは決してない。この「一大相違」を生きる近代の日本において、それなら、それをどう描こうと漱石は考えていたのだろうか。

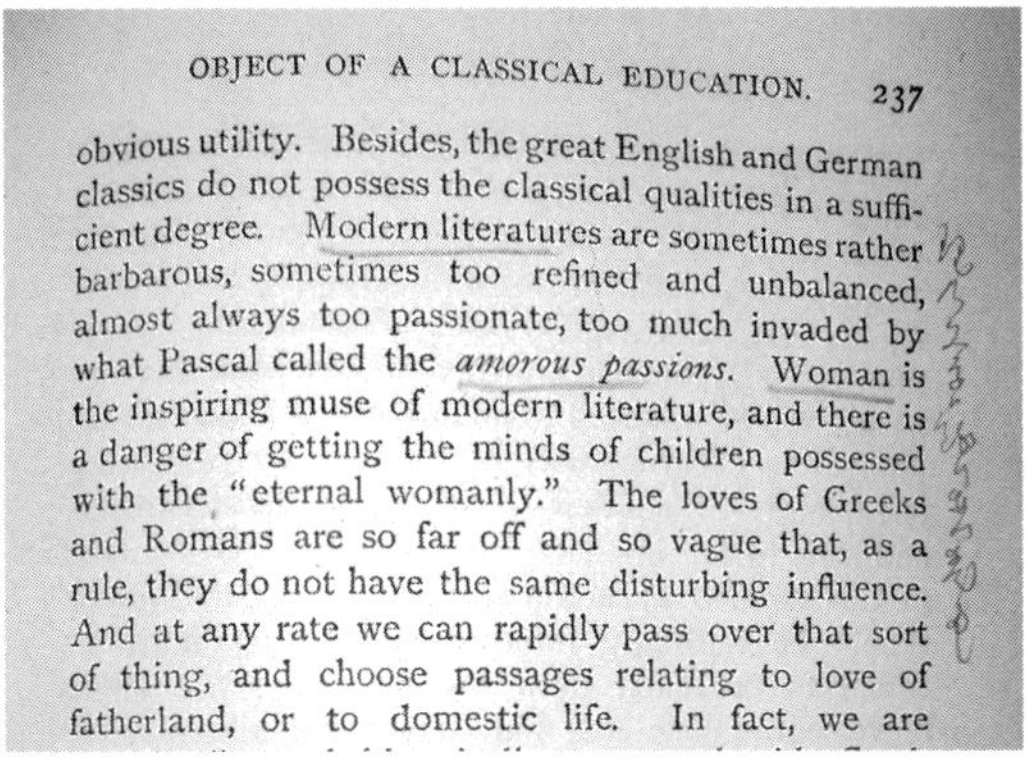
OBJECT OF A CLASSICAL EDUCATION. 237

obvious utility. Besides, the great English and German classics do not possess the classical qualities in a sufficient degree. Modern literatures are sometimes rather barbarous, sometimes too refined and unbalanced, almost always too passionate, too much invaded by what Pascal called the *amorous passions*. Woman is the inspiring muse of modern literature, and there is a danger of getting the minds of children possessed with the "eternal womanly." The loves of Greeks and Romans are so far off and so vague that, as a rule, they do not have the same disturbing influence. And at any rate we can rapidly pass over that sort of thing, and choose passages relating to love of fatherland, or to domestic life. In fact, we are

図18　現今文学ノ弊恋情多シ——ギュイヨー『教育と遺伝』への書き込み

三　「意味表示的／暗示的」と「第一f／第二f」

漱石のギュイヨーへの関心が『教育と遺伝』に限定されなかったことは、別の著書『社会学的観点から見た芸術』（*L'art au point de vue sociologique*〔Paris：Félix Alcan, 1909〕．以下『芸術』と略記）を読み込んでいることから明白である。この本は、書き込みなど精読の跡を漱石が残したおそらく唯一のフランス語原書であり、かつその読書時期が『文学論』刊行よりはるかに後、『明暗』執筆期にも重なるほど遅くであったことにおいて、格別の存在である。『明暗』連載中のこととして松岡譲が書いているところによると、ある日、漱石の机にこの書の「原本が読みかけて伏せてあ」るのを発見し、「丁度其頃日本に翻訳が出て私達もよんだばかり」だったので、話題にしたのだという。

すると先生の言はれるには、今自分はギューヨーの本から直接学ばうといふより、よんで居ると絶えずそれから直接間接の暗示をうけていろ〳〵な問題を考へ出して来る。さうなると本はそつちのけで自分の考に耽る。それが大変有益なのだ。其代り頁は進まないが、人の意見を知るといふより、自分の考を纏めるといふやうな事になつていゝといふお話だつた。[5]（「『明暗』の頃」）

「直接間接の暗示をうけていろ〳〵な問題を考へ出して来る」とはまさに、「はじめに」で紹介した、例の「自己の繙読しつゝある一書物より一個の暗示《サゼッション》を得べく努める」という漱石流「読書法」

の実践例にほかならず、ここで「暗示」されている「いろ〳〵な問題」が、第4章でふれた『明暗』期における『文学論』新稿の構想へと膨らみつつあったとは、十分に可能な推理である。ともかくそのようにして漱石が読み進めては立ち止まっていたこの本において、"suggestion" の語はやはりそれ自体、頻出するキーワードの一つに違いなく、その概念は構想の要をなしているとさえいえる。漱石が「暗示をうけ」た可能性のある点に注意しながら、内容を概観しておこう。

「暗示」がキー・コンセプトをなすことは『教育と遺伝』と場合と同様であって、第一部冒頭すなわち第一章第一節「感情の伝達とその社交的性格」(La transmission des émotions et leur caractère de sociabilité) の第一頁に早くもそれは現れる。第一行から「神経の顫動や相関的精神状態の伝達は生物相互の間に不断になされている」という神経学の新知見を導入したギュイヨーは、そこへ「同時に鳴らした二個のヴァイオリンの弦の音がつねに同音あるいは倍音となる傾向がある」という「共振」(vibration sympatique) の現象を持ち込み、「この共振というものに、あるいは心理学的に語るならば、相互規定、暗示、また互いに感じる責務のようなものに似た現象が、心的世界にもあると想定する」[6]。ここでは「暗示」が、音波や神経顫動のような極小レヴェルにおける何らかの伝達現象と類比的に語られているわけで、ギュイヨーのこの志向が、心に生じる伝達的な動きの本質を〈暗示〉に見ようとする漱石の理路になじみやすいものであることは見やすい。

続いてギュイヨーが試みるのは、有機体間で感情が伝達される方法をいくつかに類別して記述してゆくことで、その記述は漱石の小説、とりわけ『明暗』との関係を強く示唆するようでもある。その方法の第一に挙げられているのが、触覚などの五感を介することなく「たんに神経的な流れによって」感覚を伝達してしまう現象であり、これを事実と認めないわけにいかないとするギュイヨーが依拠するのが、実はすでにふれてきた一八八六年のピエール・ジャネによる有名な実験の報告なのである。被験者B…夫人を催眠術によって「心的暗示を感じる特殊な夢遊病的状態」に置き、実験者ジャネが「隣室で飲み物を飲むと、B…夫人の喉に嚥下運動が見られ」、また別室で「自分の腕か脚を強くつねれば、彼女は叫び声を上げ、誰かが私の腕かふくらはぎをつねっていると激怒」した、というのである。(7) さらには同様の実験を「火傷」で試みたところ、彼女はやはり激痛を訴え、当該箇所はその晩、真っ赤に腫れ上がったともいう。

一八八六年八月の『哲学評論』(*Revue philosophique*)に発表されたこの実験は当時大きな反響を呼んだ。後述のベルクソンも同年十一月の同誌に発表した「催眠術における無意識の擬態について」(8)でさっそく言及しているように、いわゆるテレパシーの可能性を示唆するものである。漱石愛読者なら、『行人』(一九一三)の次の一節を思い起こせばよいのだが、一郎を笑ってはいけない。漱石が最高級の讃辞を捧げたベルクソンも真剣に取り組んだ問題なのである。

> その話によると、兄は此頃テレパシーか何かを真面目に研究してゐるらしかつた。彼はお重を書斎の外に立たして置いて、自分で自分の腕を抓《つね》つた後「お重、今兄さんは此処《ここ》を抓つたが、お前の腕も其処《そこ》が痛かつたらう」と尋ねたり、又は室《へや》の中で茶碗の茶を自分一人で飲んで置きなが

ら、「お重お前の咽喉《のど》は今何か飲む時のやうにぐびぐび鳴りやしないか」と聞いたりしたさうである。

（「塵労」十二）

この一致を見ると、漱石がこの本を時折ひもといて「暗示をうけて」いたのは『行人』執筆以前からのことだったという可能性も濃厚だが、それはさておき、今は、漱石の理論構築により深く関与したであろう局面に入ってゆこう。『芸術』全体を通してたびたび援用される "significatif / suggestif"（意味表示的／暗示的）という対概念がそれで、最初に現れるのは、「芸術の目的は、空間または持続〔la durée〕の最短の断片中に、最大数の意味表示的な事柄〔faits significatifs〕を蓄積することだ」という命題を敷衍した段落に続く、次の一節においてである。

しかしながら、芸術はたんに意味表示的な事柄の集積であるのではなく、何よりまず暗示的な方法の集積である。芸術が言い表すものは、しばしば、それが言い表すのでなく暗示するもの、考えさせ感じさせるものに、その主要な価値を負うている。偉大な芸術は暗示によって作用する喚起の術である。(9)

（傍線は漱石。図19参照）

文学を含むところの芸術というものは、「意味表示的な事柄の集積」のみによっては芸術たりえず、それが同時に「暗示的な方法の集積」でもあってはじめて、それとして成立する。「意味表示的／暗示的」の二元性において芸術を把握してゆくこの視点は、その後の各章でもしばしば立ち戻られるもので、同書の基本的な芸術観と見て間違いない。たとえば巻末に近い、第二部第五章「表現方法および共感の楽器としての文体——現代散文の進化」で「文体」を定義した部分。

文体とは、社交性の機関たる言葉が、その言葉をして普遍的共感〔共振〕の楽器たらしめるような、同時に意味表示的でも暗示的でもある力を獲得することで、いっそう表現的となったものである。文体は、それがじかに見させるものによって意味表示的であり、観念の連想の力で考えさせ感じさせるところのものによって暗示的である。(10)

すでに明らかだろうが、このいわば二元的な芸術観は、『文学論』が文学成立の条件としたあの「F＋f」の公式——「印象又は観念の二方面即認識的要素（F）と情緒的要素（f）の結合」——と重なる可能性を示している。しかも右の引用文に明言するとおり、文体を「暗示的」ならしめる必要条件は「観念の連想」（l'association des idées）の力能にほかならないのだから、そこでもギュイヨーの思考は、「凡そ文芸上の真を発揮する幾多の手段の大部分は一種の『観念の聯想』を利用したるものに過ぎず」という『文学論』第四編冒頭での宣言（前章

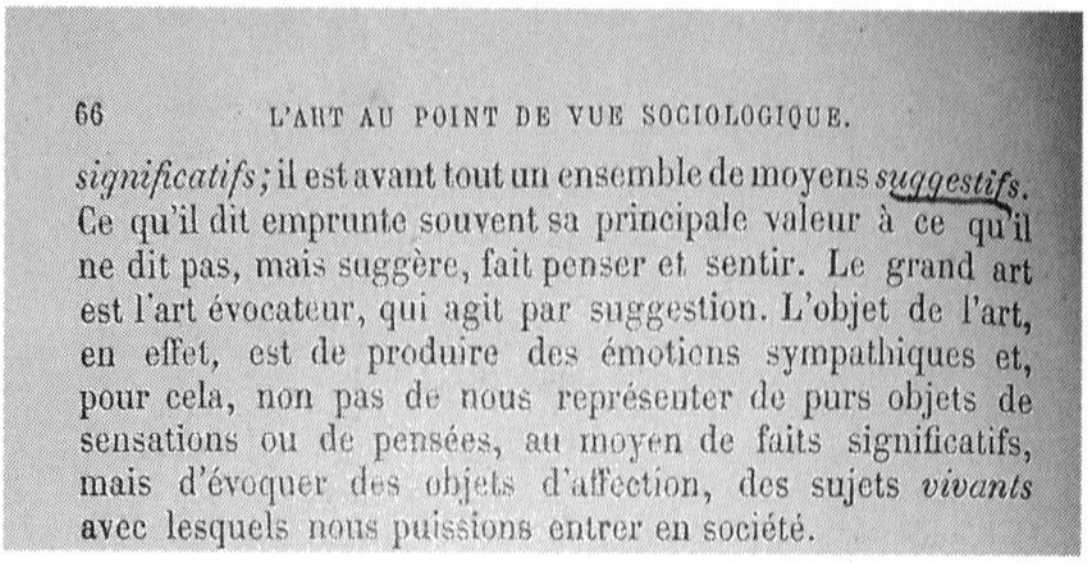
66 L'ART AU POINT DE VUE SOCIOLOGIQUE.

significatifs; il est avant tout un ensemble de moyens *suggestifs*. Ce qu'il dit emprunte souvent sa principale valeur à ce qu'il ne dit pas, mais suggère, fait penser et sentir. Le grand art est l'art évocateur, qui agit par suggestion. L'objet de l'art, en effet, est de produire des émotions sympathiques et, pour cela, non pas de nous représenter de purs objets de sensations ou de pensées, au moyen de faits significatifs, mais d'évoquer des objets d'affection, des sujets *vivants* avec lesquels nous puissions entrer en société.

図 19　suggestif への着目——ギュイヨー『社会学的観点から見た芸術』への下線

参照）と大いに重なる軌跡を描いている。

このように馬の合うギュイヨーの思考が、『文学論』の理論構築にかなりの〈暗示〉を提供したとしても不思議はない。たとえば右の「意味表示的／暗示的」の対概念は、読み方次第では、「F＋f」の基本公式よりむしろ、『文学論』第一編第二章「文学的内容の基本成分」に導入される「第一f／第二f」の対と共振するようでもある。「fを附帯するF」、すなわち「情緒的要素」を伴う「認識的要素」の例を英文学の正典から数多く引いたあとで、漱石はこう論ずる。

これ迄列挙したるFは全て純粋にして、しかも簡単なる情緒を喚起するものゝみにして、其fは「或る線、体並《ならび》に色、音の複合により受くるもの、即ち視、聴覚又は他の感覚的経験より得るf」を意味するものなりしが、これらと云へども、実際吾人が経験する際にありては聯想其他の作用により混入し来る第二fの多量を含むこと無論なり。

続けて漱石は、ただ要は、このような「第一f即ち本元f」が他の「副加fの混入」に遭っても依然として美感の重要部分をなしていることを主張したいのだ、と書くのだが、そのあと直ちに「第一、第二fの混入の様」の例として引くのが、実はギュイヨーの文章なのである。ピレネー山中を旅行して疲労した著者が、遭遇した牧童に牛乳を所望したところ、小川の流れでよく冷やした牛乳をくれた。

「〔中略〕一椀の乳の冷かなる事、氷にもまされり。全山の香を収めたらん如き此乳を味ふ間に、余は単に「心地よし」の一語を以て云ひ尽し得ぬ幾多の感覚総身にしみ渡るを覚えぬ。例へば耳ならぬ口にて味ひし牧野の合奏の如き感ありき」(M. Guyau.)。

これ、たゞ乳の甘かりしを説く意にあらず、其乳には普通望みうべからざる美妙の感附着し居たるを云ふものなり。然れども余は其際必ず乳其物の固有の味も亦必ず Guyau の快感の一部を否、恐くは其半以上を占めたりしことを主張するものなり。

「乳の甘かりし」こと、「乳其物の固有の味」の表現が「第一f」に、それを超えた隠喩などの修辞によって「普通望みうべからざる美妙の感」を喚起する部分が「第二f」に相当するとした場合、両者の「混入」によりすぐれた効果を発揮した文章の例がここに見られる、というのである。『文学論』がここで議論を切ってしまい、「第一f／第二f」をそれ以上敷衍しなかったことは惜しまれる。というのは、この対概念が、ギュイヨーの「意味表示的／暗示的」の対とも重なり合いながら、現代の記号論的批評理論の方法を先取りしているようにも見えるからで、『文学論』新稿もそのあたりを発展させるべく構想されていた可能性がある。この問題には第9章でもう一度論及したい。

ところで、この文章がギュイヨーのどの本から引かれたかは未詳であるし（識者の教示を乞う）、基本的に例文は英文学の古典から採っている『文学論』で、ここでのみ唐突にギュイヨーの文章が選ばれた理由も不明である。憶測を逞しくすれば、「第一f／第二f」の理論展開において座右に置かれた著者の一人がギュイヨーであったがゆえに、例が見つかりやすかった、あるいは座右になかったとしても「聯想」が働きやすかった、といったことが考えられよう。

以上のようなことから、思想のみならずその文章においても、ギュイヨーは漱石愛好の著述家の一人であったとはいえそうだが、かといって、彼に対する不満や批判がなかったわけではない。批判的な書き込みを内容的に大別すると、一つは「此人ハ支那ト日本ノ詩ヲ了解スルコトガ出来ズ。又それを知ラズ」(『芸術』一六五頁)のような、西洋以外の世界に関する無知を難ずるもので、そこには、少なくとも近代西洋文学の恋愛過重に眉をひそめた点で「支那ト日本」への近親を示したギュイヨーにしてこれか、といった嘆きも感じられないではない。これすなわち「東西両洋思想の一大相違」という重大問題に直結する論点であり、本書でも第8章以下で再説する。

もう一つは「斯様ナ叙法ハ文学者ノ云フコトデ頗ル明瞭ヲ欠ク」(『教育と遺伝』二〇八頁)といった文体への苛立ち。すなわち議論の要衝で文学的レトリックに訴えるために曖昧さを残してしまうような、文人的思想家にしばしば見受けられる「叙法」への反発であり、もちろんこれは、ひとりギュイヨーのみに向けられたものではない。ひるがえって、この種の弊をまったく免れ「余計な事を云はず又必要な事をぬかさず」書きながら、しかも「あの人の文を読むと水晶に対したるが如く美しき感じ」を起こす(沼波瓊音宛書簡、一九一三年七月十二日)と漱石の讃えた哲学者が、ギュイヨーからの強い影響も指摘される(11)「暗示」論者、ベルクソンということになる。

四 「根源的な自己」と催眠術

「文学書ノ面白イモノヲ読ンデ美シイ感ジノスルノハ珍ラシクナイガ哲理科学ノ書ヲ読ンデ美クシイト思フノハ殆ンドナイ、此書ハ此殆ンドナイモノ、ウチノ一ツデアル」と漱石が書き込んだのは、ベルクソンの『時間と自由』（*Time and Free Will*〔London : Sonnenschein, 1910. *Essai sur les données immédiates de la conscience*, 1889 の英訳〕）の前扉にである。英訳が出たのと同じ一九一〇年の『思ひ出す事など』で、ジェイムズのベルクソン紹介を「坂に車を転がす様な勢で駆け抜けた」のが病後の頭に「どの位嬉しかったか分らない」と書き記した漱石は、数年後の書簡でも「ベルグソンは立派な頭脳を有したる人に候」（前出沼波宛書簡）と異例の絶讃を捧げている。

『時間と自由』への漱石の書き込みは、前引のものに続いて前扉に「第二篇時間空間論ヲ読ンダ時余ハ真に美クシイ論文ダト思ツタ」とあるのと、第三篇前半部（英訳、一五四頁）の「余ハ常ニシカ考ヘ居タリ、ケレドモ斯ウシステムヲ立テ、遠イ処カラ出立シ此所ヘ落チテ来ヤウトハ思ハザリシ」というやはり感動をあらわにしたものがすべてで、あとはそう多くはない下線や脇線が残されているのみである。とりあえず、これら数少ない手掛かりから、ベルクソンと漱石との思考の「共振」を探知し、かつその「共振」がベルクソンの「暗示」観とどうふれあってくるのかを探ってみよう。

最初の脇線は、「第一篇 心理状態の強度」（Chap. I : The Intensity of Psychic States）の、英訳では

「純粋に表象的な感覚は外的原因によって計測される」(The purely representative sensations are measured by their external causes) という原著にない見出しを付けられた段落にある。「感覚が感情的な性格を失って表象的になってゆく」経過を説いてゆく論述で、左に示すように、引用部後半が大きな括弧のような線で印づけられている。

〔感覚の〕原因は外延的であり、したがって計測可能である。つまり、意識の最初の微光に始まり、生涯を通して続く類の一つの経験は、一定の値の刺激に対応するところの一定の感覚の陰影をわれわれに示す。このようにしてわれわれは、一定量の原因の観念を、一定の質の結果に結びつける。そしてついには、それはあらゆる後天的な知覚において起こることなのだが、観念を感覚に、原因の量を結果の質に転移させてしまうのである。(12)

つまり人は「原因の量」と「結果の質」とを混同するような仕方で因果関係を把握しがちで、そこには、本来「量」的には捉えられないはずの「質」が「量」的に表象されてゆく一般的な傾向が観察される。その心的過程を明らかにしてゆく上で一つの鍵をなす記述が、漱石の足を止めたわけである。このあたりの分析はまた漱石が「真に美クシイ論文ダト思ツタ」という「第二篇」(Chap. II)「意識状態の多数性：持続の観念」(The Multiplicity of Conscious States : The Idea of Duration) の議論の前提となるものでもあるだろうが、この章題にいう「持続」(duration) はもちろん、ギュイヨーも用いていた“durée”の訳語で、空間的に表象される以前の純粋経験としての時間を指している。

この「第二篇」に入ると下線や脇線の頻度が俄然増すが、そのほとんどは、「質」と「量」、「思考されたもの」と「表象されたもの」、「持続」と「時間」「空間」など、さきに見た第一篇の脇線箇所での議論に通ずる二項対立に言及した部分である。また、さきにふれたように、英訳では長い段落の一つ一つに数行にわたるワン・センテンスの見出しが付けられているのだが、その一つを漱石は丸で囲んでいる。それは「科学は時間から持続を、動きから可動性を抜き去ってからでないと扱えない」(Science has to eliminate duration from time and mobility from motion before it can deal with them) というもので、上記一連の対立の流れに置かれたこの認識が、『文学論』の主として第三編で論述された「文学的Fと科学的F」「文芸上の真と科学上の真」につながることは見て取りやすいところだろう。篇末近くの「真の持続」を解き明かそうとする部分にもいくつかの下線が見られるが、そのうち特に次の部分に例の括弧状の脇線が付されている。

意識は、区別しようという飽くなき欲望にさいなまれ、実在を記号に置き換え、あるいは記号を介して、実在を知覚する。このようにして屈折させられ、またそのゆえに細分化された自我は、社会生活、とりわけ言語の要請にずっとよく適合するものなので、意識はそちらの方を好み、次第に根源的な自己を見失ってゆくのである。(13)

この「根源的な自己」(the fundamental self) と表層の屈折・細分化された自我との区別は、もちろん「持続/時間」など一連の対立の流れに棹さし、「文学的F/科学的F」の対にも通ずるものであるに違いない。科学が扱うのは、「空間」的、「量」的に把握された時間とそれに即して「記号」的に構成された世界であり、これに慣らされた人間が見失いがちな、より根源的な「真の持続」には届かない。届くものがあるとすれば、それはむしろ文学あるいは芸術でなければならず、実際ベルクソンは、後に見るとおり、独特の仕方で芸術を称揚してもいる。

さて、あの「余ハ常ニシカ考ヘ居タリ」の書き込みは、その第二篇が終わり、「第三篇　意識状態の組織：自由意志」(Chap. III：The Organization of Conscious States：Free Will) に入って十数頁後の次のような記述に対してなされている。

> われわれは自己を直接に観察することに慣れておらず、外界から借りてきた形式を通して知覚するので、意識によって生きられた真の持続が、不活発な原子の上をそれに浸透することもそれを変化させることもなしに滑ってゆく類の持続と、同じものであるように信じ込まされてしまう。そのせいでわれわれは、一定時間の経過後に事がらをもとの場所に戻したり、同じ人の上に同じ動機が働くと想定したり、これらの原因が再び同じ結果を生むものと決めてしまうことを不条理と思わなくなってしまうのである。(14)

「常ニシカ考ヘ居タ」という漱石は、しかし、「システムヲ立テ、遠イ処カラ出立シ此所へ落チテ来」たベルクソンの論証過程に脱帽したわけで、下線・脇線も大方はこの「システム」の要所・要点に刻されている。ところで、それならば、どのようにすれば人は「真の持続」を、「根源的な自己」

を、「記号」や「形式」を介することなく「直接に観察する」ことができるというのだろうか。

ベルクソンの場合、その経路の一つとして催眠術が考えられていたのは間違いのないところである。自身「催眠術の達人であった」[15]ともいうこの哲学者が、既出の論文「催眠術における無意識の擬態について」(第2章参照)を発表したのは、まさにジェイムズによって特別視されたあの一八八六年、タルドによれば「催眠暗示」がさかんに語られ始める「暗示の時代」幕開けの年にほかならなかった。それをはさむ八三年から八七年に至る期間に執筆した学位請求論文が『時間と自由』であったのだから、そこで「催眠暗示」の効果をギュイヨー以上に評価していたとしても怪しむに足りない。

たとえば第一篇の開巻十余頁のあたりでは"suggestion"または"suggest"の語が頻用され(計十回。うち二回はイタリックで強調)、そこでの芸術論に不可欠の概念になっているのだが、そのなかで「美の感情：芸術はわれわれの能動的・抵抗的諸力を眠らせ、暗示に応じやすくする」(The feeling of beauty: art puts to sleep our active and resistant powers and makes us responsive to *suggestion*)と見出しされた段落では、まさにこの見出しにいうところが「芸術の目的」だとされる。「芸術の諸方法には、人を催眠状態に導く際に普通に使用される諸方法の弱められた形、洗練され、ある意味で精神化された変形が見出される」[16]と。

「芸術」と「催眠」とのこのような類比は、この節に一貫する思考だといってよい。二頁後の議論では、芸術は感情を「表現する」(expressing)よりは「印象づける」(impressing)、つまりは「それを暗示し、より有効な方法が見出されれば自然への模倣なしにすます」のだという。またその「自然」も「芸術と同じく暗示によって進行する」、つまり「自然」によってある感情がほんのわずかに指示されただけで共感を引き起こすことがあるが、それは「ちょうど催眠術師が彼の統御に慣れた被験者に暗示をかけるのにほんのわずかな身振りで十分なのと同じだ[17]」といい、またその少し先では「美的感情の進行には催眠状態と同じようにはっきりと区別される諸段階がある[18]」ともされている。

「余ハ常ニシカ考へ居タリ」とベルクソンに「共振」した漱石は、たしかに、この哲学者のたどった思考経路と非常に近い経路を独自に歩んできていたらしい。ただ、独自にといっても、真空を泳いでいたわけでないことはもはや断るまでもあるまい。ギュイヨーをはじめとする多くの先行者を、漱石はベルクソンと共有していた。そしてもう一つたしかに共有していた強い関心、それが催眠術へのものであった。

第7章

若年の翻訳「催眠術」

一 「遣つた後で驚いたんです」

『心』下編「先生の遺書」のKの死体を発見する場面（四十九）で、死体によって「暗示」された「運命」の「恐ろしさを深く感じた」と語られることについて、執筆時の「私」からする後知恵の混入したものである可能性を指摘してきた（第4、5章）。この読みを支える要因の一つは、「遺書」が差し向けられる第一読者としての「私」に対し、「先生」が交際中、開いたまま閉じられない〈謎〉を小出しにする形でその「運命」の漠たる内容をすでに描きつつあったことで、それが「恐ろし」いとしても「私」はもはや驚かない、否むしろそれは彼の期待範囲内でさえあるかもしれない、という可能性である。そのように「運命」を小出しにする言動の好例として、自分を含めて「人間全体を信用しない」のだという、かつて彼にぶつけるように放った言葉を挙げることができる。

「信用しないつて、特にあなたを信用しないんぢやない。人間全体を信用しないんです」と「私」に告げた「先生」は、「ぢや奥さんも信用なさらないんですか」と衝かれて、回答を迂回する。

「私は私自身さへ信用してゐないのです。つまり自分で自分が信用出来ないから、人も信用できないやうになつてゐるのです。自分を呪ふより外《ほか》に仕方がないのです」

「さう六ッかしく考へれば、誰だつて確かなものはないでせう」

「いや考へたんぢやない。遣《や》つたんです。遣つた後で驚いたんです。さうして非常に怖くなつたんです」

（十四）

ここで襖の陰から「あなた、あなた」という奥さんの声が入って会話が中断されるために、例によって読者は「先生」が何を「遣つた」のかを知らされないまま頁を繰るのだが、通読後に判明するのは、おそらくここで「遣つた」といわれているのが、Kの死の原因となったと「先生」が考えているところの一連の行為だということである。そしてそれに伴って浮上するのは、「遣つ」てしまってからそのことに「驚いた」という特異な経緯である。これを言い換えれば、「遣つ」ている間は自分の「遣つ」ていることに気づいていなかったということであり、この特異性が「自分で自分が信用出来ない」ことの理由として提示されているわけである。

この「自分で自分が信用出来ない」という困難な状況は、恋人を友人に「遣つ」てしまってから「驚」き、苦悩する経緯を描いた『それから』以降、漱石の長篇小説に毎回含まれてきた、すぐれて漱石的な主題だといってよい。『心』の次の『道草』でも、この主題の深まりは、たとえばこんな箇所に読み取ることができる。

もともと仲睦まじいわけではない健三夫妻の間に、かつての養父島田の出現という新たな問題が入り込むと、「健三の心は紙屑を丸めた様にくしや〳〵し」てくる。「時によると肝癪の電流を何かの機会に応じて外《ほか》へ洩ら」し、「子供が母に強請《せび》つて買つて貰つた草花の鉢などを、無意味に縁側から下へ蹴飛ばして見たり」する。それが「がら〳〵と破《われ》る」のを見て「多少の満足」を得、かつ悔い、そして思う。

「己《おれ》の責任ぢやない。必竟こんな気違じみた真似を己にさせるものは誰だ。其奴《そいつ》が悪いんだ」

(五十七)

「其奴」とは誰なのか明確にはされないが、しばらく先の「今の彼は其教育の力で何《ど》うする事も出来ない野性的な自分の存在を明らかに認めた」(六十七)といった文に照らすと、自己の一部でありながら、自ら統御しきれないもう一個の「自分」が仮定されているようである。「教育」のある本来の「己」ならするはずのない一連の行為を勝手にやってしまう「野性的な自分」。それは、『心』の「先生」が「遣つた後で驚いた」行動の主体と同じものではないのか。

自ら統御しきれないまま着実に自己を動かしてしまう、このような「其奴」の表現は、『明暗』[1]に至ると、統御どころか意識さえされないものとして、芥川の言葉を借りれば、それこそ「老辣無双」の表現を見ている。津田と吉川夫人の、清子をめぐっての会話である。

「貴方は清子さんにまだ未練がおありでせう」

「ありません」

「ちつとも？」

「ちつともありません」

「それが男の嘘といふものです」

嘘を云ふ積《つもり》でもなかつた津田は、全然本当を云つてゐるのでもないといふ事に気が付いた。

「是でも未練があるやうに見えますか」

「そりや見えないわ、貴方」

「ぢや何《ど》うしてさう鑑定なさるんです」

「だからよ。見えないからさう鑑定するのよ」

夫人の論理《ロジック》は普通のそれと丸で反対であつた。と云つて、支離滅裂は何処にも含まれてゐなかつた。

「外《ほか》の人には外側も内側も同《おん》なじとしか見えないでせう。然し私には外側へ出られないから、仕方なしに未練が内へ引込んでゐるとしか考へられませんもの」　（百三十八）

引用の前半部で、津田は決して「嘘を云」っていたわけではない。ところが、吉川夫人によって「嘘」だといわれたとたんに、それまでの言葉が「嘘」と化したのである。「未練」はある、そう見えないけれども「外側へ出られないから、仕方なしに」「引込んでゐる」のだ、と断言する吉川夫人は、しかし、真実の告知者という役割を作者から託されているわけではない。そのような存在が徹底して欠けているところにこそ『明暗』の多声的《ポリフォニック》[2]な新しさがある。だから、夫人の言葉は出まかせであってかまわない。それが出た瞬間に津田の「未練」が既成事実化して一人歩きを始めてしまう、その過程を前景化することがこの一節の狙いの一つだろう。

そこに〈暗示〉の恐ろしさがある、と漱石はいいたいのではないか。ここで吉川夫人に負わされている任はすなわち催眠術師のそれであり、彼女の巧みな〈暗示〉の言葉に、津田は完全に囚われてしまう。すなわち「未練」はないという正直な言葉が、彼女の〈暗示〉によって「全然本当」というわけでもないと思われだし、やがてそれが「嘘」であるということの方が事実としてまかり通ってゆく。これはまさに、漱石に二、三度会ったばかりの芥川が、自作について「もし夏目さんが悪いと云つたら、それがどんな傑作でも悪いと自分でも信じさう」だと恐れたところの「ヒプノタイズ」の効果（第1章参照）そのものではないか。実際こののち津田は、施術者の〈暗示〉のとおりに行為する被催眠者よろしく、「未練がある」人として振る舞うことになる。その選択が生む彼の「運命」は、夫人の〈暗示〉がもしなければ、一切なかったとも考えられるのである。

催眠から覚醒した後にもなお〈暗示〉にしたがってしまう「後催眠暗示」の現象は、コナン・ドイルの小説にも描かれ（第3章参照）、ベルクソン哲学の基底的主題をもなす「暗示の時代」のホット・トピックにほかならなかった。[3]『明暗』の物語の後半を先導するこの「運命」が、「後催眠」をも含めた「催眠暗示」の現象をモデルに構想されていることは、漱石のそれまでの理論的・作家的経歴からして、十分にありうるものといわなくてはなるまい。

「遣つた後で驚」く『心』の「私」、自分に「気違じみた真似」をさせる「其奴」の存在を意識する『道草』の健三の場合にも、同じことがいえる。そこに読まれる自我の分裂あるいは多重人格的な傾向の文学的表現が、どこから学ばれ、どのようにして構成されたものかと考える場合、漱石にあっては、それが催眠術と〈暗示〉をめぐる理論的考察と並行して温められ深められてきたものであったことは、本書の読者にはすでに明らかだろう。

「何で狸が婆化しやせう。ありやみんな催眠術でげす」という「琴のそら音」の狸の言い分（第5章参照）や、『吾輩は猫である』の苦沙弥先生に試みられた催眠術が「遂に不成功に了る」経緯、『虞美人草』での「人間の反古なら催眠術を掛けなくても沢山ゐる」といった会話（以上、第2章参照）など初期作品におけるこの術への言及は、さしたる意味もないように見えて、実は『文学論』を統べる「暗示の法則」に呼応するものであることを見てきた。そのころの理論的認識が十年の作家的熟成を経て、「老辣」な文学的形象に開花したものとして読まれることを、後期の長篇、とりわけ『心』と『明暗』は待っているように見える。

そのような表立たない回路に本書は光を当ててきた。ところで、催眠術の力への驚異から人間の生そのものの考察に向かうこの筋道は、漱石のなかでは、いつ緒を付けられたものだろうか。二十九歳時の「人生」にすでにそれが読み取られることを第5章で見たが、それについてさらに四年を遡りうることは、一八九二（明25）年、大学生時代の漱石が発表した翻訳「催眠術」に明らかである。

二　原典「催眠術といかさま」を読む

「催眠術」は、『哲学会雑誌』（のち『哲学雑誌』と改称）第六冊第六十三号（一八九二〔明25〕年五月五日発刊）の「雑録」欄に「催眠術（「トインビー院」演説筆記）」と題して掲載された一三頁にわたる文章である。題辞の下には「Ernest Hart M. D.」（アーネスト・ハート医学博士）と原著者名のみあって訳者名はないものの、藤代禎輔の示唆によってこれを漱石訳とした小宮豊隆の推定（『漱石全集』第十四巻〔一九三六〕「解説」）を覆すことはむずかしい。その理由の一つは文体で、『哲学会雑誌』掲載の他の記事との対照においても際だつ華麗な文語文は、当時の漱石の論文等に見られる文体的特徴をたしかに分有している。

訳された原テクストは、最新の『漱石全集』（第十三巻、一九九五）がなお「未詳」とするところだが、原著者ハートが一八九三年三月に刊行した『催眠術、メスメリズムと新しい魔術』（*Hypnotism, Mesmerism and the New Witchcraft*〔London : Smith, Elder, & CO.〕）に“An Address delivered in Toynbee Hall”（トインビー・ホール講演）と注記して収録されている巻頭論文「催眠術といかさま」（Hypnotism and Humbug）と同一と見られる。もっとも漱石訳は、末尾に「未完」と付記されているとおり、完訳に至らず原文の四割程度（全二九頁中一三頁）で中断したものではあるが、訳出された部分を照合するかぎり、内容の一致は明白である。つまり何らかの雑誌等に掲載された論文を、『哲学会雑誌』の負託を受けた漱石がいちはやく訳出し、しかるのちにそれがハートの著書に収められたということになるが、催眠術関係の話題をさかんに採り上げていた当時の同誌の傾向からして、この経緯は怪しむに足りない。[4]

その「催眠術」が未完に終わった理由としては、まず、それが既訳部分のみで一応の完結感を与えるものに仕上がっていたということが考えられるが、このことは、訳題「催眠術」が原題の後半すなわち"humbug"（いかさま）を捨てていることと直接に関わっている。すなわちハートの講演はその題が示すとおりのもので、催眠術における驚異的現象の解明に前半をあて、後半ではその背景にある演技や詐欺のからむ諸問題を告発するというきわめて明快な構成を取っていた。題も内容も原文の半分しか反映していない漱石訳が一応完結の体をなしえたのも、そのおかげで、催眠術の驚異のみを語ってそのいかさまを暴くには至らないという形を取ることができたからだといえる。

とすれば、その成り行きは当時の日本の社会背景に支えられてもいたわけで、ハートが後半で徹底的に批判・告発するような催眠術にまつわる「いかさま」の問題が、日本にはまだほとんど浮上していなかったがゆえに、後半の訳出意義が薄かったという事情もある。すなわちこのころの日本では、第2章でふれた近藤嘉三の先駆的著書『心理応用　魔術と催眠術』が同じ明治二十五年に出ているものの、高島平三郎が催眠実験の実演で公衆を驚かすのはその五年後のことで、[5]語としての「催眠術」

はようやく一般に流布してきたところというのが実情であった。[6] ハート論文の後半部は、批判の対象がまだ現れていない日本では、空転した可能性が高いのである。

ただ、そうはいっても、ハートの主意がいかさま批判にあったことは明白である以上、その批判意識が前半にはまったく現れていないというわけではない。そうした部分をどう処理したかを分析することは、翻訳家漱石の手腕とその背後にあった思考を明るみに出す仕事となるだろう。その前提作業として、まずはハートの原文の、それぞれにかなり長い十五の段落（漱石訳は第6段まで）を要約しておこう。太字は漱石の用いた訳語、（　）内はそれに相当する原語である。

第1段：**幽玄**（the unknown）は古来、大きな魅惑をなしてきたもので、その世界へと人を導く秘術が信奉されることは古今東西を問わない。それら種々の秘術において用いられてきた方法は、今日いうところの**提起法**（suggestion）にほかならず、その力の解明は古今の信じがたい出来事の多くに光を投げるであろう。私はまずこれに関わる脳髄生理学上の事実を要約し、かつこの主題へと私を導いた個人的経験について語ろう。

第2段：若き日の知人、エリオットソン博士[7]は、メスメリズムに関わったことから病院辞職に追いやられ、余生を催眠治療の研究に捧げた人だが、その後医学に進んだ私は、博士の開発した方法を試みて成功した。ブレイドや**生物電気術**（electro-biology）、**電気心理**（Electrical Psychology）などの台頭と同時期（一八四八〜五〇）のことである。

第3段：私も催眠術の使用により、時には社会的な窮地に立たされもしながら、被術者の奇妙な様態を多く見てきた。暗示の強い影響の下にある被術者は、施術者の命令に服従してどんな滑稽も、危険も顧みず行為する自動人形となる。この現象の真の意味、起因や範囲を明らかにすべく、私は一連の**支配実験**（control-experiments）を創始した。

第4段：実験の目的は催眠現象を引き起こす原因を調べること。通説では、それは催眠術師の**意志**（will-power）か、彼自身または彼が影響した物体から発する「一種の気」（メスマーによれば**磁気**〔magnetic fluid〕）かのいずれかであったが、被術者の身体に電気・磁気上の変化が生ずるか否かを調べる実験の結果、通説は完全に否定された。

第5段：第二の実験は施術者の意志の影響力について。止まらぬ咳に悩んでいた若い女性を、前もって**催眠術が仕掛て**（mesmerise）あると信じさせてある蠟燭の前に坐らせたところ、直ちに咳が止まったばかりか、深く長い眠りにつき、しかもその後、私を一目見ただけで眠りに落ちるようになった。この間、私は眠らせようという意志をもたず、またあえて眠らせまいとの意志さえもったが、無関係であった。

第6段：かくして、様々な名で呼ばれるこうした状態は、すべて**主観的の情況に過ぎざる**ものである。それらは施術者の行為や意志から独立したものであるから、電信・電話などの方便を用いれば、施術者不在でも同様の結果を生ずるのである。

第7段：これらの実験結果についての生理学的な説明。脳髄の一部に血流が止まれば、その部分は機能不全となる。頸動脈を長く押さえれば意識がなくなることはその一例。

第8段：意志や指示の能力は上部脳回にあるため、この部分の血流の変質により機能を停止することがある。これを引き起こす方法として薬物の使用を含む種々の秘術が知られている。くすぐられて笑う場合のような反射が睡眠中にも起こることは、夢で冷熱を感ずることなどからわかる。

第9段：このように、人体には自動的に一連の筋肉収縮を生む機構が備わっているが、この機構は、たとえば食物を想像すれば本人の意志に関わらず唾液が分泌されるように、本人には統御不可能であっても、外的な方策によって操作可能となりうる。

第10段：想像や急激な印象によって意志がいかにたやすく無化されるかは、人間のみならず、馬からザリガニに至る動物においても催眠術が奏功することによって実証ずみ。つまり催眠の誘起は、被術者の感覚に印象づける何らかの機械的方策のみで事足りる。

第11段：催眠状態にある脳は意志の機能が停止しているため、覚醒時なら恐怖や理性が妨げるはずの暗示も受け入れる。その結果としての驚くべき振る舞いの数々は、シャルコーらの著作にも豊富に見られるが、彼らが見せている実演（platform performance）のすべてが真正のものとは、実はいえない。そこに付加された力、それはぺてん（imposture）だ！

第12段：一八三七〜四〇年、アカデミー・フランセーズ設置の委員会は動物磁気（animal magnetism）や千里眼について調査した結果、それらの欺瞞性を断定した。英国でも一八六〇年ごろ、賞金をかけて透視者を募ったが、応募者はなかった。

第13段：時間的要素を含み込んだ遅延暗示（deferred suggestion）[8]にかかる人もたしかにいる。これは暗示の影響力の驚くべき、かつ危険な発展形である。

第14段：暗示に時間的要素が含まれうることは、神経や脳の働きにそれが含まれることから説明される。多重人格の現象も同様に時間的要素から説明されるのであって、現在流行中の降霊術やテレパシーのような、エセ科学の衣を着せたぺてんとは無関係である。

第15段：これら様々な妄想は、有史以前からあったものの多様な変奏である。無知と迷信の暗黒時代に対峙せんかのごとき実演や出版は今なお存在するが、もはや奇行と見られ、嘲笑を買うほかない。

なお各段の要約文の長さが原文に比例するわけではないことを付言しておく。たとえば漱石訳がそこで中断した第6段は全二十三行の比較的短い段落であるのに対して、続く第7段は実はその倍近い四十四行の長さなのだが、この段の大半を占める生理学的記述を略すことで短くなった次第である。同様の生理学的記述は実は第8段以降もかなりの分量を占めるところで、この意味において原テクストは、第6段までと第7段以降とで様相を変えているといえる。

第6段末での漱石訳の中断は原文のこの変調とも符合するわけで、第7段以降の生理学の専門的語彙と分析的記述の訳出に難渋したことが、頓挫のもう一つの理由として浮上する。この仕事から十数年後、教師兼作家となった漱石が「僕は翻訳は嫌だ。骨が折れる許りで思ふ様にうまく行かない者ぢやないですか」(若杉三郎宛書簡、一九〇五年七月十七日)と書いたとき、このときの経験を想起していた可能性は小さくない。

三　原著者ハートの企図

ここで、ハートによる原典「催眠術といかさま」の主題や狙いをより明快にしてゆくために、それを巻頭に置いた著書『催眠術、メスメリズムと新しい魔術』の内容にいささか立ち入っておきたい。この本の第二章以下で主に語られるのは、元医師にして現在は医学ジャーナリストとして活動するハートが、一八九二年にパリに渡り、そこで隆盛を見ていたシャリテ病院における催眠治療の実演の疑わしい実態を暴いてゆく経緯であり、責任者リュイス博士に宛てた長文の質問状やそれへの返答、

Fig. 95.　Luys. Catalepsie de groupe au moyen d'un miroir aux alouettes. *Leçons cliniques*... (1890).

図 20　演技が疑われるリュイスの患者たち（注 11 参照）

催眠状態にあるとされる患者の写真や挿絵を満載した同書は、当時は大いに読者の興味をかき立てたのではないかと思わせる。

さて、本書第2章以降たびたびご登場願ったこのリュイス、もとは神経学者としての大きな功績で知られていたのだが、このころには催眠術師として名高いド・ロッシャス大佐⑼などとの交流を深め、「いかさま」催眠療法パフォーマンスの世界に足を入れてしまったらしい。すなわちハートによれば「シャリテ病院の狂気は、サルペトリエール学派のように有能で明晰で思慮深い人々でさえ陥っていたある馬鹿騒ぎの——非嫡出の、そしておそらくは勘当された——子孫と見なされるほかな」く、シャリテで実演しているテレパシーまがいのことは「今やサルペトリエールでは口にされず、侮蔑的な沈黙によって無視される⑽」ばかりという状態であった。つまりシャルコーの権威失墜とともに、サルペトリエール学派が自己批判し始めたところの催眠実演でやや時代遅れの人気を博していたのが、リュイス率いるシャリテ病院だったということになる。

図20はリュイスの一八九〇年の著作から採られたものという。(11) 特殊な鏡を用いて導かれた催眠下にあるものとされるこれらの動作や表情は、ハートの調査によればすべて演技なのであって、演技する患者を供給する任に当たったのが、ド・ロッシャス大佐のような怪しげな催眠術師たちであった。このような催眠治療の「ぺてん」を暴こうというハートの情熱が彼の著書全体に貫かれていることは明瞭で、漱石がその半分だけを訳す結果となった巻頭論文「催眠術といかさま」も、もちろんその外部にあるわけではない。

そして、すでにふれたように、ハートの主張は前半にもすでに滲んでいるにもかかわらず、漱石訳はそれの匂わない仕上がりとなっており、そこはなかなか巧みともいえる。「僕は翻訳は嫌だ」という後年の決意は、あるいはその種の工夫に「骨が折れ」すぎたところに起因するのかもしれない。その工夫の跡を見ておくことは、作家漱石の生成過程の研究にとって無駄ではないだろう。

四　訳者漱石の手腕

漱石訳は雄渾な美文であるばかりでなく、読んで面白くわかりやすいものに仕上げるべく随所に工夫を凝らした労作でもあった。すなわち逐語的に日本語に移し替えて足れりとするのでなく、日本人読者に不要と判断した部分は捨て、逆に言葉が足りないと思われたところを補いながら、流麗な日本文を書き上げてゆくわけである。

まず省筆について調査すると、ハートの原文にある文や言葉を漱石が無視あるいは省略しているような場合は、細かく見てゆけばかなりの数となる。語句単位のものは略して、一文まるごと、あるいは数行にわたる長い節を抜いてしまっている場合に目をつけることにすると、そこで省略した内容を前後の訳文に多少採り入れる形で補っているような場合を含めて、六カ所ばかりある。[12]

それら六つのかたまりが共有するものとして容易に気づかれるのは、完全な省略ともいえない第五のものを除く五カ所のすべてが、催眠術とその先祖にまつわる虚偽、いかさまについて敷衍した部分に属することである。これらはハートの主張にとっては必要であっても、結果的に前半のみの訳出となった漱石訳の、読みやすさへの志向にとっては不要、あるいは邪魔であったものと見られる。

では、これらとは逆に、ハートの原文にない言葉を漱石が補って訳している場合を見ておこう。短い語句の補足でなく、一文（sentence）または一節（clause）まるごとの付加という場合を数えると、やはり六カ所ほどある。

最初の明白なそれは、第1段落の「**此方面とは何ぞ此一法とは何ぞ**」という独立した一文（『漱石全集』一二七頁七行目）である。これはその二行前で「此不可思議を説くに一面あり之を唱ふるに一法あり」とあるのを受けたもので、原文では“It is the endeavour to...”と軽く受け流している。そこに漱石の言葉を注入することで、明確さ、強烈さを加えて読者を引き込む力を増す効果をもったといえるだろう。

二つ目は第1段末尾の「**且つ事半ば哲理に関す。少しく潤色する所なければ嚼蠟の譏りを受けん事を恐るればなり**」の、やはり原文にはまったくない二文（『全集』一二八頁九行目）。こちらは「哲理」ばかりでは読みにくかろうから、読み物として面白くするよ、という親切な釈明の言葉であって、第一のものと同様、より鑑賞に堪える作品に仕上げたいという訳者の意欲を読むことができる。

第三の明白な加筆は第3段後半。催眠術にかかった者が suggestion の強い影響の下にあるために施術者のどんな命令にも服従することの例を列挙してゆくくだりで、最初の例となる「**施験者の意を用ゆるにあらざれば四肢を折り頭髪を焦して顧みざる者あり**」（『全集』一三〇頁八行目）は、原文に相当箇所が見あたらない。考えやすいのは、やはり漱石はここでも作品の興趣を高めようとして、他から得た知識を加入した、という作為である。

四つ目は第4段末尾近くの「**吾れ能く鬼を役し吾れ能く魔を使ふ抔と大言を放つ**」の部分（『全集』一三二頁四行目）で、理解できない現象に意味のない名称を付与する云々のヴォルテールの評言を補って読者の理解を助ける言葉と解される。

五つ目は第5段半ば。「**余は去る悪戯をなす者にあらずと種々弁解すれども毫も聞き入るゝ様子なく**」（『全集』一三三頁一〇行目）で、これもまた「少しく潤色」して話を面白く、わかりやすくする工夫の一環と解されよう。

最後のものは第6段。「是は……に関せず……にも関せず……」と続く文の末尾に「**眠れと命じさへすれば眠る**」と補足したもの（『全集』一三三頁一〇行目）で、これもまた読者の理解を大いに助けている。

これらの加筆によって漱石がハートの論旨を歪めているとまではいいにくいが、その力点の微妙な移動が持ち込まれた結果、原文に含まれる報告や主張のうち特定部分が訳文で原文の意図以上に強調されたとはいえそうである。すなわち上記第三例以降のすべての加筆に明白に示されているとおり、催眠状態で〈暗示〉をかけられた者が強くそれに拘束されること、またそれによって別人格を生じてしまうことなどへの驚異、といった点である。

さて、この訳業がどの程度に自発的なものであったかは不明ながら、催眠術における〈暗示〉力の驚異が多少とも漱石の関心を惹いていたこと自体は、もはや疑う必要がないだろう。四年後のエッセイ「人生」で「思ひがけぬ心は心の底より出で来る」と総括されていた様々の驚異の一つにそれは位置づけられたはずで、それら「心」の驚異への飽くなき探求と表現が、「人生」を経て『文学論』へ、そして「琴のそら音」から『明暗』に至る漱石の作家的生涯を貫くことになる。

第8章

「開化ハsuggestion ナリ」

一　「矛盾」を説明する志

「たとへば西洋人が是は立派な詩だとか」いうけれども「私にさう思へな」い場合、従来の日本人学者はやむを得ず受け売りをしてきたかもしれない。そこをそうせず、むしろ「斯《か》うした矛盾が果して何処から出るかといふ事を考へ」る。そうすれば「たとひ此矛盾を融和する事が不可能にしても、それを説明する事は出来る筈だ。さうして単に其説明丈でも日本の文壇には一道の光明を投げ与へる事が出来る」……。

有名な講演「私の個人主義」（一九一四）のなかで漱石が「自己本位」の名を与えたのは、第一にこのような研究上の基本方針に対してであった。すなわち遡ること十数年、単身英国にあって英文学研究を進めあぐねていたところへようやく訪れたものと自ら語る発想の根本的転換であり、「私は此自己本位といふ言葉を自分の手に握つてから大変強くなりました。彼等何者ぞやと気概が出ました」と力強く回顧される新しい「立脚地」にほかならない。

そしてこの「立脚地」を「新しく建設する為に」彼が採った方法はといえば、第6章冒頭でふれたとおり、文学からはいったん離れ、「一口でいふと、自己本位といふ四字を漸く考へて、其自己本位を立証する為に、科学的な研究やら哲学的の思索に耽り出」すことであった。その「科学的な研究やら哲学的の思索」がいかにして「自己本位を立証」しうるのかとさらに問うなら、日本人である「私」と西洋人との間に生ずる「矛盾」、すなわちギュイヨーの書に書き込んだ言葉でいえば「東西両洋思想の一大相違」(第6章参照)が「何処から出るか」を「説明する」ことによる、という論理である。

漱石的「自己本位」がそのようなものであったとすると、その「自己」は、「彼等」とは異なる日本人としての「私」という類的アイデンティティを抜きにしては成立しない。したがってこの「自己本位」は同時に「日本本位」でもあるに違いなく、この言葉を自分の手に握ってから「大変強くなり」、「彼等何者ぞやと気概が出」たという劇的転換は、だから、朴裕河が「近代イデオロギーにすぎない」と縷説するところの「ナショナル・アイデンティティ[1]」にエネルギーの何パーセントかを補給されていた。

たとえばやはりギュイヨーの著書への「此人ハ支那ト日本ノ詩ヲ了解スルコトガ出来ズ。又それを知ラズ」といった書き込みで慨嘆されていた、西洋人の非西洋文化への無知。たんに無知であるだけならまだしも、「東西両洋思想」の「相違」にすぎないものを優劣へと根拠もなく転換してしまう無意識の傲慢。それを露呈した好例としてのトルストイ『芸術とはなにか』に向けられた漱石の怒りには次章で立ち入るが、ともかく当時のそうした状況への不満が、漱石の研究意欲のバネとなっていることは明白だろう。ただ、その怒りをどこかにぶつけるとしても、あまり意味がない。そうではなくて、「非西洋」としての日本と「西洋」との間の諸々の「矛盾」が「何処から出るか」を根源的に探求すること、それが漱石の選んだ道であった。

『ノート』を構成するテクストは、ほとんどがこの「自己／日本本位」的転換以降のものと見られ、それこそ「文芸」（文学・芸術を総称していう）とは縁の薄そうな「科学的な研究やら哲学的の思索」に関わる記述が大半を占めているわけだが、その多くがなんらかの形でこの「矛盾」「相違」の周囲を、その「説明」という目標に照準を合わせつつ旋回しているように読める。百点以上に及ぶという冊子・紙片には漱石自ら題を付して纏めたものもあって、それらのうち「東西の開化」や「東西文学ノ違」は、その題がすでにこの「矛盾」への焦点化を明示しているし、執筆時期が最も早いものと考えられている「Taste ト Works of Art」（ほぼ全文英語）の書き出しがまさに「contradiction」（矛盾）であることも示唆的である。「大要」と題された数枚の紙片は、『ノート』全体の構想を記したものと見られることから、最初期のものと考えられるが、その冒頭には、「矛盾」に立ち向かう「自己本位」的探求の構想が十六カ条にわたって書きとめられている。

「(1) 世界ヲ如何ニ観ルベキ」に始まり、ついで「(2) 人生ト世界トノ関係如何」という形で「人生」が導入され、さらに「(3) 世界ト人世トノ見解ヨリ人生ノ目的ヲ論ズ」と進む。(4) では「吾人人類ノ目的ハ皆同一ナルカ」、「他ノ動物」とも同一かと問われ、(5) では「同一ナラバ衝突ヲ免カレザルカ」、そうならば「如何ナル方法ヲ以テ此調和ヲハカルカ」と問いが深められる。さらに (6) で「現在ノ世ハ調和ヲ得ツ、アルカ」と問いかけ、(7)では、そうでないなら「吾人ノ目的ハ此調和ニ近ヅク為ニ其方向ニ進歩セザル可ラズ」との提言がなされる。続いて、

(8) 日本人民ハ人類ノ一国代表者トシテ此調和ニ近ヅク為ニ其方向ニ進歩セザル可ラズ

(9) 其調和ノ方法如何・其進歩ノ方向如何・未来ノ調和ヲ得ン為ニ一時ノ不調和ヲ来スコトアルベキカ・之ヲ犠牲に供スベキカ

(10) 此方法ヲ称シテ開化ト云ヒ其方向ヲ名ヅケテ進化ト云フ

「日本人民」がなぜ「人類ノ一国代表者」として「調和ニ近ヅク」任を担わねばならぬのか、その理由は書かれていない。おそらく自身にとっては自明であるがゆえに書く必要がなかったのだろうが、その自明性がはらむ問題には後段でふれる。

ともかく(10)で導入された「開化」は、「進化」と特に区別なく用いられて、ようやく「文芸」にふれてゆく(11)以降の主要概念となってゆく。(11)は実は二回あって（漱石の誤記か）、最初のでは「文芸トハ如何ナル者ゾ」と口火が切られ、二つ目で「文芸ハ開化ニ如何ナル関係アルカ」が問われる。さらに(12)(13)では、もし「開化」の「方法ト方向」に抵触するなら「全ク文芸ヲ廃スベシ」、あるいは「一部分ガ有害ナラバ」それを「除芟スベシ」（「除芟」は通例「芟除《さんじょ》」で、草を刈る、賊をたいらげるの意）といった、文学研究者にとっての自己否定につながりかねない過激な意見が吐かれる。最後の三条は以下のとおり。

⒁文芸ノ開化ヲ裨益スベキ程度範囲
⒂日本目下ノ状況ニ於テ日本ノ進路ヲ助クベキ文芸ハ如何ナル者ナラザル可ラザルカ・v.西洋
⒃文芸家ノ資格及其決心

「文芸」は、場合によっては全く廃してもよい。「開化」の「方法ト方向」を考えることが優先であり、またそれはつねに「日本ノ進路」として考えられねばならず、かつ「人類ノ一国代表者」として「調和ニ近ヅク」ようなものでなくてはならない。この「大要」に表白された漱石の志向は、ロンドンから東京の岳父中根重一に宛てられた書簡（一九〇二〔明35〕年三月十五日）の内容とほぼ一致している。

> 世界を如何に観るべきやと云ふ論より始め夫より人生を如何に解釈すべきやの問題に移り夫より人生の意義目的及び其活力の変化を論じ次に開化の如何なるものやを論じ開化を構造する諸原素を解剖し其聯合して発展する方向よりして文芸の開化に及ぼす影響及其何物なるかを論ず

「世界」に始まって「人生」「開化」を経て「文芸」に至る。この四項を一つらなりに論じうる「システム」の用意が、このときの漱石にすでにあったかどうかはわからない。ただ、『ノート』を全体として見た場合の充実ぶり、ほぼ矛盾なく一貫する体系性からすれば、その核となる思想は「大要」の時点ですでに温められていた可能性が高い。すなわち〈暗示〉の働きをめぐる洞察である。

二　「男女の愛」と「仏国革命」

『ノート』中の「開化・文明」は、かなり明晰な論考からなる、分量的にも主要な冊子の一つだが（『全集』で二六頁）、そこでの「開化」観が〈暗示〉の「システム」によって構築されていることは、一見明瞭である。とりえあず、そのことを顕著に示す文章をいくつか拾っておこう。

・*suggestion* ヲ与フル様ニスルガ開化ノ目的ナリ
・開化ハ *suggestion* ナリ
・開化ノ目的ハ人工的ニ人間ヲ製造スルニアリ・人工的ニFヲ造ルニアリ・人工的ニ evolution ヲナスニアリ・〔中略〕而シテ *suggestion* ヲ生ズ　FヲF¹ニ変化ス・F、F¹、F²ガ開化ナリ（subjective side）此F、F¹、F²ノ realisation ガ objective side of civilisation ナリ

〈暗示〉によって「F」（焦点的観念または印象）が「F′」へと推移︀してゆく、という認識が漱石理論の基礎をなすことはすでに繰り返し述べてきた。「開化」（civilisation）も同じであるゆえんを論証しようとしている部分からの抜粋である。この「開化」を芸術・文学において考察すれば、こうなる。

余ノ説ニ従ヘバ凡テノ art ノ進化若シクハ変化ハ *suggestion* ニ帰スシバラク art ガ動クトスレバ此 *suggestion* アル為ナリ
（「文芸ノ Psychology」）

漱石的思考のこの流れに、本書の読者ならもはや驚くことはないだろう。ただ、疑念が浮上する可能性はある。すなわち、ここで前へ進められる「開化」や「進化」は、「F」の「変化」あるいは推移である点で個人意識における場合と同じであるとはいっても、その動くものが個人のではなく集合意識における「F」すなわち「集合的F」であるという点において異なっている。両者を等しなみに扱うことに問題はないのか、と。それへの弁明と読まれる一節が『文学論』第五編にある。

意識の焦点が絶えず推移するという「暗示の法則」の基本認識は、「吾人意識の一分時に就て云ふを得べきものは、一時一日に就て云ふを得」るものである以上、この伝で引き延ばして「個人の生涯を通じて云ふを得べし」と仮定しうるという。とすると、

個人の生涯を縦貫せる推移に就て云ふを得べきは、時を同じうせる個人と個人を横貫して相互意識の推移に就ても云ひ得べしとは亦吾人の仮定なり。最後に時を同じうせる相互意識の集合せる大意識が沆瀁たる時の流れを沿ふて百年を下り、二百年を下りて推移しつゝ永劫の因果を発展するも亦理に悖らずとは、吾人の既に巻首に於て、篇頭に於て仮定せる所なり。　（第二章末尾）

あくまで「仮定」だから「此仮定の非なる時――事実の証明が此仮定を現実世界に否定する時、余

の理論は根本より覆る」ことになる。それはそうだが、これまでの自分が経験し、知りえたことのすべてから推して、この「仮定」を「わが一生」と「過去の歴史」に「応用して憚らざらんとす」と、断定不可能と認めつつ非=確信的に宣言するわけである。

そのようにして構築された『文学論』によれば、「集合的F」とは「通語の所謂時代思潮（Zeitgeist）と称するもの」であり、かつ「東洋風の語を以てせば勢」である（第五編第一章、傍点原文）。たとえば「先覚者」ダーウィンは「一道の暗示」を得るや「朝醸暮酵十年」を経て、「発して進化論なる新しきFに天下の勢を推移せし」めたのだが、このときダーウィン個人の「F」が「集合的F」と化したものと見なしうる。このようにして「一代の集合意識は此先覚者の為めに波動を刺激せられて一種の新境界に向かつて推移す」る（第三章）。つまり初発は個人のものであった「F」が多くの者に共有されて「集合的F」となっても、〈暗示〉を受ければ推移するという「F」の基本法則を適用することが可能である。これすなわちさきの「仮定」に立脚した『文学論』第五編の方法的前提だということになる。

この視座から、個人と集団の「F」を眺める際に導かれるユニークな概念が「反動」である。この語自体はもちろん少しも新奇ではないのだが、それに託される意味は漱石独自のものかと思われる。これを導入した第二章では、禅でいう「頓悟」のような例を挙げて、「表面は突然」だが「内実は次第」であり「徐々の推移」であるような場合、「此種の推移を名づけて反動と云ふ」とひとまず定義されていたのだが、それが「F」理論の整備を経た第五章で規定し直される。

すなわち「F」はたえず「F'」に推移してゆくものであるから、「徐々の推移」である「内面的進行」は「FよりF'に、F'よりF''に、F''よりF^nに至る」という過程をたどる。ところで、「之を身外に実現して他の注意を引くに足る行為と変ずる」ような場合、外部からは「単にFとF^nのみ」が見え、「而して此FとF^nが対照的性質を帯ぶる」ことになる。このような推移が「反動」と見えるのだという。なるほど。それはよいとして、楽しめるのは、これに続けて漱石が持ち出す比喩である。

> たとへば男女の愛の如し。今日は情の少しく衰ふるを覚え、明日は之を叱せんと欲し。次には其頭を打たんと思ひ、次には其眼を抉せんと願ひ、最後に其生命を奪はんと誓つて遂に之を実現するが如し。推移はかくの如く次第あり、順序あるにも関せず、外部にあらはれたる動作のみより之を論ずれば、金蘭の愛を一朝に変じて千古の恨となすの観あり。此観あるの点に於て此推移は正しく反動なり。例を歴史に求むれば仏国革命の如し。　（第五章）

当人の意識ではまったく自然な行動も、他者にはとんでもない「反動」と映って周囲を仰天させる。こうした事態は、歴史上の大事件から身の回りの些細な揉め事まで、大小無数、至る所に生じているはずだが、その生起が自然か「反動」かは、要するに生起以前の意識の「F」から「F^n」に至る漸次的推移が見えていたか否かに依存する。この認識は漱石の小説における「男女の愛」のドラマに対応するもので、たとえば『三四郎』の美禰子や『明暗』の清子の行動は、三四郎や津田には「反動」と映るとしても、当人たちにとっては「徐々の推移」であったに違いない。同様のことは『彼岸過迄』の千代子や『行人』のお直の、男の不意を衝くような言動についてもいえるだろう。

逆に、周囲には「反動」と見えかねない変化を「F」から「F^n」に至る「徐々の推移」として内側からの記述を試みた場合もある。たとえば『それから』の代助が三千代を取り戻すことを、『門』の宗助が参禅することを、『彼岸過迄』の須永が鎌倉から引き揚げることを、『行人』の二郎が家を出ることを、『道草』の健三が養父に金を出すことを、それぞれ決めるに至るまでの「推移」は、いずれも意識の内側から多少とも周到に記述されている。これらのうち、たとえば宗助の参禅があまりに唐突かつ不可解に、すなわち読者にも「反動」に映るのだとしたら、意識「推移」の叙述が不十分であると批評すればよいということになる。

「男女の愛」における「反動」は、だから、一個人の「F」の推移をその愛人が見失った場合であり、「仏国革命」が「反動」であるゆえんは国家内の一部の「集合的F」の推移が国家の大半に見えていなかったことにある。とすれば、ダーウィンのような人が突如「天才」として出現するといった現象も一つの「反動」にほかならず、彼の「朝醸暮醇十年」が周囲の凡人の視野に入っていなかったにすぎない、ということにもなるだろう。

三　甲羅のはえた暗示

「僕モ左様思フ genius 程濫用セラル、字ハナシ genius 程不明瞭ナル字ハナシ」とは、オリファント著『ヴィクトリア期の小説家』(J. Oliphant, *Victorian Novelists*, 1899) のある箇所に反応した漱石の書き込みである。[2]「genius」(天才) というこのいい加減な言葉を、しかし、漱石は自身『文学論』に持ち込んでいるのだし、『ノート』には「Genius」と題された紙片群さえある。それらの記述には、この概念の漱石流の「明瞭」化を当然、期待してよい。

『文学論』第五編第一章「一代に於る三種の集合的F」は、「一代に於る集合意識を大別して三とす。模擬的意識、能才的意識、天才的意識是なり」と始められる。集合意識のこの「大別」法は、幾度か言及してきた講演「模倣と独立」で論じられていた「模倣／独立」という人間の二傾向に重なるもので、「模擬的意識」はもちろん社会に「必要なるもの」にして「尤も有力」な勢力をなすが、「翻つて創造力 (originality) の多寡を本位として此意識を評価すれば、其勢力頗る貧弱」ということになる。これと異なる「独立」的な意識が「能才的」と「天才的」の二種であり、両者がどう違うかといえば、「能才的F」は「社会に歓迎せられて成功の桂冠に其頭を飾る」のに対して「天才的F」は「声誉を俗流に擅《ほしいまま》にする能はざるのみならず、時としては一代の好尚と相反馳して、互に容るゝ事能はざるの不幸に会す」こともある。つまり生前は世に容れられず、死後に俄然評価を高める芸術家などの場合である。

『ノート』中の冊子「Fニ就テ」に見られる「Difference of F in its Originality」（創造力におけるFの差異）と題した箇条書きは、この三分類を明快に書きとめたものである。

1) F of common people.
F of immitation (consciousness at large)
2) F of talented people.
F *suggested* by others
3) F of genius
F original —— Its finity extreme force and intensity

すなわち一般人の「F」（1）は「模擬」により、「能才」の「F」（2）は他者からの〈暗示〉により動く。「天才」のそれ（3）のみが「original」（創造的）だという。ちなみに下線を施した「finity」について『漱石全集』は「finiteness?」と註しているが、これはおそらく見当違いで、漱石の意識では「fine」の名詞化、つまりは「洗練度」といった意味だろう。その根拠として『ノート』から次のような文章を挙げることができる。

余云フ此 originality ハ *suggestion* ノ甲良〔羅〕ノハヘタル者ナリ。*fine suggestion* ナリ。

（「文芸ノ Psychology」）

「fine」にして、しかも「甲羅ノハヘタル」〈暗示〉。この玄妙なる表現に対応する説明的文章を『文学論』に求めるなら、同編第六章の次の一節などが挙げられる。

> Wordsworth 曰く如何なる作家も其偉大にして独造的なる点より云へば、他をして吾を愛読せしむべき趣味を創建せざる可からず。古来既に然り今後も然らざる可からずと。余の言語を以て之を翻訳すれば彼の所謂独造的とは嶄新なる暗示に過ぎずして、創建とはFを倒して崛起するF′の意義に異ならず。
>
> （『文学論』第五編第六章）

「独造的」は「original」に、「創建」は「create」に対応しよう。「崛起するF′」について同章の別の箇所に補足説明を求めれば、「暗示は常に戦ふ。戦なくして暗示を人に及ぼす事は殆ど難」く、「要は新暗示が旧意識を打破するか、或は旧意識が新暗示を蹂躙するかの一に帰す」という戦場における「新暗示」こそがその「F′」の担い手だということになる。とすれば「suggestion ノ甲羅ノハヘタル者」とは、「嶄新」なるのみならず「fine」にしてまた「旧意識を打破する」だけの頑強さを備えた〈暗示〉、とでも規定し直すことが可能だろう。

ところで、〈暗示〉は「常に戦ふ」ものであり、「要は新暗示が旧意識を打破する」ことで「集合的F」が推移してゆくのだとすれば、その戦いには、「旧意識」をも含むところの〈被暗示者〉すなわち〈暗示〉される側の〈被暗示性《サジェスティビリティ》〉という、すでに幾度もふれてきた要因が当然関わってくる。別の冊子「Enjoyment ヲ受ケル理由……」では、その問題が「滑稽」の評価をめぐって考察されている。

> 滑稽ノ面白キハ new combination of idea ナレバナリ　而シテ人ハ novelty ヲ喜ブナリ（novelty ヲ好マザル老人ハ滑稽ヲ愛セズ・）或人曰ク genius ノ特徴ハ originality ニアリト・original トハ novelty ノ意味ナラズヤ・人間ノ idea 又ハ action ノ combination ノ新シカラザル者ハ習慣ナリ又 logical ナルニアリ　故ニ此 new combination ノ多クハ unconventional ナリ又 illogical ナリ　故ニ此 new combination ガ marginal ニナキ人ニハ毫モ面白カラズ　却ツテ嫌厭ノ材料トナル

下線を施した「marginal」とは「marginal consciousness」の略で（別の箇所では「margin of consciousness」ともいい、『文学論』の「辺端的意識」「識末」「意識の辺末」などに相当）、そこでこそ「縁」と「因」とが出会い〈暗示〉が成立するのであった。「滑稽」を享受しうるのも、そこに「new combination」（新しい連結）を受け入れるだけの「因」の準備があればこそである。ここにおいて「天才」の独創は要するに「novelty」（新奇さ）にあり、その「連結」があまりに因襲や論理を逸脱するものであれば、これを享受しうる者も少数となる。ここで、さきの「甲羅ノハヘタル」云々の箇所に戻りたいのだが、その文の直前にはこうあった。

〇 originality　genius ハ create シ talent ハ reproduce ス・ genius ハ divine ス・ Lom. 35[3]——余云フ divination ハ因テ来ル所アリ理学者ノ hypothesis ガ realize セラル、ガ如シ

（「文芸ノ Psychology」）

傍点を振った部分にこそ、漱石の面目が読まれる。つまり「天才」は創造し見抜くというロンブローゾの言説では、その見抜きや閃きの「因テ来ル所ア」ることが忘れられてはいまいか。その点を感知し補おうとする思考の動きは、もちろん「縁」も「因」なくしては〈暗示〉を生成しえないという、幾度も見てきた漱石固有の認識に支えられている。「因テ来ル」という表現に用いられた「因」の字には、だから、そのような背景をも読むべきである。「天才」の独創性も「因」の準備なくしてはありえず、その「divination」も背後に「因テ来ル所」あってはじめて成立するのだから、神授の霊感だなどとロマン化すべきではない。『ノート』の別の箇所の言い方に倣えば「大発明ハ突飛ニ来ラズ〔中略〕是 *suggestion* ナリ」（「Suggestion」）ということになる。

漱石における「天才」概念の明瞭化が、同時にその非ロマン化として成就したのであることを、これらの文章は明確に映し出している。とはいえ、そうだからといって、「能才」ならぬ「天才」の生きがたさ、「旧暗示」に固着した一般社会に理解されず受け入れられにくいがゆえの苦難に変わりがあるわけではない。「疑ヒモナク天才ハ一種ノ怪物ナリ」とは『ノート』中「Genius」に書かれた言葉である。「破レ易ク死シ易ク破壊サレ易キ怪物ナリ」。つまりはあまりの「嶄新」さゆえに社会に容

れられない「畸人」「変物」でありうるわけで、それは分野を問わない。いわく「鼠小僧ハ泥棒ノ天才ニシテ国定忠治ハ博打ノ天才ナリ・円遊ハ落語家ノ天才ニシテ鏡花ハ妖怪的天才ナリ」と。

四　日本の「F」の方向転換

鼠小僧であれ円遊であれ、事後的に「天才」と目されうる者の発した「F」が運よく「能才」に〈暗示〉を与え、「能才」がそれを伝播することで広く「模擬」されるに至った場合、それは「集合的F」として一つの「時代思潮」あるいは「勢」となったのである。『文学論』第五編第三章の基調音《キーノート》となっている「暗示は自然なり又必要なり」という命題に即していえば、それこそは「自然」にして「必要」な過程を経ての新「F」の成立であるに違いない。

ところで、「開化ノ目的」は「人工的ニFヲ造ル」ことにあると『ノート』では縷説される。そして、その場合もやはり〈暗示〉なくしては不可能であるがゆえに、「開化ノ目的」は「suggestion ヲ与フル様ニスル」ことだとも言い換えられる。漱石のこの構想は、第6章で見たギュイヨーの教育論を強く想起させるもので、〈暗示〉の機能への期待は小さくない。

この「人工的ニFヲ造ル」ことの問題、その方法などに関わる考察を展開した紙片群が、『ノート』中の「開化・文明」である。「FよりF′に、F′よりF″に、F″よりF^nに」という推移を「人工的」に

「造ル」のが「開化」だとした場合、「凡テノF′ハ過去ノF′ノ sum total ノ modify〔修正、改変〕セラレタル者ニテF″ハF′ノ modification」である。だから「F″ヲ作ランニハ」前段階の「F′」のみならず、そのさらに前の「F」もすべて知らねばならず「歴史的研究ノ必要」が生ずる。このことに無頓着なまま「*suggestion* ヲナストキハ」、「F′」から「F″」を作ったつもりが、実際は「Fニ後戻リスル」ことにもなりうる。「F′ハF″ヲ *suggest* スル如クFヲモ *suggest*」するからである。

それゆえ「F」に至るまでの歴史を知り、かつ「F′」（現代ノ思想）ヲ知悉（大体）サヾル可ラズ」というのが一応の結論だが、この主題はやがて当時の日本の後進性という問題に衝突せざるをえない。

> 現時ノF′ハ欧洲ニ尤モ発現ス日本ニ発現スルハ其後塵ニ過ギズ・既ニ現代F′ヲ知ルニハ我日本丈ノFニテハ事足ラズトスレバ我等ハ西洋ノFニ accompany スル速度ヲ以テ追付ク必要アリ是現代ノ phenomena ニ齷齪《あくさく》トシテ *suggestion* ヲ作ル余地ナキ所以ナリ　（「開化・文明」）

「西洋が百年かゝつて漸く今日に発展した開化を日本人が十年に年期をつゞめて〔中略〕、推移をやらうとすれば〔中略〕一敗また起つ能はざるの神経衰弱に罹つて」云々という後年の講演「現代日本の開化」（一九一一）での有名なぼやきが想起されるが、そのいちはやい下書きをここに読むことも可能だろう。ともかく「此故ニ現在ノ日本ニハ発明難シ新説難シ」、「現今ハ追付ク時代ナリ」ということになる。

この認識を、漱石は図21のように図示している。つまり「AB」と「ACD」との二つの線の開きは「quality ノ差」にすぎないと主張してみたところで、現実には「欧洲ニ尤モ発現ス」るところの「現時ノF′」に「追付ク」ために「方向転換」を余儀なくされ、その結果「degree ノ差」を突きつけられざるを得ない。すなわち「開港以後ハ西洋F′ノ為ニ日本ノFハ圧倒セラレ或ハ引キツケラレ」て、今日では「ABノ方向ヨリAC（殆ド）ノ方向ニ向ヒ来タ」。この「方向転換」は「運命」であり、もし「ABノマヽニテ進マバ今日日本ヲ見ルコト難カラン」ともいえる。

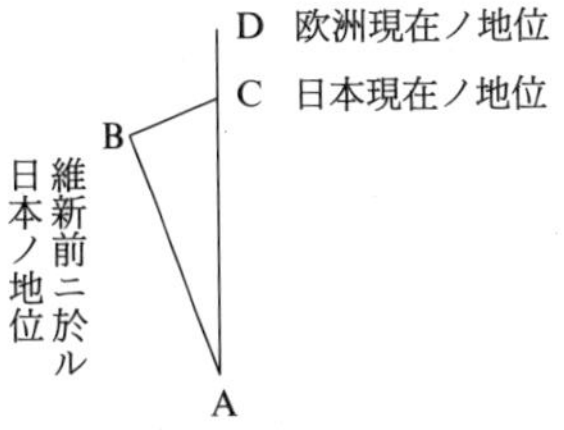

図21　日本と欧州の地位——『ノート』

ところで、これとそっくりの図を漱石は別のところに描いている。ミュアヘッド『倫理学の諸要素』(J. H. Muirhead, *The Elements of Ethics*, 1901) の裏見返しに図22のようにあるのがそれで、その前後の片仮名と英語の入り交じる文体といい、内容といい『ノート』に重なるところから、二つの図はごく近い時期の作成になったものと推測される。

図21のCに相当する点に、図22では「この段階では不可能な暗示」と書き込まれている。すなわち「自ラ人ヲ導ク為ニ新シキ路ヲ切リ開クベキ程度ニ達セザ」る者に、先端的な「F」の〈暗示〉は「不可能」だ、というすでに見てきた認識の図示である。ただ『ノート』に戻れば、日本人でも分野によってはこの時点ですでに「Cヲ超エテDニ達」し、さらに「Dヨリ先ニ進」んで「suggestion ヲナス」ことを得た「北里氏ノ菌学」のような例外もある、と漱石は続けている。つまりは「発明難シ

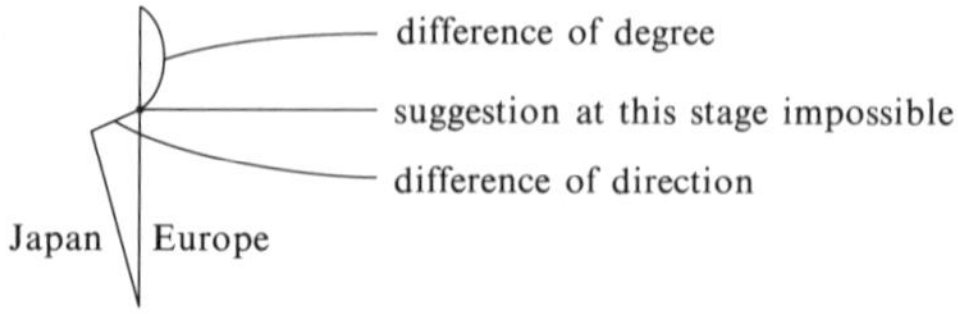

図22　日本と欧州の地位——ミュアヘッド『倫理学の諸要素』裏見返しに書き込まれた図

新説難シ」というさきに見た認識への例外だが、ところで、この「発明難シ」の文の直後にはこう書かれていた。

又文芸モ西洋ト同一軌ニ進マネバナラヌトスレバ当分立派ナ作ノ出来ル訳ナシ　（「開化・文明」）

傍点部を裏返してみよう。「西洋ト同一」でない軌道、図21でいえば「AC」でなく「AB」あるいはそれをやや右にずらした「AB′」を仮定して、これを進むなら「立派ナ作ノ出来ル訳」はある、という理窟になる。しかもそのような成功なら、「文芸」においては「北里氏ノ菌学」のような領域よりはるかに可能性が高い、ということになるのではないか。『ノート』内の一紙片「Art is National or Individual」の冒頭の一句でいえば「文芸ハ疑ヒモナク国民的ナリ世界ニアラズ」だからであり、何百、何千年にもわたって「suggestion」を継承し「過去幾多文芸ノ合シタル者」として存立している各国の「国民的」文芸が、それぞれ他国の追随を許さないという意味で「世界」の先端に位置することは、理の当然だからである。

だから「文芸ノ蓄積ハ幾多ノ宝庫ノ如ク此宝庫ヲ有スル国民ノ頭脳ハ秘鑰《ひゃく》ヲ有スル番人ノ如シ」と漱石はこの紙片を書き継ぐ。二千年をかけて作られたこの「鑰《かぎ》」をもたぬ「関係ナキ他国ノ者」が

「宝庫」を開こうとしても、結局笑って諦めるほかない。

近ク譬喩ヲトツテ云ハンニ一般ニ俳句ノ歴史趣味隆替ヲ知ラズシテ俳句ニ手ヲ出シテミヨ知ル者ノ目ヨリ見レバ甚ダ拙作ヲ作ルベシ彼ノ作ハ陳腐カ生硬カニ終ラン日本人ノ頭脳ハ幾百年過去ノ歴史ニテ俳句和歌ヲ味フニ適スル様ニ作ラレタルナリ

（「Art is National or Individual」）

この部分を問題にした朴裕河は、こうした「現象」が見られるとしても、それがただちに「日本人ノ頭脳」の存在を証明するわけではないとし、「そのような『頭脳』が存在するとすればそれは漱石の言うとおり、『幾百年過去ノ歴史ニテ俳句和歌ヲ味フニ適スル様ニ作ラレ』てきた結果にすぎないのである。このように漱石の思考はいたって本質主義的なものであった」と批判している[4]。だが、「本質主義的」という非難は当たらない。漱石はそのような「頭脳」を確固不動の本質として措定しているのではなく、朴も引くとおり「『作ラレ』てきた結果」としてあると観察しているにすぎない。それは二千年にわたって「suggestion ヲナス」ことで推移してきた「F」の現時点における様態なのであるから、今後もまた新たな「suggestion」によって推移してゆくはずなのである。「F」の推移に焦点化する漱石のこのような思考は、だから、むしろ構築主義的と呼ばれるべきである。

もちろん『満韓ところどころ』（一九〇九）などに馬脚を現した漱石の「強者主義」は否定すべくもないもので、それに向けられた朴の批判は反論しがたいものである。とはいえ、その種のテクストに表出した著名作家のゆるんだ言動と、世界を説明し尽くさんとする若い学者の理論的模索とに、同一人物による文章だからといって同じ光を当てる検察官的正義は、それ自体、「本質主義」の陥穽に足を取られる危険と隣り合わせである。朴のこの危うさには後段でまたふれるとして、「立派ナ作ノ出来ル訳」はある、という漱石の希望的観測に戻るなら、数年後、『草枕』(一九〇六)発表後の談話で自ら挙げた気勢には、この希望の実現を喜ぶ意味がたしかに含まれていた。

で若し、この俳句的小説——名前は変であるが——が成り立つとすれば、文学界に新らしい境域を拓く訳である。この種の小説は未だ西洋にもないやうだ。日本には無論無い。それが日本に出来るとすれば、先づ、小説界に於ける新らしい運動が、日本から起つたといへるのだ。

(「余が『草枕』」)

「日本」を称揚するこの気勢は、漱石個人というより聞き手との合作で表出したものというべきだが、ともかくそこで共有されている「国民的」高揚が、日露戦勝による日本の「集合的F」の大きな推移に後押しされたものであることは疑えない。『草枕』の成功を「俳句的小説」の言挙げとして自ら称揚する意識自体、この戦勝の「国民的」意義との類比から生まれているわけで、そのことは、講和直後の談話での「斯う勝を制して見ると国民の真価が事実の上に現れた心地がする、〔中略〕この自信自覚が開けてくると、この反響はあらゆる方面に波及して来る」(「戦後文界の趨勢」一九〇五年八月)といった発言からも読み取られる。「あらゆる方面」の一つとしての文学も「自信自覚」をもってよい、少なくとも自分には目算がある、と。

つまりは日本の「集合的F」の「あらゆる方面」の一つに軍事もあって、それが先陣を切って他の「方面」を鼓舞しているという認識であり、そこに覇権主義あるいは戦争そのものへの批判的な意識は見られない。朴も引いている戦争中の談話では「僕は軍人が偉いと思ふ、〔中略〕日本の特色を拡張する為め、日本の特色を発揮する為めにこの利器を〔西洋から〕買つたのだ」（「批評家の立場」一九〇五年五月）と彼らの「F」の明敏な進展を高く評価しているし、それから八年後の「模倣と独立」でも「日露戦争と云ふものは甚だオリヂナルなものであります。インデペンデントなものであります」とこの姿勢を崩していない。

漱石テクストに散見するこの種の「強者主義」を強調する朴は、たとえば『吾輩は猫である』（八〜十）の一登場人物たる八木独仙君が西洋の積極主義に対抗させる「日本の文明」の称揚を、そのまま「作家自身の認識と見ていい」とするいささか乱暴な読みを武器に、こう断じている。「漱石は、『不平等』が人を『不自由』にすると知っていながらもそのような体制をよしとする。とすると、漱石における『義務』とは、所与のものの価値化だったと言っていい」と。[5]

しかしながら、このような強引な解釈にこそ「本質主義的」な予断が潜むというべきではあるまいか。たとえば朴は『ノート』の「東西ノ開化」の「東洋流ノ開化ヲ挙ゲテ之ト対照セン」に始まる文から「此規則ハ given セラレタル者ナリコハ動カスベキ者ニアラズ」云々の部分のみを切り取って、これをそのまま漱石の主張であるかに見なして論難する。[6] だが、この批判は、この長い文が「……ト云フナリ」と結ばれていること、すなわち上記引用部は被伝達部（reported clause）であって筆者自身の所信ではないことの無視の上に成立している。誤読にもとづく批判が空を切る場合の一例だが、この誤読が、『吾輩は猫である』の物語内で「東洋流ノ開化」を代弁する八木独仙君のあくまで相対的な立場を、そのまま「作家自身の認識と見て」しまう乱暴さに連動していることは見やすい。

「東西ノ開化」を含め「大要」「開化・文明」「東西文学ノ違」など『ノート』の「開化」論や比較文化論的な論述を虚心に読むならば、むしろ徹底的な「平等」と「自由」はいかにして実現しうるのか、という問いこそが漱石の「自己本位」的探求の主題にほかならず、それが基本的に「人類」全体の「調和」の問題として考えられていたことが見えてくるはずである。だが、それならなぜ、「不平等」の体制をよしとするとしか見えない『満韓ところぐ〵』のようなものを、漱石は書いてしまったのか。

この矛盾について漱石が悩んだ形跡は見当たらない。現代の目からは鈍感とも見えるこの感覚は、しかしながら、彼がかつて「大要」で謳った原理によっておそらくは正当化されていた。すなわち世界の「調和ニ近ヅク為ニ其方向ニ進歩」することを「吾人ノ目的」とし（「大要」十六カ条の(7)）、かつ「人類ノ一国代表者トシテ」そうすることを「日本人民」の義務とする（同(8)）のだから、「代表者トシテ」先行する日本と追随国との間に「不平等」が生じるのはやむをえない、と。今日では認められないこの論理は、しかし当時の「一等国」およびそれを目指す諸国の愛国人士に広く共有されていたものである。朴の文脈において批判されるべきは、だから、むしろ国際的に共有されていたこの

「集合的F」自体なのであって、それを共有したことをもって「所与のものの価値化」を義務とする「本質主義者」と漱石を難ずるのは、いささか性急にして的を外した裁断と映る。

五 「chance」を減らせ

「男女の愛」と「仏国革命」とを連結する『文学論』のさきの一節は、ユーモラスである上に、その「聯想」の「文学的」興趣と「科学的」根拠とを同時に浮かび上がらせている点で、すぐれて漱石的なテクストであった。それにしても、なぜ「仏国革命」なのか。実はそれは『文学論』に相前後して書かれたテクストに頻出する一つの記号である。

「なあに仏国革命なんてえのも当然の現象さ。あんなに金持ちや貴族が乱暴をすりや、あゝなるのは自然の理窟だからね」とは「二百十日」(一九〇六〔明39〕。四) の圭さんの主張である。同年の『草枕』の語り手も終章、汽車に触発されて文明論をひとくさりやる段で、「第二の仏蘭西革命は此時に起るのであらう」(十三) と革命待望論的口吻を洩らすが、この表現に相当する言葉は、本章でしばしば参照してきた『ノート』中の「開化・文明」にも読まれる。

J・B・クロウジャーの『文明と進歩』(J. B. Crozier, *Civilisation and Progress* 〔Longmans, Green & Co., 1898〕) といえば、漱石蔵書中、書き込みなど精読の跡が顕著に残る大著の一つだが、その論旨を引きながら自説を展開した部分で、「封建ヲ倒シテ立憲政治トセル」革命は、「兵力ヲ倒シテ金力ヲ移植セル」こと、あるいは「武士道ガ廃レテ拝金道トナレル」にすぎず「何ノ開化カ之アラン」と漱石は喝破する。つまりは「権力」が移動したにすぎないのであって、「仏国革命」もその例外ではない。いわく「French Revolution ハ矢張 feudalism〔封建制〕ヲ倒シテ capitalism〔資本主義〕ニ変化セルニ過ギズ第二ノ French Revolution ハ来ルベシ」と。

こうなると、「第二の仏蘭西革命」のマルクス主義的解釈の余地も出てくる次第だが、さきに見た中根重一宛書簡では、「カールマークスの所論の如きは単に純粋の理窟としても欠点有之べくとは存候へども今日の世界に此説の出づるは当然の事と存候」ともあって、マルクス[7]に同ずるわけではない。不同意の理由は明記されていないが、『ノート』の論理からすれば、仮に階級闘争によって労働者に「権力」が移ったとしても、もしそれだけの推移であるのなら「何ノ開化カ之アラン」、ということになるだろう。

それならば、どのような推移であれば真に「開化」の名に値するといいたいのか。ここでまた、漱石の筆に上る「仏国革命」が、しばしば「男女の愛」にも喩えられる「F」の推移において捉えられていたことを想起しよう。社会的「平等」という理想もたしかに共有はされながら、その実現のための政治・社会運動の実情よりは、むしろその実現の過程における「F」の推移、その実質という心理面に、少なくとも『ノート』の焦点は定められている。そのような漱石的思考にあっては、すでに見てきたとおり、「F」の推移は〈暗示〉によるのであるから、「革命」という「開化」も〈暗示〉の問題であり、その実現可能性は国民一般の〈被暗示性《サジェスティビリティ》〉に依存してくるという話にもなる。実際、『ノート』中の前出「Suggestion」にはその方向での研究の指針が書きとめられている。

○a. law of suggestion
――英国ニ liberty eqauality 説ノ入ラザリシ理由〔中略〕
――車夫ハ王侯ニナラウト思ハヌ　*suggestion* ナキナリ
王侯ハ夫ヨリ上ノコトヲ考ヘル　*suggestion* アルナリ
1) *suggestibility* ノ度 ｝ヲ研究セザル可ラズ
2) 〃 ノ方向

つまり〈暗示〉の有無、より正確にいえば、何ごとかを〈暗示〉として感知する〈被暗示性〉の差異こそ、「仏国革命の如き大狂瀾」（『文学論』第五編第三章での表現）、「有史以来の絶大反動」（第五編第五章）が英国に生起しなかったことの、深層における「理由」である。だからその〈被暗示性〉の「度」と「方向」（図22の表現でいえば「degree」と「direction」）、あるいは階級差といったものについて大いに研究してゆく必要がある、というのである。

ところで、「車夫ハ王侯ニナラウト思ハヌ」のは、そのような〈暗示〉を感知する「車夫」はいないと想定されるからだが、もし俥界にも極度に「flexible ナル suggestion ヲ得」やすい人（「Suggestion」での表現。第5章参照）がいて、それを感受したとしたら、どうだろう。もちろんそれはありうることで、その「車夫」は「天才」的革命家となるかもしれないし、また別方向に進んで芸術や科学の諸分野で頭角を現すかもしれず、あるいはたんに「怪物」として「破壊サレ」葬り去られるかもしれない。たとえばその三つの「運命」の、いずれをたどるか。〈被暗示性〉の「度」が同じであれば、あとはそれが遭遇する諸条件による。そしてその出会いは結局、「chance」次第というほかないのではないか。

この問題を、主として芸術作品の受容の場合において、相当執拗に追究したテクストが、すでにふれた『ノート』内の「Chance」である。たとえば「他ノ善作ノ為ニ悪作マデモ伝ハル」こと、すなわち「杜詩」にも「クヅ」あり芭蕉にも「拙句」ある、のみならず「朝貌ニツルベトラレテ貰ヒ水」のような「拙ナル句ガ後世ニ喧伝セラルコト多キ」が、そこでは俎上に載せられる。「是 chance ニアラズシテ何ゾヤ」と。たとえば同程度の〈被暗示性〉をもつ人間が同じ〈暗示〉を受けたなら、同じだけすぐれた「F」を産出してしかるべきであるのに、そうならないのは、そこに諸々の「chance」が介在するせいである。すなわち芸術の鑑賞者は「novelty〔新奇さ〕ニテ動カサ」れ、かつ似たものの反復に飽きるがゆえに、同程度の「善作」が同等に遇せられるわけでは全然ないのだが、それは芸術家自身の責任ではなく「chance」による。このことから漱石は次の結論を導く。

人ノ評判ニハ chance ノ element アリテ此 element ヲ eliminate スルコトハ human nature ガ perfect ニナラヌ限リハ (time, space ニ independent ナ judgment) ガ出来ヌ限リハダメナリ

「限リハダメナリ」という論法を裏返してみよう。もし「human nature」（人間の自然／本性）が完璧化して時間・空間から独立した判断ができる日が来たならば、その暁には「chance」の要素がすべて除去され、「人ノ評判」は完全に公正なものでありうる、ということになる。もちろん近い将来にこの意味での「chance ナキ世」が実現することなど「ダメ」、とてもありえないのだが、それが社会構想上の一つの到達目標として仮想されていたことは『ノート』の端々に感知される。

たとえば右の引用に先行する部分での議論は、「多クノ人ハ chance ナキ世ト信」じているが実態はそうではないと始められ、「現時ノ弊風」は物事に「chance」次第の部分が大きいことによるのだから、これを正すには「名ニ重キヲ置カヌ」ようにするか、さもなくば「此 chance ヲ reduce スル」かだと主張するものである。これと同様の論法で、「chance ヲ少ナクスル」「chance ヲ reduce センニハ」「chance ヲ eliminate スル」云々と、「chance ナキ世」を仮想した言説が反復される。別の紙片群「Taste ト Works of Art」にはこうもある。

> The object of civilization is to make this chance less and less to form the uniformity of law of human affairs.

「chance」を徐々に減少させていくことで人間的事象の法則に統一性を形成することこそが「開化

の目的」だというのである。「開化の目的」というなら、しかし、『ノート』におけるその基本認識が「suggestion ヲ与フル」ことで「人工的ニ人間ヲ製造スル」ことにあることはすでに見てきた。この二命題は整合しうるのだろうか。

これを考えるには、「人工的ニ人間ヲ製造スル」といわれる事態の内容を、より具体的に押さえておく必要があるだろう。同じ紙片群には、「芸術」を含むすべての「人工」(human artifices) の目的は「進歩した第二の自然」(advanced second nature) の形成にあるという議論が展開されているのだが、「芸術」はもちろん「suggestion ヲ与フル」ものの雄なのだから、この議論は、〈暗示〉の力で「FヲF′ニ変化」させることで「人工的ニ人間ヲ製造スル」云々と別の脈絡にあるわけではない。とすれば、前引の「Chance」で仮説されていた「human nature」の完璧化も、つまるところこの「第二の自然」の「進歩」の極点として仮想されたものであることが見えてくる。

とするなら、「開化の目的」すなわち「進歩した第二の自然」の形成のためには、一方では「suggestion ヲ与フル」ことが、他方では「chance」を減少させることが必要だ、と漱石は主張しているということになるだろう。つまり「suggestion ヲ与フル」ことの促進にとって「chance」の影響力は小さい方がよく、これが逆であれば「開化」は滞る。数量的に見れば、〈暗示〉と「chance」とは反比例的な関係にあるのだ、と。このような文脈における「chance」が、第4章に見たリボの「chance」概念では狭義のそれ、すなわち「外的」要因(偶発的な出来事)に相当することはいうまでもない。つまり〈暗示〉の発生過程にからむ偶然的要因は否定できないとしても、そこにある必然の多くは解明可能であり、そうだとすれば、その必然を再生産する形で「suggestion ヲ与フル」ことによって「開化」の促進を加速させることも可能ではないか。

漱石のこの特異な哲学において、「chance」は、だから仮想敵である。この敵視は、修善寺の大患、したがってベルクソンとの出会いの年でもある一九一〇年においても保持されていた。この年のものとされる「断片52」の、作品の「批評ガ肯綮ニ当ラヌ時」、作者が「不平を云つたり」するが、「然し夫ハ無理デアル」として、その実相を解析した部分にこうある。いわく「弁護士ノ話ニ有罪ノモノガ無罪ニナツタリ無罪ガ有罪ニナツタリスルノハ珍ラシクナイ」という。「夫ハ其筈だと思フ」が、それなら同じことは芸術や学問の世界にもいえるはずなのである。批評において「Chance ガドノ位 prevail スルカ」、どれほど運に左右されるかも「観念スレバ夫迄」、怒っても仕方がない。そしていう。

此 chance ヲ eliminate スルノガ正シキ人ノ所為デアル、此 chance ヲ hate スルノガ正シキ人ノ indignation〔憤り〕デアル。

第9章

『文学論』の世界史的意義

一　『文学論』の先駆性

「開化ノ目的ハ人工的ニ人間ヲ製造スル」ことで、そのためには「人工的ニFヲ造ル」必要がある、という漱石の『ノート』での主張を前章に見た。では、この「人工的」な「F」の創造はどのようにして可能となるのか、今少し漱石の議論を追ってみよう。「laissez-faire ニテ unconscious ニ evolve スルナラバソハ下等ナル人種ノ事ナリ」と、漱石はまず放任主義を斥ける。「人工的ニ」開化をなすという以上、当然だろう。ではそれをいかにしてなすのかといえば、必要なのは「reflection」（省察）だという。省察は「doubt」（疑い）を生み「doubt ハ new truth又ハ new主張ヲ孕ム」がゆえに「conscious evolution ノ道具」となるからである。その省察を生ずる原因の第一は「theoretical interest」（理論的関心）で第二は「stimuli」（刺激）だとして、こう書いている。

(2) stimuli——new data which are contradictory to the formerly accepted *canons*, customs, beliefs etc, i.e. new social factors.

此2 causesハ(1)ハsubjectiveニテ(2)ハobjectiveナリ・而シテ *suggestion* ヲ生ズ　FヲF^1ニ変化ス・F、F^1、F^2ガ開化ナリ (subjective side) 此F、F^1、F^2ノ realisation ガ objective side of civilisation ナリ

（「開化・文明」）

「刺激」を広義に取れば「理論的関心」もそれに含まれるはずで、実際、『文学論』第五編の議論で、〈暗示〉への「縁」となる「S」（刺激）がそのように扱われていたことは、すでに見たとおりである。そうして生じた〈暗示〉が「F」を「F'」へと推移させてゆく、という認識が漱石理論の基礎をなすことも繰り返し見てきた。

ともかく、理論的なものをも含む諸々の「刺激」が「reflection」の原因となり、その過程において生じる〈暗示〉が「new truth 又ハ new 主張」を生む、というのが大まかな見取り図である。ところで、右の引用文でもう一つ興味を引くのは、「(2) stimuli」に続く部分で、「canon」の語が、今日の文芸理論における、「正典」と訳される場合の概念とほぼ重なる用法で用いられていることである。すなわちこの「刺激」とは「従来受け入れられてきた正典、習慣、信念等々に矛盾する新しいデータ、すなわち新しい社会的要因」だというのだから、「正典」の自明性を疑問視し、それがいかに構築されたかを問題にしようとする現代的な志向を読み込むことも不可能ではないわけだ。

そればかりではない。『文学論』と『ノート』に展開されている理論には、二十一世紀の今日に置き直してもそのまま通用しそうな、先駆的な議論がいくつも見出される。『文学論』全編が前提とし

ているところの、第一編第一章「文学的内容の形式」の冒頭に展開された公式からして、すでにそうだろう。重複になるが、まとめの意味でもう一度引いて多少の解説を加えておこう。

凡そ文学的内容の形式は（F＋f）なることを要す。Fは焦点的印象又は観念を意味し、fはこれに附着する情緒を意味す。されば上述の公式は印象又は観念の二方面即ち認識的要素（F）と情緒的要素（f）との結合を示したるものと云ひ得べし。

「F」は「焦点的」に相当する英語のfocalから、「f」は「情緒」に当たるfeelingから来る略号と解される。これに続けて漱石は、人が日常経験する印象や観念は以下の三種に大別されると説く。第一が「Fありてfなき場合」（「三角形の観念」など）で、第二は「fのみ存在して、それに相応するFを認め得ざる場合」（「何等の理由なくして生ずる恐怖」など）だが、「文学的内容」となるのは、第三の「F＋f」すなわち「Fに伴ふてfを生ずる場合」だとし、例として「花、星等の観念」を挙げる。読み進めて第二章「文学的内容の基本成分」に及ぶと、この「花、星等」を「月」に換えて敷衍した文章も出てくる。

即ち月と云へば月の観念も元より必要なるべきも、先づ第一に欠くべからざるは月の光景なり、此姿さへあらばfを生ずること容易なり。

つまり「月」について「三角形の観念」を説くように記述しても「文学的内容」とはならないけれ

ども、読者の心に具体的な「光景」が描かれるように書くならば、「fを生ずる」ことで「文学」となる、というわけである。この場合を一例として、一般に「文学的」と見なされる記述はそう見なされない記述とどう違うのかを根柢的に問い直すことが『文学論』に一貫する基本姿勢で、「序」の表現によれば「重に心理学社会学の方面より根本的に文学の活動力を論ずるが主意」だということになる。

では、その「文学の活動力」をどう論じてゆくのかを概括するなら、第一編「文学的内容の分類」、第二編「文学的内容の数量的変化」、第三編「文学的内容の特質」で、主に英文学の古典的作品から多量のテクストを引用しつつ「文学的内容」を様々に説いたあと、第四編「文学的内容の相互関係」では、先行部分で論じてきた「文学的真」を発揮する「手段」としての多様な文学手法を解析する。そして、最後の第五編「集合的F」で「集合意識」における「F」を推移させるところの「文学の活動力」の諸相が探求されることになるのだが、その「活動力」を支配するものは、すでに本書各章で度々見てきたとおり、「暗示の法則」にほかならないというのである。

二　ロシア・フォルマリズムとの岐路

文学の本質を解明しようとする『文学論』の姿勢が徹底して科学的・組織的であることに、読者はいやでも気づかされよう。ところで、この種の試みがそれ以前にあったかといえば、日本はもちろん広く世界を見渡しても、明確な痕跡は見当たらない。もちろん「文学的」記述がそうでない記述とどう違うのかを問い直すといった作業ならば、いわゆる「ロシア・フォルマリズム」が追究したところと重なるわけだが、この運動が形を取ったのも一九一五年以前のことではないのである。

ロシア・フォルマリズムの主な功績は、文学的テクストを非文学的テクストから区別する指標となっている様々な「仕掛け」（手法）について「異化」あるいは「日常言語に加えられた組織的暴力」といった観点から組織的に解析していったところに求められるだろう。文学研究史におけるその革命性は、「芸術作品の研究者が対象とすべきものはこの作品の構造であって、その創造にともなう歴史的もしくは心理的な因子ではない[1]」（傍点原文）という明快な「形式」志向にあったといえる。従前の常識からすると、その姿勢が「内容」より著しく「形式」を重視するものと見えたがゆえに、彼らは「形式主義者《フォルマリスト》」と呼ばれたわけだが、その伝で行くなら、「凡そ文学的内容の形式は」と始めた『文学論』の漱石も、同様に「形式主義者《フォルマリスト》」の名に値するに違いない。

すなわち彼ら以前、十九世紀までの文学研究が、文学を何らかの哲学的メッセージを伝えるものと見て発生的・通時的に分析し、作品を一個の心理学的衝動へと溶解させてゆく傾向を自明の前提としてきたのに対し、ロシア・フォルマリズムの志向はそれらを一挙に転覆しようとする論争的《ポレミック》なものであった[2]。同様の常識転覆的な野心は『文学論』冒頭にも漲っているというべきだが、最も根柢的な差異は、「凡そ文学的内容の形式は」という言い表しが示すとおり、『文学論』が「内容」への立ち入りを拒まず、その「内容」の解析において「心理学的衝動」の分析をむしろ推進するところにある。

つまり「創造にともなう歴史的もしくは心理的な因子」を研究対象としないとするロシア・フォルマリズムの基本姿勢から見た場合、「焦点的印象又は観念」たる「F」と「これに附着する情緒」たる「f」を基本図式とする『文学論』的「形式」は、言語的表層より多少とも「内容」に、したがって「心理的な因子」に入り込むものに違いない。そのことは「重に心理学社会学の方面より」論ずると「序」で宣言しているとおりだし、また第四編冒頭での、文学的「手段」の大部分は「一種の『観念の聯想』を利用したるものに過ぎず」と断じていること（第5章参照）とも呼応する。

すなわち「形式」を論ずるのだとはいっても、それは「心理的内容」の形式であるという点で、『文学論』はロシア・フォルマリズムとは多少異なる方向を向いていた。文学的言語の効果を問題にする点においては同様でも、言語に加えられた「組織的暴力」としての「異化」云々というテクストそのものに焦点化した見方よりは、テクストの生産と受容の両方の過程に生起するところの「心理的内容」——第6章で読んだギュイヨーが導入していた術語を用いるなら、著者と読者との間に生じる「共振」の内容——に光を当てようとしていたのだといえる。

たとえば「月」と書いて「月の観念」だけでなく「月の光景」「姿」まで伝わったと考えられる場合、そこに「fを生ずる」ことによる著者と読者の「共振」が生起したと捉えることが可能だろう。そしてこの「f」についてさらに、ギュイヨーの「意味表示的／暗示的」の対概念への類似を示す「第一f／第二f」という区分が考えられていたことも第6章に見た。すなわち「F」に付随する

「f」は、基本的には「視、聴覚又は他の感覚的経験より得るf」なのであるが、これらも実際われわれが経験する際には「聯想其他の作用により混入し来る第二fの多量を含む」のだとして、その「混入の様」をよく示す文をほかならぬギュイヨーから引いていた。いわく、牛乳の「乳其物の固有の味」（第一f）を伝えるその文は、同時に、「口にて味ひし牧野の合奏」のような表現によって「普通望みうべからざる美妙の感」（第二f）をも浮上させている、と。

ギュイヨーがこれを書きながら、「意味表示的／暗示的」の理論を意識していたか否かは不明だが、漱石の小説テクストに「f」を段階化する類の表現技法を読み取ることは、そう困難ではない。第4章に列挙した「暗示」の成立を記述した『明暗』の文章から拾うなら、たとえば(2)（九十六）でお秀の言葉という「F」が津田に喚起した「父」の表象に伴う情感が「第一f」だとすると、続いて浮上してくる「父の品性に関係し」た事柄や、その「随分鋭どく切り込んで来る性質」などは「第二f」の連鎖として読まれそうである。また(6)（百六十八）の車中で耳にした「軽便といふ語」は、それが指す軽便鉄道と「軽便な」という原義との間の意味の揺れを経て、「清子と其軽便とを聯結して『女一人でさへ楽々往来が出来る所だのに』と思」うところへと、段階的に「f」を拡げていた。

あるいは第5章で見た「琴のそら音」を思い起こすなら、夜道でふと目にした「赤い鮮やかな」提灯の火が「不意と消えて仕舞ふ」という情景が、恋人の死への連想に伴う「第二f」を「未練なく」導いていた。これによく似た展開を二年後の「京に着ける夕」（一九〇七年四月）にも見ることができる。十五、六年ぶりに訪れた京都の静かな夜、細い路を走る人力車上の「余」の眼に、軒下の大きな小田原提灯に書かれた「ぜんざい」という赤い文字が飛び込む。ここから「余」は、「赤いぜんざいと京都とは到底離されない」、「余とぜんざいと京都とは有史以前から深い因縁で互に結びつけられて居る」のだと妙なことを語り始めるのだが、やがてそれが、かつて正岡子規とともに来た京都見物で「此大提灯を見て、余は何故か是が京都だなと感じたぎり、明治四十年の今日に至る迄決して動かない」というその「感じ」から来ている、ということが明らかになる。

ぜんざいは京都で、京都はぜんざいであるとは余が当時に受けた第一印象で又最後の印象である。子規は死んだ。余はいまだに、ぜんざいを食つた事がない。実はぜんざいの何物たるかをさへ弁《わきま》へぬ。汁粉であるか煮小豆《ゆであづき》であるか眼前に髣髴する材料もないのに、あの赤い下品な肉太な字を見ると、京都を稲妻の迅《すみや》かなる閃きのうちに思ひ出す。

提灯の「ぜんざい」という文字についてもたれた「赤い下品な肉太な」という感情が「第一f」であるとすると、それが一挙に拡げた子規との京都旅行、あるいは京都そのもの、子規その人、等々のかもす情感が「第二f」に属することになるだろう。

このように見てくると、「F」による「f」喚起、また「第一f」から「第二f」への発展といった現象が、『文学論』がそのほとんどの文学技法を依拠せしめたところの「聯想其他の作用」とともに生じていることに気づかされる。このことは、漱石の文学理論に、一九六〇年代以降に隆盛を見る記号論的な批評理論の先駆を見る見方に、力を貸さないでもないだろう。というのも、たとえばロラン・バルトが理論化した「外示」（dēnotation）と「共示」（connotation）の並立[3]にしても、後者はすなわち「聯想其他の作用」によって拡がってゆく意味作用であるとされる点において、「f」喚起の基底に〈暗示〉と「聯想」を見る漱石理論とその本質を共有するものと見るほかないからである。

三　暗示の戦いと「文学の進化」

「理論的興味」や「刺激」によって「suggestion ヲ生」じ、それが「F ヲ F^1 ニ変化ス」、この「F、F^1、F^2 ガ開化ナリ」とする本章冒頭に見た『ノート』の記述には、続きがある。このような「開化」を主観の側から見た場合、ある世代をその前後の世代と比較すると、次のような「formula」（公式）を得る。「f」は『文学論』の場合と同じく「F」に付随あるいは対応する感情で、先行する世代を「F－f」と置いた場合、「此五ノ factor アルヲ見出ス」という。

$$\underset{1}{(F'-f')}+\underset{2}{(F''-f')}+\underset{3}{(F''-f'')}+\underset{4}{(F'-f)}+\underset{5}{(F-f)}$$

（「開化・文明」）

これに続けて1〜5の「factor」について説明を加えてゆくのだが、要は、たとえば5（F－f）は「前世紀ノ遺物ニシテ毫モ evolve〔進化〕セザル者」で、3（$F''-f''$）は「真ノ学者真ノ賢者真正ノ眼孔アッテ躬践実行ス」る最も先進的なる者、その他（1、2、4）はこの両者の中間に位置する場合を三つの様態に区分したもの、一世代の「集合的F」はこれらの総和だというのである。そして「開化」は、要するに3のような「先覚者」の「暗示」が行き渡ることで促進されるはずだから、そのために必要な条件がどれほど整うかに「集合的F」（たとえば国家）の命運はかかっている、ということになる。たとえば「（F″－f″）ト（F′－f′）トノ関係」があまりに遠い場合は「先覚者」も「時ニ容レラレ」ず、「開化」は進展しない。「天才ハ（F″－f″）アッテ此（F″－f″）ト他ノ factor ノ関係ヲ知ラヌ者ヲ云フ」のだから、「（F′－f′）」の位置にある「能才」が媒介してやらなくてはならないというわけだ。

『ノート』のそのあたりの考察を整序した記述が『文学論』第五編の第六章ということになるだろう。文学も「開化」の一部門と目されていたことは前章に見たとおりであるから、文学の推移に同じ公式が適用されることは当然である。その推移の推進力を「競争」と見るのがこの章の観点で、「彼〔ワーズワース〕の所謂独造的とは嶄新なる暗示に過ぎずして、創建とはFを倒して崛起するF′の意義に異ならず」という漱石の議論を前章に見たが、その言葉づかいがむき出しにしてもいるとおり、文学は「F」対「F′」、「F′」対「F″」の「競争」であり「争闘」なのである。ワーズワースを含む多くの「先覚者」の「新陳交謝の際に起る争闘の例」を列挙、解析する記述を一通り終えると、漱石はこう「約言」する。

暗示は常に戦ふ。戦なくして暗示を人に及ぼす事は殆んど難し。Tennyson の如き通俗なる詩人と雖ども、亦多少の戦を免かれず。新しき暗示の旧意識を去る遠ければ遠きに従つて戦は劇烈なるべし。要は新暗示が旧意識を打破するか、或は旧意識が新暗示を蹂躙するかの一に帰す。両者の間隔あまりに甚しければ新暗示は大抵通俗なる集合意識の為めに圧迫せられ、追窮せられ、遂に剿絶《そうぜつ》せらるゝを常とす。而して天才の意識は一般を去る事遠きを以て特色となす事多きが故に、彼等は成功するよりも寧ろ失敗するを当然とす。

かくして「此戦争に利あらずして焦点に登るの期なく消滅するものを失敗と名づけ、波頭に主宰するものを成功と云ふ」。では、このような「不断の戦争」にあって、より具体的には、どのような「暗示」に「成功」の見込みがあるのかといえば、その「内容」は時と所に応じて異なるため指摘不可能だが、「形式」からいえば「現下意識の自然なる傾向に、尤も調和せる新暗示が勃興せる場合」だということになる。

この前後の文章は次章でまた取り上げるが、ともかくこのようにして「成功」し、「集合的F」の「波頭に主宰する」ことになった強力な「暗示」は、その後どうなるか、というのがここでの問題である。「主宰」する「F」としての地位を長く保つ可能性もあり、そうなれば今度はそれが正典化してゆくという状況も生起する。つまりは「適当なる新しき暗示に接せざる時、吾人の意識は約束的の内容を約束的の順序に反覆す」（第五編第四章）。その結果、この種の「約束的の内容」を人は「予期」（anticipation）するようになる。

「犬もあるけば」と云ふとき必ず「棒にあたる」を予期す。理を以て之を推すに棒にあたるの要果していづくにかある。板にあたるも可なり、石に躓くも可なり。鮪《まぐろ》の頭にあたらば益《ますます》可なり。然るにも関はらず犬もあるけば必ず棒にあたらざる可からざるは記憶の吾人に強ふる予期に外ならず。

（第五編第四章）

これを一例として、漱石は、いかにわれわれがこのような意味での「予期」に支配されているかを、文学にとどまらない文明上の諸般の現象にわたって解析してゆく。ただ、ひるがえって考えれば、「犬もあるけば」という今では陳腐な諺も、それが登場した時代には人を撃つ「新暗示」であったに違いないわけで、ここには、「新暗示」が「成功」し、やがて「約束的」となって陳腐化し、次の「新暗示」に取って替わられるという歴史的推移の縮図を見ることもできる。

やはり度々引いてきた「凡テノ art ノ進化若シクハ変化ハ *suggestion* ニ帰ス」云々の『ノート』（「文芸ノ Psychology」）の文もこのような推移をいっていたわけで、それは、以下のように続けられている。

(1) *suggestion* ガ漸々 anticipation ニ近ヅキ　(2) s.〔suggestion〕ガ漸々 anticipation ト合シ　(3) s. ガ漸々 ant.〔anticipation〕ヲ離ル・artists ハ *suggestion* ヲ受ケテ已マザル者ナリ・常ニ新ナラン

コトヲ要ス（アキル）ナリ世人ハ anticipate シテ已マズ厭キル程 art ノ production ヲ見ズ故ニ nice perception ナシ故ニ厭キザルナリ〔中略〕anticipation ハ popular F ナリ・popular f ハ只 follow スルノミ lead スル者ニアラズ

（「文芸ノ Psychology」）

「凡テノ art ノ進化」の動因である「暗示」は「旧意識を打破す」すべく「常に戦ふ」。その「旧意識」の強さは、一般人に浸透した「予期」というものの鞏固さに支えられることによっている、という認識である。「予期」する「世人」の「F＋f」がすなわち右に下線を施した「popular F」「popular f」で、実はこれ、前章に見た「朝貌ニツルベトラレテ貰ヒ水」のような拙句が「後世ニ喧伝セラル」のは「chance」によると論じた部分でも、「是 popular F ノ為メナリ」とされるなど、『ノート』の随所に出てくる概念なのである。

ところで、「進化」の語の使用例も示唆するとおり、『文学論』と『ノート』の基調をなすこの種の言説は進化論的認識に裏打ちされたものである。そのことは当時の世界的な知の状況から来る必然であり、あの革新的なロシア・フォルマリズムもその圏外にあったわけではない。彼らと漱石とに通ずるのは、文学の進化という現象を連続性よりむしろ断絶や闘争から解き明かそうとしていたところである。

「文学の進化」（一九二九）と題する論文もあるユーリー・トゥイニャーノフはこの問題を追究した理論家の一人だが、「『固定的』で『実体論的』な定義」に固執する従来の文学「進化論」を批判して、それが無視してきた要素を列挙しながら、こう書いている。

> 一つ一つの新しい現象が古い現象にとってかわり、このような交替の一つ一つの現象が構成面ではきわめて複雑なものであって、継承については、闘争と交替を原理としている文学の進化の現象をではなくて、流派やエピゴーネン的模倣に限定して語らねばならないということも無視された。
>
> （「文学的事象」(4)）

つまり「文学の進化」は「闘争と交替」によって生み出されるのであって、「継承」は二流以下の水準でのことだという。この事情を『文学論』の用語で言い換えれば、「進化」を進めるのは「天才的F」の仕事であって、「継承」はむしろ「模擬的F」の仕事だということになる（第五編第一章）。

この「新しい現象が古い現象にとってかわ」るという場合の「現象」は、『文学論』の用語では、「F」または「集合的F」あるいはその推移の因をなす「暗示」ということになるが、トゥイニャーノフはより精緻に、これを「構成原理」という独自の概念——「構成要因」（詩におけるリズムなど）と「素材」（意味の集合、主題など）との「関係」として「絶えず変化し、複雑な、進化をとげる」ものとされる——へと絞り込んでゆく。そしてその「構成原理」の推移について述べている次のような記述は、それを「F」に置き換えれば、そのまま『文学論』に挿入しても整合的だろう。

(1)自動化した構成原理にたいして、それに対立する構成原理が弁証法的に認められる。(2)その応用が行われるようになり、構成原理はより容易な応用を探しはじめる。(3)それは広く普及され、もっとも大衆的な現象となる。(4)それは自動化して、対立する構成原理を呼び起こす。

（「文学的事象」）

この(3)のような場合が漱石のいう「popular F」の段階で、これが「可能な限り広範な領域に拡大し」ようと「希求する」傾向を、トゥイニャーノフは「構成原理の『帝国主義』」とも呼んでいる。「帝国主義」や「弁証法的」の語はもちろん用いないものの、漱石の思考がこれと同心円を描いていたことはたしかである。「天才的F」によってもたらされた「新暗示」を大いに盛り立て「模擬的F」の裾野へと拡げてゆく役割を負う中間項が、『文学論』で「能才的F」と呼ばれていることはすでに見た。

四　I・A・リチャーズとの共振

さて、従前の方法から見れば著しく「形式主義的《フォルマリスト》」に傾く視角から文学の本質を捉えようとした試みとして、一九〇〇年代の『文学論』と一九一〇年代以降のロシア・フォルマリズムとを概観してきたわけだが、これらに似た動きを英語圏に探るならば、一九三〇年代以降のニュー・クリティシズム、あるいはその前哨の役割を果たしたI・A・リチャーズの『文芸批評の原理』(I. A. Richards, *The Principles of Literary Criticism*, 1924) を挙げることができる。

実際、時代を先駆けたものとして名高いリチャーズのこの書物と漱石の『文学論』とが、相互に影響関係はないはずでありながら、視点や方法において似通っていることは早くから指摘されてきた。たとえば外山滋比古は、「文学を心理学と生理学から解明しようとしてヨーロッパの批評界をおどろかせた」リチャーズより二十年も早い『文学論』は「まさに世界にさきがけるものであった」と漱石の先駆性を絶讃し[5]、「十九世紀的文学研究法の限界を克服しようとする必死の努力」に塚本利明も感動を隠さない[6]。

そうした二十世紀的「努力」の一環として、「文学的」記述とそうでない記述との差異を明らかにしようとする、漱石とロシア・フォルマリズムにおいてすでに見た志向を、リチャーズにおいても挙げることができる。

> 陳述は、それによってひき起される(真実あるいは虚偽の)指示のために用いられることがある。これは言葉の科学的な用法である。しかし、陳述というものは、それがひき起す指示が情緒や態度に与える効果のために用いることもできるのである。これは言葉の喚情的な用法〔emotive use〕である。
>
> (『文芸批評の原理』第三十四章[7])

これを『文学論』の用語に対応させるなら、「三角形の観念」の場合のような「認識的要素(F)」

のみを伝える「言葉の科学的な用法」に対して、これに「情緒的要素（f）」の伴う「喚情的な用法」となってはじめて「文学的内容」が成立するのだ、という話である。そしてその「喚情的な用法」の考察が、言語的な分析よりは「情緒や態度に与える効果」の心理学的解明の方を主体として進められている点において、リチャーズ理論の照準はロシア・フォルマリズムよりは漱石『文学論』のそれと多くを共有するものと見られる。

たとえば全三十五章からなるこの本の導入部で、リチャーズは「批評理論を支える二本の柱は、価値の記述とコミュニケーションの記述〔an account of value and an account of communicaton〕である」と宣言した上で、芸術上の「美」や「価値」を、伝統的な美学のように作品内部に内在するものとして絶対化するのではなく、芸術家と鑑賞者との「コミュニケーション」の過程において心理的に構築されてゆくものとして解析する。すなわち、芸術家自身は自分を伝達者と考えていないにもかかわらず、「作品を『よく』しようとする〔getting the work 'right'〕過程そのものが、巨大なコミュニケーション効果を生む」。なぜなら「作品がそれに関わる芸術家の経験と一致する度合いは、他人の中に類似の経験をひき起す度合いの尺度となる」からだ、というふうに（第四章）。

より砕いた言い方をすれば、たとえば「人間かくあるべし」という思想内容を直接に言葉にして伝えるのではなくて、作品の鑑賞を通して、作者がもった経験とそっくりの経験が読者の心に生起する、その影響によって読者の思想に変化が生じる、というのである。そのようなことがなぜ起こるかについて、心理学や神経学のあらゆる知識を動員して説明を重ねてゆくところにこの本の醍醐味があるのだが、その説明体系の前提をなす基本概念が「衝動」(impulse) とその「組織化」(organization, systematization) である。

絶えず生起する諸々の「衝動」をなんとかやりくりしながら、人は生きている。つまり「生活の遂行とは、終始一貫、より多くの、また最も重要な衝動のまとまりにとっての成功が得られるように衝動を組織化する試みである」と(第七章)。たとえば、食べる、眠る、歩く、触る、考える、話す……あらゆる行為は衝動に発しているのだが、人は食べたければすぐ食べ、触りたければすぐ触るのではなくて、多少とも長期的な目的の成就のために現在の衝動を遅延するなど、様々な方法によってその人なりに調整している。その過程を「組織化」と呼ぶのである。

とすればそれは、文学や芸術の制作者と鑑賞者双方の心理にも絶えず働いているものであるに違いない。その過程を明るみに出すことで、「価値」と「コミュニケーション」という「批評理論を支える二本の柱」を確固たらしめようという構想が『文芸批評の原理』総体を支える枠組みとなっている。衝動を組織化しながら生きてゆくわれわれに、文学や芸術は、一体どんな役割を果たしているのか……。リチャーズの回答はたとえば次のように与えられる。

人は一般に「混沌とした状態からもっとよく組織化された状態へ移ってゆく」ものだが、その「移行の仕方」について、当の本人には「何ひとつわかっていない」。つまりほとんど意識されないこのような推移は、典型的には、「他人の精神からの影響」によるのであって、「文学や芸術は、このような影響が伝播するための主要な手段である」と(第七章)。つまりこの影響の伝播という特異な「コミュニケーション」こそが文学・芸術の存在理由だということになるのだが、それが成立するには、すでに見たとおり、作品に託された芸術家の経験に類似した経験が鑑賞者に生起する、という事態が発生しなくてはならない。だが、そもそも、そのようなことはいかにして可能となるのか。たとえば「詩を読むという経験の分析」を数頁にわたって記述した部分で、詩を読むことが心の中に喚起する「衝動」について、リチャーズはこのようにいう。

これらの衝動は経験という横糸であり、縦糸は、あらかじめ存在する心の組織的構造、つまり多数の潜在的な衝動が組織化されたシステムである。（第十六章）

すなわち「横糸」（衝動／経験）と「縦糸」（構造／システム）との交差があってはじめて「詩を読むという経験」、またそれによる感動や影響の伝播もありうるというのである。ところで、ここで「横糸」になぞらえられた「衝動」というものもまた、実はその定義において、それ自体が「横糸」と「縦糸」の交差によって生ずるものとして捉えられていた。

精神現象が起こる過程は、明らかにある刺激〔a stimulus〕に始まってある行為〔an act〕に終わる過程である。それはすでにわれわれが衝動と呼んだものにほかならない。〔中略〕ところで、刺激というものを誤解してはいけない。〔中略〕刺激は、それが体組織のある欲求にうまく役立つときに、はじめて受け容れられる。刺激に対してどういう反応が起るかは、一部分はその刺激の性質によってきまる。しかし、それはごく一部のことであって、反応を決定するはるかに大きな力は、その体組織の「欲する」ものである。

（第十一章）

すなわち「刺激」という「横糸」もまた、「欲する」システムとしての「体組織」という「縦糸」との交叉があってはじめて、「衝動」すなわち「ある刺激に始まってある行為に終わる過程」を構成するというのである。この表現は、ところで、漱石を想起させないだろうか。「縁」と「因」との——より具体的には、「林檎」や「lamp」あるいは「マッチ」のような外的刺激と、内部の心的構造のどこかに潜在する「idea」との——遭遇があってはじめて〈暗示〉が発生するという漱石の認識と、リチャーズのこの「衝動」認識はたしかに似ている。「衝動」も〈暗示〉も、決してまったく単独に、孤絶した発生を遂げるものではない。「横糸」と「縦糸」、「縁」と「因」との交差による「因縁」の織り上げとしてそれは生起してゆく。

このような、読者の内部に生起する「衝動の組織化」の組み替えこそが真の「感動」の実態であるとするリチャーズの詩学は、「因」と「縁」により成立した〈暗示〉の「結果ハ action itself トナリ又ハ他ノ思想トナル（事業、文章、思考等）」という漱石の哲学とたしかに「共振」している。リチャーズによれば、芸術作品とは「たいていの人の心の中ではまだ無秩序であるものの秩序づけ」であり、「成功した」作品の構成する「価値」は、つねに「他の人よりも完全な組織化」を、つまり「反応とか活動とかのもついろいろな可能性を、より多く役立たせるような組織化」を示すものである。そしてこのような作品を享受した者にあっては、その「衝動の組織化」のまとまり——つまりは〈心〉——に根本的な組み替えが起こり、人格を一新するといったことも起こりうる（第八章）。〈暗示〉の「結果」が「action itself トナリ又ハ他ノ思想トナル」場合を芸術作品への感動の場合において考えれば、そうなるだろう。

〈心〉と呼ばれるものが絶えず自らを更新してゆく「衝動の組織化」のかたまりであるとすると、その更新の動きの最小単位を指してリチャーズはこれを「衝動」と呼び、芸術的感動の実相をそのレヴェルにまで遡及して捉え返そうとした。とするなら、「F」を推移させ、その結果として芸術的感動を生じさせもする漱石的〈暗示〉と、リチャーズのいう「衝動」とは、どこがどう違うのか。両者の重なり合いは否定できない。あるいは〈暗示〉は「衝動」の一種と考えるべきなのだろうか。

そうであってもかまわないが、ともかく結果として、リチャーズが“impulse”を起点として理論構築したところを、漱石は“suggestion”から始めた。もともと悪しき閃きやそそのかしを意味したこの語が前者と異なるのは、そそのかす〈他者〉の存在を前提的に含んでいる点だろう。これを起点とした漱石理論が彼の創作の世界と大いに呼応し合っていることはすでに見てきた。理論と創作を一体として実現した漱石テクスト総体の特質をそこに見てよいのだとすると、この希有の結果は、もちろん漱石個人の〈心〉の特異性と無関係ではないのだから、このような仮説もありうる。いわく、そそのかす〈他者〉への意識の鋭敏さにおいても彼は抜きんでていた、と。

五　トルストイへの褒貶

漱石とリチャーズとの接近遭遇がいくつも生み落とされていたことは、右に見てきた両理論の構造的類似から来る必然であったといえるが、そのような遭遇の一つとして、トルストイ著『芸術とはなにか』への両者の反応を挙げることができる。二人はともに、トルストイの芸術理論をある程度には評価した上で、同じ論点について批判を加えたのである。まず、二人が一目は置いたトルストイ芸術論の基本線はこれ、英訳ではすべてイタリックで強調されている部分である。

一度経験した感情を自分の中に呼びおこすこと、そして、それを自分の中に呼びおこしたら、動作、線、色、音、言葉で表された形などの手段によって、同じ感情を他人も経験できるように伝えること——これが芸術の働きである。（第五章[8]）

このようにして「他人」はこの「感じ」に「感染」(infect) することで、それを「経験する」のだ、というふうに説明される。これがトルストイの「感染理論」(infection theory) と呼ばれるもので、前節で概観したリチャーズの芸術観——すなわち作品の鑑賞を通して、作者がもった経験とそっくりの経験が読者の心に生起するという見方——にもたしかに通い合う。だからリチャーズも『文芸批評の原理』第九章で、この理論を紹介し、"So far excellent"（ここまでは素晴らしい）と認める。

「ここまでは」と断る理由は、そのあとトルストイが「近代芸術すなわち不純芸術」を明白な仮想敵とし、「感染力をもった芸術」はそれらとは異質な「純粋芸術」のみである、と限定してゆくことへの不同意である。

芸術作品の内容がもつ価値は、トルストイによれば、その時代の宗教意識によって判断される。トルストイにとって宗教意識とは、人生の意味の高度な理解である。これはまた、彼によれば、人と神との、人と人との、普遍的な結びつきである。（第九章）

唯一神の普遍性を前提し、それへの準拠において「価値」を判断するというトルストイのスタンスが、芸術上の「価値」をむしろ芸術家と鑑賞者との「コミュニケーション」的過程において構築されるものと見るリチャーズに認められないのは当然だろう。こうしてリチャーズはトルストイの主張をさらに引用して批判を加えてゆくのだが、その批判の趣旨は漱石が書き残したところと大いに重なっていたのである。

トルストイへの『文学論』での言及は、結局、第一編第二章の「同感」「所謂 sympathy」を論じた部分で、「由来吾人が文芸を面白しと感ずるは模擬（内部的）又は感染（Tolstoi）の為めなりとも云ひ得べく」と擦過するにとどまった。だが、「『文学論』序」の草稿（構想メモ）[9]では十数箇条の項目の一つに、具体的な書名としては唯一、*What Is Art?* が挙げられ、かつ「contagion ニ同意／pleasure theory ニ反対＝感服／illogical 残念」と書き込まれている。これを見ると、当初は真っ向から論じることが計画されていたのかもしれないのだが、ともかく結果的には、トルストイへの批判がより明瞭に打ち出されたのは、『文学論』より前の講義の記録である『英文学形式論』(一九〇三年述、一九二四年刊) においてであった。導入部である「文学の一般概念」で、「感染理論」の基本線を述べた前引の文 (第五章) と同じ部分を引用した上で、こうある。

彼はその「芸術とは何ぞや」に快楽主義や耽美主義を矢鱈に攻撃し、往々非論理的の議論はするが、芸術に下した定義は大体に於て要領を得て居ることは否まれない。彼のは感応主義 (contagion theory) である。

つまりその「感応主義」ないし「感染理論」には同意するにやぶさかでないものの、「感染」されるべき内容を「普遍」主義的に限定してゆく議論が「往々非論理的」になることに対して批判的である点に、リチャーズとの「共振」が見られる次第である。

『芸術とはなにか』英訳本に漱石が残した書き込みにはかなり夥しいものがあり、「good」「true」「fair reasoning!」「well driven at!」などと積極的な評価を与えたものも少なくない一方で、「no!」「illogical!」「weak reasoning!」「Why unjust?」など正面から批判した言葉も多く残されている (ほぼすべて『漱石全集』所収。図23)。それらの批判的な書き込みが集中している箇所の一つは、第十章の結論部である。すぐれた芸術は万人に理解されるものだという主張をやや強引に押し通そうとしているところで、たとえば「bold words! only because you lack habit」(厚かましい言葉だ! これは君が習

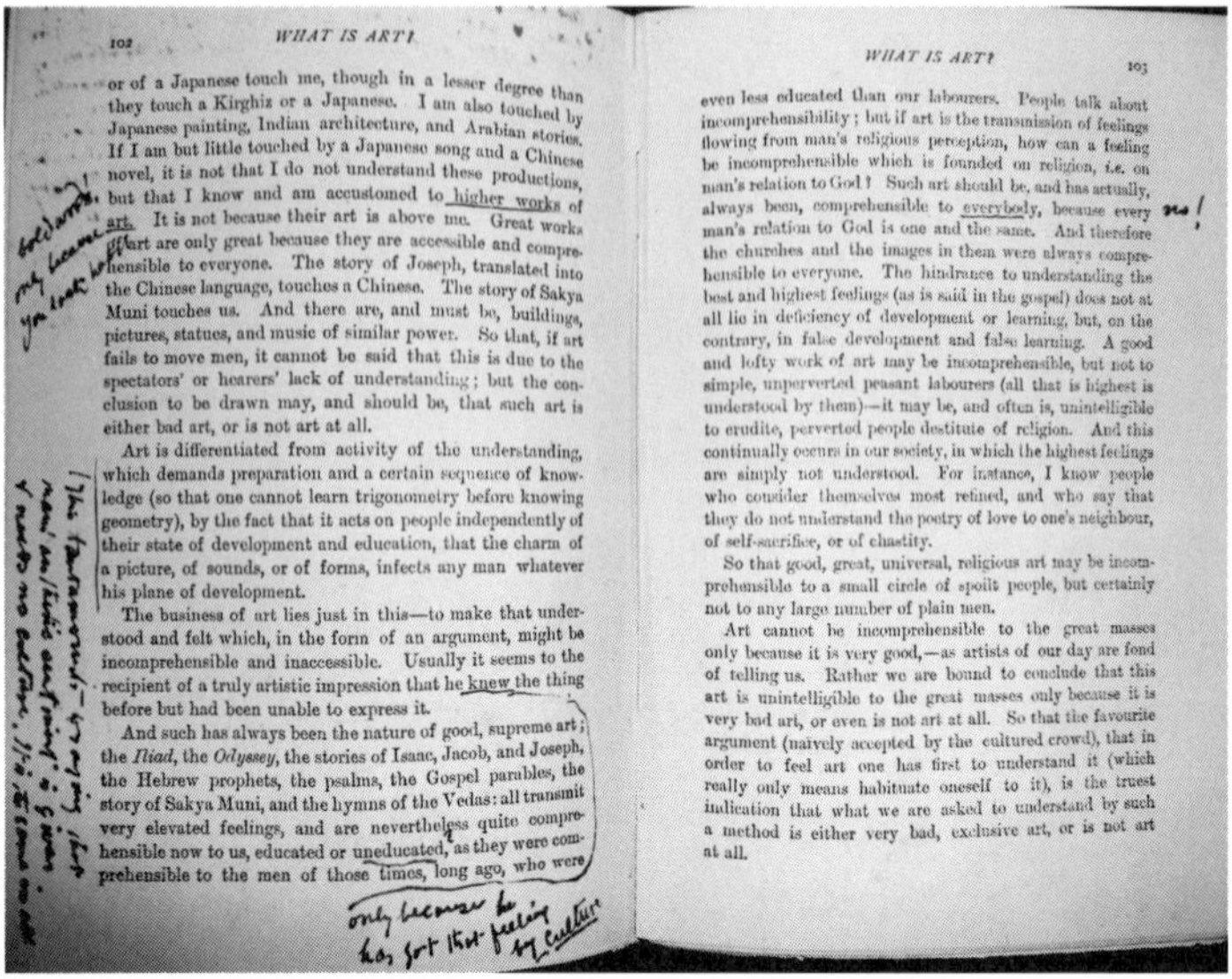

102 WHAT IS ART?

or of a Japanese touch me, though in a lesser degree than they touch a Kirghiz or a Japanese. I am also touched by Japanese painting, Indian architecture, and Arabian stories. If I am but little touched by a Japanese song and a Chinese novel, it is not that I do not understand these productions, but that I know and am accustomed to higher works of art. It is not because their art is above me. Great works of art are only great because they are accessible and comprehensible to everyone. The story of Joseph, translated into the Chinese language, touches a Chinese. The story of Sakya Muni touches us. And there are, and must be, buildings, pictures, statues, and music of similar power. So that, if art fails to move men, it cannot be said that this is due to the spectators' or hearers' lack of understanding; but the conclusion to be drawn may, and should be, that such art is either bad art, or is not art at all.

Art is differentiated from activity of the understanding, which demands preparation and a certain sequence of knowledge (so that one cannot learn trigonometry before knowing geometry), by the fact that it acts on people independently of their state of development and education, that the charm of a picture, of sounds, or of forms, infects any man whatever his plane of development.

The business of art lies just in this—to make that understood and felt which, in the form of an argument, might be incomprehensible and inaccessible. Usually it seems to the recipient of a truly artistic impression that he knew the thing before but had been unable to express it.

And such has always been the nature of good, supreme art; the *Iliad*, the *Odyssey*, the stories of Isaac, Jacob, and Joseph, the Hebrew prophets, the psalms, the Gospel parables, the story of Sakya Muni, and the hymns of the Vedas: all transmit very elevated feelings, and are nevertheless quite comprehensible now to us, educated or uneducated, as they were comprehensible to the men of those times, long ago, who were

WHAT IS ART? 103

even less educated than our labourers. People talk about incomprehensibility; but if art is the transmission of feelings flowing from man's religious perception, how can a feeling be incomprehensible which is founded on religion, *i.e.* on man's relation to God? Such art should be, and has actually, always been, comprehensible to everybody, because every man's relation to God is one and the same. And therefore the churches and the images in them were always comprehensible to everyone. The hindrance to understanding the best and highest feelings (as is said in the gospel) does not at all lie in deficiency of development or learning, but, on the contrary, in false development and false learning. A good and lofty work of art may be incomprehensible, but not to simple, unperverted peasant labourers (all that is highest is understood by them)—it may be, and often is, unintelligible to erudite, perverted people destitute of religion. And this continually occurs in our society, in which the highest feelings are simply not understood. For instance, I know people who consider themselves most refined, and who say that they do not understand the poetry of love to one's neighbour, of self-sacrifice, or of chastity.

So that good, great, universal, religious art may be incomprehensible to a small circle of spoilt people, but certainly not to any large number of plain men.

Art cannot be incomprehensible to the great masses only because it is very good,—as artists of our day are fond of telling us. Rather we are bound to conclude that this art is unintelligible to the great masses only because it is very bad art, or even is not art at all. So that the favourite argument (naïvely accepted by the cultured crowd), that in order to feel art one has first to understand it (which really only means habituate oneself to it), is the truest indication that what we are asked to understand by such a method is either very bad, exclusive art, or is not art at all.

図23 bold words!.../ This tantamounts to.../ only because.../ no! ——トルストイ『芸術とはなにか』への書き込み

慣を欠くというだけの話だ）という書き込みは、トルストイの次のような議論に対するものである。

キルギス人や日本人の歌は、当のキルギス人や日本人の場合より弱い程度にではあるが、私を感動させる。〔中略〕もし日本の歌や中国の小説が私を少ししか感動させないとしても、それはこれらの作品を私が理解しないからではなくて、私がより高度の芸術作品〔higher works of art〕を知り、それに慣れている結果である。彼らの芸術がわたしより高いのではない。

（第十章。傍線は漱石。図23参照）

習慣や文化の「相違」にすぎないはず

のところを、キリスト教を絶対視する立場からする「普遍主義」の尺度に照らした優劣として見る。漱石が高く評価したあのギュイヨーにさえ見られたこの種のヨーロッパ中心主義は、当時の西洋人の常識に属するところであったともいえ、多くの学術書を読み込んだ漱石がこれに辟易していたことは、他の手沢本に残された多くの書き込みから十分に察知される。

かくしてトルストイ『芸術とはなにか』は、立脚地の固陋さと議論の強引さのゆえにリチャーズや漱石の批判を呼び込まないではいなかったが、二人がともに認めたとおり、すぐれた点ももちろんある。漱石が「good」と書きつけた箇所を一つだけ拾っておこう。「芸術においては内容上、何をよいとし、何を悪いと判定すべきなのか」と書き出される第十六章は、いよいよトルストイがメッセージの核心に入ろうとする部分のように読めるが、これに続く文で、芸術は言葉（speech）と同じく「コミュニケーション」の一手段だとして次のように断じた部分に、漱石は脇線を引き「good」と書きつけたのである。

芸術もまた、先行する世代が経験したあらゆる感情や、最先端を行く同時代人によって現在感じられつつある感情を最新の世代に経験させるものである。そして、より真実で必要な知識が誤った不必要な知識を駆逐してこれに代わることで知識の進化が進むように、感情の進化も、芸術を通して――不親切で人類の幸福に不必要な感情が、より親切〔kind〕で必要な感情に取って代わられる形で進行する。それが芸術の目的である。だから芸術はこの目的を達成すればするほどよく、しなければしないほど悪いのである。

（第十六章）

面白いのは、このすぐあとの段落でトルストイが「ある感情がどれほどよくて、どれほど人類の幸福に必要かの評価は、その時代の宗教的知覚〔religious perception〕によってなされる」（傍線は漱石）としたのに対しては、また直ちに反応して「Why religious?」（なぜ宗教的？）と書き込んでいることである。支持的な読者なら見逃すであろう飛躍を、彼は認めない。それはそうだろう、「たとへば西洋人が是は立派な詩だとか」いうけれども「私にさう思へな」い場合の「矛盾」に妥協しないこと、「東西両洋思想の一大相違」の淵源を解析することこそが、漱石的「自己本位」の出発点だったのだから。

だが、こうした反発の連続のなかで、漱石が、にもかかわらず公正に「good」と認め、そう書きつけたことの方にこそ注目すべきなのかもしれない。この「good」でトルストイと共有されている漱石の哲学を記述すれば、こうなるだろう。「『よい』芸術とは、先行者の経験したあらゆる感情を後続者にそっくり経験させるような作品であり、それが『よい』のは、それが人類の幸福に必要な、より親切な感情を育てるはずだからである」。

そのような芸術が親切な感情を育てると、なぜ言い切れるのか。その根拠を漱石が明確に提示した形跡はない。ただ、その回答を漱石テクストの別の箇所から拾ってくることはおそらく可能である。たとえば幾度か引いてきた講演「模倣と独立」の、しばしば問題にされてきた一節にも、それが読まれるのではないだろうか。「元来私はかう云ふ考へを有つて居ます」と前置いて、漱石は次のように述べている。

> 泥棒をして懲役にされた者、人殺をして絞首台に臨んだもの、――法律上罪になると云ふのは徳義上の罪であるから公に所刑せらるゝのであるけれども、其罪を犯した人間が、自分の心の径路を有りの儘に現はすことが出来たならば、さうして其儘を人にインプレッスする事が出来たならば、総ての罪悪と云ふものはないと思ふ。総て成立しないと思ふ。夫をしか思はせるに一番宜いものは、有りの儘を有りの儘に書いた小説、良く出来た小説です。有りの儘を有りの儘に書き得る人があれば、其人は如何なる意味から見ても悪いと云ふことを行つたにせよ、有りの儘を有りの儘に隠しもせず漏らしもせず描き得たならば、其人は描いた功徳に依つて正に成仏することが出来る。法律には触れます懲役にはなります。けれども其人の罪は其人の描いた物で十分に清められるものだと思ふ。私は確かにさう信じて居る。
>
> （「模倣と独立」）

「自分の心の径路を有りの儘に現はす」ことで罪が消えるというこの主張は、かつて西成彦が指摘した「キリスト教でいう『告解』の論理[10]」をたしかに思わせる。だが、「告解」で罪が消えるとしたら、それはその「告解」の向けられる対象が「神」のような絶対的超越者、またはその代理者であることを条件としている。しかるにそのような存在を想定すること自体、漱石にいわせれば「権利ナキanticipation」（『ノート』「信仰ノ害（文芸トノ関係）」で多用されている表現）なのであって、キリスト教のこの基本構造への疑問は『ノート』の縷説するところでもある。「自ラノ生涯ヲ failure ト云」ったというルターを筆頭に、キリスト教の影響下にあった哲学者らの苦しんだ事例を並べて「何ノ安心立命カアラン」と撫で斬りにした記述さえある（「東西ノ開化」）。

つまり「神といふ言葉が嫌であつた」（『道草』四十八）という健三の思いは漱石自身のものなのでもあって、その漱石が、しかもこの講演のなかで異例の、同じ語句の反復などで一種異様な――おそらくは私的な思想の初めての開示に伴う――高揚感を見せているこの箇所で、キリスト教的な観念を口にしようとは、いささか想像しにくいのである。

「総ての罪悪と云ふものはない」「総て成立しない」ことの条件としてここで漱石が挙げているのは、「自分の心の径路を有りの儘に現はす」こと、「さうして其儘を人にインプレッスする事」である。この前半に重点を置けば「『告解』の論理」とも取れるが、後半を重視すればそうはならない。過去の「罪悪」の消失点として仮定されているのは、自らの悪行が神あるいはその代理者に「有りの儘に」知られるという事態であるよりは、その「有りの儘に現はす」ことで「人にインプレッスする〔印象づける〕」という他者への伝達の営為の方である。そもそも「有りの儘に現はす」こと自体、厳密には不可能であることを小説家漱石が知らないはずはない。伝達を志すこの試行は、だから、「現はす」ことにおいてすでに〈物語〉化であるほかなく、それが「人にインプレッスする」ならば、その時点で芸術なのである。

それができたなら、彼の行為はもはや「罪悪」として「成立しない」という。しかし、なぜそんなことがいえるのだろうか。『芸術とはなにか』の余白に書きつけた「good」は、この問いへの回答として読まれうる。すなわちいかなる悪行も、その「心の径路」の「有りの儘」を「人にインプレッスする」ことを得たとすれば、この伝達はそれ自体すでに「よい芸術」である。そして「よい芸術」とは「人類の幸福に必要な、より親切な感情を育てる」方向に働くものである。とすれば、この働きすなわち「功徳」が過去の「罪悪」を帳消しにしないことがあるだろうか……。

遺書を書き終えつつある『心』の「先生」に見られた微妙な明るさも、おそらく作者漱石が「元来」もっていたこの「考へ」に支えられている。後進の「私」に間違いなく「インプレッスする」であろう「よい芸術」を完成することで、彼の「罪悪」は「総て成立しな」くなるはずだから。

第10章　実験小説と俳句・連句

一　三重吉「千鳥」と「倫敦塔」

鈴木三重吉の処女作「千鳥」が漱石の存在なしにありえなかったことは第1章に見た。『吾輩は猫である』第一回に続いて「倫敦塔」（ともに一九〇五年一月）を読んだ際の昂ぶりを、彼はこう回顧している。

そして私は殆ど全身の血が燃え上つて、じつとしてゐられないで町を駆けまはつて歩きたい程、先生の作品に昂奮した。「倫敦塔」は日本文学にとつては破天荒な深刻なロマンスであつたからである。　（「上京当時の回想」[1]）

かくして三重吉が「恰度自分の好きな役者の声色を使つて見るやうに」かつ「如何に貴方を尊敬してゐるかといふことを示すために」、「『千鳥』を作つた[2]」のであることも、すでに第1章でふれた。漱石への当時の熱狂ぶりについては、作品としてはさらに「薤露行」（一九〇五年十一月）と『草枕』を挙げた上で、こうも書いている。

私は熱火のやうになつて先生の作物を崇拝した。学校では先生からシエークスピヤの講義や、就中《なかんづく》、『文学論』の講義で色々な意味での最大なサゼスシヤンを受けた。

（「処女作を出すまでの私」[3]）

「サゼスシヤン」はもちろん“suggestion”だろう。「千鳥」に開花した三重吉の才能が漱石の作品ばかりでなく、『文学論』講義などで展開された理論をも糧としていたことは注目に値する。四カ月後に出た漱石の『草枕』に逆に影響したともいわれるその「千鳥」を、少し覗いておこう。

これは、瀬戸内海の小島でめぐり逢った藤さんという若い女と大学生らしい「自分」との淡い交情を写生文的筆致で描いてゆく作品で、女が突然姿を消したあとに残された緋の紋羽二重の片袖が千鳥の紋柄であった、という起伏ゆるやかな物語である。そのどこに「如何に貴方を尊敬してゐるか」が示されているのかは、当人同士でなければ十分には知りえないのだろうが、一つ考えられるのは、語りが現在と過去あるいは空想との間を行き来する際の技巧であり、たとえばそこに「連想」や「暗示」が方法化されているような場合、漱石の影響を思わせずにはいない。結びの部分で、「今でも時々あの袖を出して見る事がある」として、次のように綴るところなどもそうだろう。

〔夜が〕更けて自分は袖の両方の角を摘《つま》んで、腕を斜に挙げて燈し火の前に釣す。赤い袖の色に灯影が浸み渡つて、真中に焰が曇るとき、自分はそゞろに千鳥の話の中に這入つて、藤さんと一しよに活動写真のやうに動く。自分の芝居を自分で見るのである。始めから終りまで千鳥の話を詳しく見てしまふまでは、翳《かざ》す両手のくたぶれるのも知らぬ。袖を畳むとかう思ふ。この袂の中に、十七八の藤さんと二十ばかりの自分とが、いつまでも老いずに封じてあるのだと思ふ。(4)

これはたとえば「薤露行」の、「有の儘なる浮世を見ず、鏡に写る浮世のみを見るシャロットの女」を思わせないでもない趣向である。灯火に照らされた「赤い袖」はシャロットの「鏡」よろしく現在と過去、現実と空想の通路となる。これに類似した仕掛けは、三重吉に最初の衝撃を与えた「倫敦塔」にももちろん見られる。

たとえば塔内で「想像の糸」をたぐるうち、「室内の空気が一度に脊の毛穴から身の内に吹き込む様な感じがして覚えずぞつとし」、指先で壁を撫でてみるとぬらりと露にすべる。

指先を見ると真赤だ。壁の隅からぽたり〱と露の珠が垂れる。床の上を見ると其滴《〔したた〕》りの痕が鮮やかな紅ゐの紋を不規則に連ねる。十六世紀の血がにじみ出したと思ふ。

あるいは塔に入る前、塔橋の上から河を隔てて塔を望み、「今の人か将《〔は〕》た古への人かと思ふ迄我を忘れて余念もなく眺め入」るうち、「眼前の塔影が幻の如き過去の歴史を吾が脳裏に描き出して来る」。やがてそれが「向ふ岸から長い手を出して余を引張るかと怪しまれて来」、「長い手は猶々強く余を引く」。「余」はこうして塔橋を渡り、「一目散に塔門迄馳せ着け」るのだが、このことが「見る間に三千坪に余る過去の一大磁石は現世に浮遊する此小鉄屑を吸収し了つた」と言い直される。

時間を隔てた地点を行き来する語りの手法として、これらはいずれも高度に技巧的と評しうるものだろう。とりわけ「倫敦塔」は、大学で『文学論』講義を継続する傍らに書かれた第一作であり、理論の直接的反映ということの最も考えやすいものである。たとえば「鉄片の磁石に赴くが如く」云々に酷似した表現を、実は『文学論』第五編第六章「原則の応用（四）」に見出すことができる。

文学テクストの受容をめぐる「競争」をめぐって、「暗示は常に戦ふ」もので、文学とは「不断の戦争」にほかならないと喝破するくだりは前章に見たが、これを受けて「成功」しやすいのは「現下意識の自然なる傾向に、尤も調和せる新暗示が勃興せる場合」だとした文章は、こう続いていた。

> 換言すれば現下意識の辺末に潜伏して、今にも起らんとするの勢をほのめかすにも拘はらず、依然として半明半晦のうちに、不説不語の不足を感ぜしむる或者あるとき、――突然一人ありて、此不透明なる或物を掌中に攫《かく》し来つて、端的に道破せる場合を云ふ。〔中略〕わが思念して得ず、憧憬して認めがたく、之を実現せんと欲してしかも其有耶無耶なるに困するとき、推移に一波の長あるもの、先づ目的の堂に登り本尊の龕《がん》を開き、麾《さしまね》いて一世を回顧すれば、一世は餓者の摂待にあへるが如く、鉄片の磁石に赴くが如く、燐寸《マッチ》に火を点ずるが如く、電流を導体に伝ふるが如く、忽ちにして同一の意識を焦点に認めて、炳たる事炬火よりも明かなるものあらん。

「現下意識の辺末」に潜んで「半明半晦のうちに、不説不語の不足を感ぜしむる或者」を、なんらかの刺激によって一挙に引き上げて意識の焦点にもってくる、多少とも驚異的な作用こそが「暗示」

にほかならないが、それらのうち特に「推移に一波の長あるもの」が「現下意識の自然なる傾向」に受容されることで「暗示」は「成功」する。そのような「成功」を表現すべく並べられた、「餓者の摂待にあへる」、「鉄片の磁石に赴く」、「燐寸に火を点ずる」、「電流を導体に伝ふる」のそれぞれの比喩が、本書で度々言及してきた『ノート』の表現、「縁」と「因」との遭遇による「暗示」の成立過程の別様の表現にほかならないことは、すでに明らかだろう。「(マツチ) ヲ堅キ表面ニスルガ如シ」とも『ノート』にはたしかに書かれていたのである (「文芸ノ Psychology」、第4章参照)。

つまり、それら手持ちの比喩のうち「鉄片の磁石に赴く」が「倫敦塔」に召還されたということである。「過去の一大磁石」という強大な「縁」が「現世に浮遊する此小鉄屑」という「因」を吸収するような形で「因縁」の成立した「倫敦塔」の世界は、だから、その総体が「暗示」の成立であるかのように語られていたのだともいえる。

二 連句的小説としての「一夜」

漱石文学全体から見ての『漾虚集』の異色として、「幽霊」出現など不可思議な現象の頻出ということが挙げられる。ほぼ同時期の評論「マクベスの幽霊に就て」や『文学論』にその動機を探るなら、「文学は科学にあら」ざる以上、小説内部に「幽霊」が現存することは一向にかまわず (「マクベス」)、「超自然的現象が一般に強烈の情緒を引き起すに足ることは、開明の今日、是等が立派に文学的内容として存在するによりても明白」云々(『文学論』第一編第三章)といったことになる。このような「超自然的元素」あるいは「自然の法則にて解釈し能はざるもの」として『文学論』同章が列挙している「幽霊」「感応」など五類型のいくつかについての実験としての意義が、『漾虚集』連作にはたしかに読まれる。

なかで特に追求されたテーマが「感応」的現象と見られ、それに重ね合わせる形で頻用された小道具が「鏡」であった。戦場にある中尉の手鏡の奥に「青白い細君の病気に窶れた姿がスーとあらはれ」るという挿話は「琴のそら音」の主調音となるものだし、「幻影の盾」(一九〇五年四月)や「薤露行」でも、鏡あるいは鏡のごとき盾の中央部を一心不乱に見入ると、やがてそこから恋人を載せた舟や騎士の姿が現れる。これらの鏡は、古来それが文芸上で果たしてきた「異界への通路の機能[5]」という伝統を踏んでもいるわけだが、漱石作品にあって濃厚に匂うのは、その「異界」が結局は鏡に見入る当人の無意識あるいは「意識の辺末」であって、出現するのは、そこに「潜伏して」いるものの「わが思念して得ず、憧憬して認めがたく、之を実現せんと欲してしかも其有耶無耶なる」「或物」にほかならない、といういわば自己回帰的な構造である。

つまり焦点はあくまで主観にあるのであって、「吾々の意識には敷居の様な境界線があつて、其線の下は暗く、其線の上は明らかである」(『思ひ出す事など』十七)という場合の「境界線」下の「暗い」部分を文学表現の俎上に引き上げようというところに、『漾虚集』全般を貫く実験的志向があったように見える。いや、全般といえるのか、と直ちに反論が浴びせられるかもしれない。『漾虚集』中、最も特異な作品として敬遠されてきた「一夜」（一九〇五年九月）は、それなら一体、何をどう実験したものであったのか、と。

「一読して何の事か分らず」（『読売新聞』九月七日）、「読んで何のことやら更に分らず」（『早稲田学報』十月）、「夏目漱石氏の一夜は如何なる事を意味せるや。再読して意を解せず。御高教を煩はしたし」[6]……。こうしたところが「一夜」発表当時の大方の反応であった。漱石自身、連載中の『吾輩は猫である』の登場人物、越智東風をして「誰が読んでも朦朧として取り留めがつかないので、当人に逢つて篤と主意のある所を糺して見たのですが、当人もそんな事は知らないよと云つて取り合はないのです」（六）と語らせたのも、もちろんそれらを意識したものである。作者も「そんな事は知らない」という。盟友高浜虚子からさえ寄せられた同趣の批評に、漱石はこう答えている。

御批評には候へどもあれをもつとわかる様にかいてはあれ丈の感じは到底出ないと存候。あれは多少わからぬ処が面白い処と存候。（一九〇五年九月十七日）

「わかる」よりも「あれ丈の感じ」を出すことの方が優先されたのである。やはり「分らぬ」と告げた畔柳芥舟にも、漱石は「分らんでも感じさえすればよい」と答えたというが（中川芳太郎宛書簡、一九〇五年九月十一日）、それでは、そもそも「感じる」とはどのような事態をいうのか。

『文学論』後の講義の集成である『文学評論』（一九〇五〜〇七年講述、一九〇九年刊行）には、このような意味での「感じ」を説くくだりもある。第三編「アヂソン及びスチールと常識文学」で、説明に説明を重ねるアディソンの文学について「昔から常識の発達した人に感じの強い例はない」ことを地で行くものだと貶した部分で、「然しいくら感じが乗つても何の意味か分らなくてはならぬ」という反対論を想定して、こう述べている。

> 浮世の苦難とか不幸とか云ふものを図で示せばかうだと説明するよりも、ある物を仮《か》つて浮世の苦痛を直覚的に悟らしむるのが文学者の手際である。直覚と云ふのは何だか曖昧な言葉であるなら暗示すると云つてもよろしい。暗示には感じ丈あつて理由が分らぬ事がある。従つて神秘的である。従つて常識を満足せしめない事になるかも知れない。

この物言いは、第1章に引いた小宮豊隆宛の葉書を思い起こさせないだろうか。いわく「あの謎は謎として解かない方が面白い。凡ての謎は解くと愛想が尽きるものである。神秘をやさしい言葉デ言ふと上品トナル」。

つまりは「文学者の手際」として「暗示する」のであるから、「感じ丈あつて理由が分ら」ず「常識を満足せしめない」としても、読者の脳裏に「上品」な「神秘」が漂うようなことがあれば、御の字である。もしそのような反応があったのであれば、それは、小説の言葉という「縁」が「鉄片の磁石に赴くが如く」に「因」と遭遇するという事態が、少なくとも意識の「敷居の様な境界線」の下では起こった、あるいは起こりつつあることを示しているのだから。

「わかる」よりは「感じ」を出すことを優先する「一夜」の行き方は、そこに賭けているのだといってよかろう。とすれば、その「主意」は、大方の読者が期待するような物語のメッセージといったことにはもちろん求められまい。それならば何をどのように「感じる」ことによって、よりよい「因」「縁」の遭遇に立ち会うことができるのだろうか。

たとえば三人の登場人物の奇妙な会話そのもの、あるいはそこで一人の言葉が刺激となって他の人物の新しい、時には飛び離れたものと聞こえる言葉を生んでゆく、といった連鎖を楽しむことはできないか。たとえば次のくだり。

「一声でほとゝぎすだと覚る。二声で好い声だと思ふた」と再び床柱に倚りながら嬉しさうに云ふ。此髯男は杜鵑を生れて始めて聞いたと見える。「ひと目見てすぐ惚れるのも、そんな事でしよか」と女が問をかける。別に恥づかしと云ふ気色も見えぬ。五分刈は向き直つて「あの声は胸がすくよだが、惚れたら胸は痞《つか》へるだろ。惚れぬ事。惚れぬ事……。どうも脚気らしい」と拇《おや》指《ゆび》で向脛へ力穴をあけて見る。「九仞の上に一簣を加へる。加へぬと足らぬ、加へると危うい。思ふ人には逢はぬがましだろ」と羽団扇《うちわ》が又動く。「然し鉄片が磁石に逢ふたら？」「はじめて逢ふても会釈はなかろ」と拇指の穴を逆に撫でゝ済まして居る。

「見た事も聞いた事もないに、是だなと認識するのが不思議だ」と仔細らしく髯を撚《ひね》る。「わしは歌麿のかいた美人を認識したが、なんと画を活かす工夫はなかろか」と又女の方を向く。

人物Aの「一声でほとゝぎすだと覚る」云々がBに一目惚れの場合を想起させ、両者の相違を説くCが「惚れぬ事」と提言しつつ「脚気らしい」向う脛に力を加えてみていると、Aは力を「加へる」か否かの判断のむずかしさを『書経』の故事に訴えて「思ふ人には逢はぬがまし」と結論する。それがまた「鉄片／磁石」という『文学論』と「倫敦塔」をつないでいた漱石愛好の対を呼び込み、その関連で、さきの「ほとゝぎす」の場合のように、初めてでも「是だなと認識する」ことの不思議、という問題が呼び戻される。それがまた歌麿の美人画の経験を想起させ、ついには「画を活かす」という従前の話題に回帰する、という具合である。つまりはAの言葉が「暗示」となってBの意識に新たな言葉を生み、その発した言葉がまたCに「暗示」として働く。このような「暗示」連鎖の遊戯に、この三人は一夜を費やして飽きないのである。

ところで、この作品が一年後の『草枕』の「ゆるやかな前奏曲であった(7)」のだとすると、「俳句的小説」ともいうべき「この種の小説は未だ西洋にもな」く「文学界に新らしい境域を拓く」ものだという漱石の自負（「余が『草枕』」。第8章参照）は、「一夜」にも及ぶことになりそうである。ただ、「一夜」の時空間は「俳句」よりむしろ、その発生の母胎となったところの「連句」（俳諧の連歌）を強く思わせるものではあるまいか。宮本三郎によれば、「連衆の一人一人が前句を十分に見極め、それに応じて自ら付句《つけく》し、次の作者はそれを受けてまた付句するというぐあいに創作と享受を同時に行いつつ進行する」のが連句の作法である。それは「いわば作者自身が舞台に上って俳優として演技し、同時に観客にもなる一種の劇のようなもので、しかもそこにはあらかじめ用意された脚本もなければ筋もない[8]」。

とすれば、「一夜」に連鎖する言葉、したがってそれを追う読者の意識が、付句する「連衆の一人一人」のそれに類似することは隠れもない。すなわち「一夜」を〈連句的小説〉と称したいゆえんだが、この説の裏付けとして、まず野間奇瓢（真綱）「君塚の一夜」（『ホトトギス』一九〇五年十一月）と塚本虚明「斑鳩の里の一夜」の二作品の存在を挙げておきたい。後者は未見ながら、両作とも漱石が書簡で講評しているところからして、漱石「一夜」を意識したものであることは間違いない。

塚本は『ホトトギス』に投句していた俳人、野間も同誌の寄稿者で、同誌四月号の付録とされた「幻影の盾」の末尾に付した「まぼろしの楯のうた」と題するものをはじめ、いくつかの「俳体詩」を載せている。その野間による「君塚の一夜」であるから、漱石の「一夜」と無関係と思う者はいなかったろう。火鉢の灰に埋もれた栗を突っついたり、梨の皮をむいたりしながら、主人と客人とが連想のままに言葉を繰り出してゆくこの小品、実はどうやら発表前に漱石の手の入ったものであったことが、漱石書簡の日付（十月十日）と作品内容から知られる。「君塚の一夜面白く拝見致候」と始めたこの手紙で漱石が「厭味に候」と指摘した箇所が雑誌掲載作品では消えているし、漱石はさらにこうも書いている。

> 会話は少々文句有之候。あれは連句丈にあらためた方がよからんかと存候。あの儘では会話としてあまり振はざるのみか僕の「一夜」中の会話を強いて真似た様に思はれ候。両人が対坐して連

句をやつて居るやうに少々直して見ましたこんど見せます。（一九〇五年十月十日）

漱石のこの意見を採り入れて改稿したものが『ホトトギス』掲載作なのだろう。ともかく、一連の遣り取りから透けて見える師弟の共通了解は、「一夜」と「君塚の一夜」とを貫く主要動機として「連句」あるいはその小説化の試みがある、ということである。事情は塚本作においても同様のようで、作者に宛てて漱石はこう書いている。

拝啓「斑鳩の里の一夜」拝見面白く候。其面白き意味は事実の裏面に空想的連想を点出するにあるかと存候。是は小生も好んで用うる手段に候。虚子之に次ぎ、四方太の面白味は全く之と遠かり候。（一九〇七年五月二十二日）

言及を受けている顔ぶれや「連想」を問題にしていることからしても、やはり「連句」が背景にあることは明白だろう。こうした動きの背後にあったのは『ホトトギス』を舞台とした連句復興の機運である。同誌に野間も載せていた「俳体詩」は、そもそも同誌主宰者高浜虚子と漱石との連句的「付合」の形で創始されたもので、その発生の基盤には、正岡子規や内藤鳴雪、河東碧梧桐の「連句非文学論」に抗して立論された虚子の連句擁護（「連句論」『ホトトギス』〔一九〇四年九月〕ほか）と漱石のそれへの積極的賛同があった。連句は連衆の合作であって個人の表現行為とはいえないとの論理で子規らはその文学性を否定したのだが、これにあえて抗して虚子の側に立った漱石の真意は、ところで、どこにあったのだろうか。これもまた漱石が温めてきた〈暗示〉理論からほぼ直接に導かれる態度の一つだ、というのが本書の視点である。

三　寺田寅彦への伝授

I・A・リチャーズの『文芸批評の原理』と漱石『文学論』とが共有する視点、あるいは後者が前者に先駆けていた論点を指摘した論者として、前章で塚本利明と外山滋比古とを挙げたが、両者はともに、漱石の発想の拠り所を「俳句」に求めはしながら、「連句」には言及していないし、もちろん「暗示」を言挙げすることもしていない。しかしながら、「俳句」「連句」と「暗示」とが漱石の深部で連結していたことは確実で、この連結の継承者として寺田寅彦を名指すことができる。

連句の実作者でもあった寺田は、一九三〇年代に至って、その本質を「象徴をもつて編まれた音楽」と表現した。すなわち一般に「甲音と乙音とが連続して響く」場合に「甲が残して行った余響《ナハクラング》あるいは残像《ナハビルド》のようなものと、次に来る乙との間のある数量的な関係で音の協和不協和が規定される」。これと同様に「甲句を読み通した後に脳裏に残る余響や残像のようなものと、次に来る乙句の内容たる表象や情緒との重なり具合によつて、そこに甲乙二句一つ一つとはまた別なある物が生まれ、これが協和不協和の感を与える」。このようにして、両者の接触によって生まれる「第三の新しいもの」が連句の場合の「付け味」になる、というのである。

また連句を当時の「映画芸術の理論で言うところのモンタージュ」にも喩える寺田は、甲乙の「衝き合わせ」が発生させる「陪音あるいは結合音ともいうべきもの」こそ「映画の要訣であると同時に俳諧の要訣」でもあるという。そして個々人を超えて「二つのものを連結する糸」はといえば、「常識的論理的」なものや「古典の中のある挿話」のように「意識の上層」を這う場合もあれば、「潜在意識の暗やみの中でつながっている」場合もあるが、「蕉門俳諧の方法の特徴」は完全に後者だと断じている（「連句雑俎」(9)）。

この消息を『文学論』の言葉に置き換えてみよう。「潜在意識の暗やみ」すなわち「意識の辺末」において「二つのものを連結する糸」すなわち「観念の聯想」を結んでゆくことが「暗示」の働きにほかならず、「暗示」によるこの「聯想」がそれに「協和」する次の句を生んでゆく、という説明になるはずで、実際、寺田はその解説に「暗示」の語を惜しんでいない。そもそも熊本時代、初めて漱石宅を訪ねた日に「『俳句とはいったいどんなものですか』という世にも愚劣なる質問を持ち出した」寺田に、漱石が与えた回答の一つはこうであったという。

扇のかなめのような集注点を指摘し描写して、それから放散する連想の世界を暗示するものである。（「夏目漱石先生の追憶」(10)）

「暗示するものである」という漱石の言葉を寺田は後世に伝えた。のみならず「暗示」は寺田の愛用語ともなったのであって、右の文と同じ一九三二年に書かれた力作の評論「俳諧の本質的概論」にもそれは頻出する。「さび、しおり、おもかげ、余情」などといわれてきたものは「すべて対象の表層における識閾よりも以下に潜在する真実の相貌」であり、それを「十七字の幻術によってきわめていきいきと表現しようというのが俳諧の使命である」。そしてこの「幻術の秘訣」は「象徴の暗示によつて読者の連想の活動を刺激するといふ修辞学的の方法によるほかはない」と説く。さらにいう、この方法こそが「本来の詩というものの本質である」ことを西欧が自覚し、「仏国などで俳諧が研究され模倣されるようになった」のは近年のことにすぎない、と。

これに続く議論で、「暗示」の語を含む文をいくつか拾っておく。

・暗示の力は文句の長さに反比例する。俳句の詩型の短いのは当然のことである。

・斎藤茂吉氏の「赤光」の歌がわれわれを喜ばせたのはその歌の潜在的暗示に富むためであった。

・〔芭蕉は〕枯れ枝から古池へと自然のふところに物の本情を求めた結果、不易なる真の本体は潜在的なるものであってこれを表現すべき唯一のものは流行する象徴による暗示の芸術であるということを悟ったかのように見える。

・夢でも俳諧でも墨絵でも表面に置かれたものは暗示のための象徴であって油絵の写生像とは別物なのである。色彩は余分の刺激によって象徴としての暗示の能力を助長するよりはむしろ減殺する場合が多いであろう。（「俳諧の本質的概論」）

最後の文に続く部分で、寺田は「連句の映画化」あるいは「映画的連句」の可能性をも論じ、「昔漱石虚子によって試みられた『俳体詩』というものは、そういうものの無意識的な萌芽のようなものであった」との推理にも及んでいる。かくも深く漱石的「暗示」の要諦を受け継いだ者であってみれば、はじめてフロイト理論に接した際に「夢の現象から潜在的『我れ』の心を学び知って、愕然として驚きまた恐れ」、かつ「この夢の心理なるものが甚だしく連句の心理に共有なる諸点を備えていることを発見して驚」いた（「連句雑俎」）という経緯も理解しやすい。

これこそは、漱石を代行してのフロイトとの出会い、師の衣鉢を正しく継いだ者による正統的遭遇ともいうべき一事件である。「潜在意識の暗やみ」で連結される「糸」を称揚する寺田の連句論がフロイト理論とも整合的であることは、それが漱石の連句擁護と連続的であることを明かし出している。ともかく『漾虚集』諸作が「潜在的『我れ』の心」の探求という課題を担っていることは明白であり、これを「連句の心理」を足場に試みた実験が「一夜」であったとするなら、その延長線上に、今度はその足場を「夢の心理なるもの」に求めた試みが『夢十夜』の連作であったと考えることが可能だろう。

四 「心の底」を呼び出す

前章でもふれた「京に着ける夕」（一九〇七年四月）は、新聞に掲載された小品としては最初のもので、俳諧的であると同時に「夢の心理」的でもある一種独特の世界を現出しており、結果的に『漾虚集』から『夢十夜』への橋渡しの役割を果たした作品のようにも見える。前章では、十五、六年ぶりの京都の夜、軒下の提灯に書かれた赤い文字から「ぜんざいは京都で、京都はぜんざいである」という、かつて京都から受けた「第一印象で又最後の印象」が甦るという経緯に注目し、その小説的展開の手法に、漱石自身が『文学論』で説いていた「聯想其他の作用」を読んだのであった。

夜道に浮かぶ「ぜんざい」という赤い字の視覚的刺激が何事かを〈暗示〉することで、主人公兼語り手の「精神状態」に大きく作用する。この成り行きは、夜道にふと見えた「赤い鮮かな火」が揺れては消え、この視覚的刺激が「余」の意識に婚約者の死を「未練もなく拈出」するという「琴のそら音」の〈暗示〉実験をそのままなぞるようでもあるが、ここでより複雑なのは、この赤い「ぜんざい」が、十五、六年前に成立した「ぜんざい＝京都」という強固な観念連合を介して、「余」のうちに蓄積した過去から現在に至る「京都」のすべてを一気に蘇生させていることである。

とするならそれは、プルースト『失われた時を求めて』（一九一三〜二七）で「私」を襲う、紅茶に浸したマドレーヌ菓子の味覚と同じ働きをしているといっていいはずで、有名な無意志的想起の文学化の、これも数年先を駆けた漱石版があったということになる。また付け加えれば、「あの赤い下品な肉太な字を見ると、京都を稲妻の迅《すみや》かなる閃きのうちに思ひ出す」といった文に置かれた「稲妻」や「閃き」の漱石愛用語が〈暗示〉に結ばれる頻度の高いことはすでに見てきたとおりであるから、これもその一例として、作者の意識に方法としての〈暗示〉があったことを想定しうる。

このように「ぜんざい」が〈暗示〉として働くことで「余」はかつて子規と共有したところの「京都」を呼び戻すのであり、その後は、俳句的文脈から二宮智之(11)も分析するとおり、その愉快なりし「京都」と現在の寒く「淋しい京」とを往還するような形で作品は進む。この進行を可能にしたのが赤い文字の〈暗示〉であったとすると、作品を閉じるにあたって導入される仕掛けもまた、もう一つの〈暗示〉として読むことができる。前者が視覚的刺激であったのに対して今度は聴覚上の刺激によるもので、宿舎での真夜中、置き時計が「チーン」と鳴り、「夢のうちに此響を聞いて、はつとして眼を醒ましたら、時計はとくに鳴り已《や》んだが、頭のなかはまだ鳴つてゐる」。

> しかも其鳴りかたが、次第に細く、次第に濃《こまや》かに、耳から、耳の奥へ、耳の奥から、脳のなかへ、脳のなかゝら、心の底へ浸み渡つて、心の底から、心のつながる所で、しかも心の尾《つ》いて行く事の出来ぬ、遐《はる》かなる国へ抜け出して行く様に思はれた。

読者を睡眠の世界に導くような静かなリズムに乗っておもむろに出現する「心の底」は、しかし、漠然たる慣用表現ではなく、「耳」から「脳」を経て届く場として、一種科学的に規定されている。

しかもそのさらに下方には、「心」がつながりながら「しかも心の尾いて行く事の出来ぬ、遐かなる国」といった世界が想定されている。矛盾した記述のようでもあり、読者の思い描きを容易に許さない「国」だが、こう書いた漱石の心意を推測することは、たとえば前引『思ひ出す事など』（十七）の「吾々の意識には敷居の様な境界線があつて」云々の後続部分に立ち戻ることで可能となるかもしれない。

大いなるものは小さいものを含んで、其小さいものに気が付いてゐるが、含まれたる小さいものは自分の存在を知るばかりで、己等《おのれら》の寄り集つて拵らえてゐる全部に対しては風馬牛の如く無頓着であるとは、ゼームスが意識の内容を解き放したり、又結び合せたりして得た結論である。それと同じく、個人全体の意識も亦より大いなる意識の中《うち》に含まれながら、しかも其存在を自覚せずに、孤立する如くに考へてゐるのだらうとは、彼が此類推より下し来るスピリチズムに都合よき仮定である。

その「仮定」が実証されればジェイムズ的「スピリチズム」（心霊学）も信ずるに足るわけである。実際、漱石自身、修善寺の大患で「一度死ん」で「個性」も「意識」も失ったときに、あるいはこのような意味での「自分より大きな意識と冥合」するのではないかとの微かな期待はもちながら、結局それはなかった、というのがこの回の結びなのである。だからもしこの期待が生きていたのであれば、「心」がつながりはしながら「尾いて行く事の出来ぬ、遐かなる国」は、大患以前まだその「冥合」の可能性が考えられていたところの「自分より大きな意識」を表現していたのかもしれない。

五感への刺激が〈暗示〉として働くことで現出する「心の底」という場、あるいはそのさらに下方……。そのような領域にまで文学表現を届かせるための実験を漱石はその後も繰り返した。『夢十夜』の後の小品集『永日小品』には、その痕跡がいくつか認められる。たとえば「心」と題した小品は、「下駄の歯入」の老人が「春の鼓をかんと打つと、頭の上に真白に咲いた梅の中から、一羽の小鳥が飛び出した」という展開で、ここには聴覚上の刺激が「心の底」に潜む存在を浮上させる、という仕掛けを見て取ることができる。その「小鳥」は、見たことのない鳥でありながら「其色合が著しく自分の心を動かし」、手を出すとその手に飛び移る。その「丸味のある頭を上から眺めて、此の鳥は……と思」うのだが、「此の鳥は……の後はどうしても思ひ出せな」い。

たゞ心の底の方に其の後が潜んでゐて、総体を薄く暈《ぼか》す様に見えた。此の心の底一面に煮染《にじ》んだものを、ある不可思議の力で、一所《ひとところ》に集めて判然《はつきり》と熟視したら、其の形は、――矢つ張り此の時、此の場に、自分の手のうちにある鳥と同じ色の同じ物であつたらうと思ふ。

「心の底」は通常は見えない暗い世界だが、仮に「ある不可思議の力」によってそれが見えたなら、そこには今すでに見ているのと同じ鳥がいる。それはそうだろう、そもそも「かんと打つ」音が「縁」となって形成されたところの〈暗示〉=「因縁」が飛び出したこの鳥であるとすると、それは「心の底」に潜んでいた「因」との遭遇なしにはありえなかったはずで、その「因」に形があるとすれば、それは現れた鳥と「同じ」もの以外にはなかろう。あるいは、形はなかったけれども、出現した鳥を見ている現在から振り返れば、そこに事後的に形成された「同じ」形を見るほかはない、というべきか。

そのあと散歩に出ると、「宝鈴が落ちて廂瓦に当る様な音がしたので、はつと思つて向ふを見ると、五六間先の小路の入口に一人の女が立つてゐ」る。服装や髪型は「殆ど分からなかつた」が、顔だけは明瞭で「百年の昔から此処に立つて、眼も鼻も口もひとしく自分を待つてゐた顔である」というのだから、聴覚的刺激という「縁」と「心の底」にある「因」との遭遇による「因縁」的形象の現出という、前半の「小鳥」の出現において見た仕掛けが反復されている。この「小鳥」と「女」との重ね合わせが作品の主要動機となっているのは見やすいところだ。

〈暗示〉を生む刺激は、視覚や聴覚ばかりでなく、嗅覚における場合もある。「声」と題された小品では、越してきて三日目の下宿で「机に頬杖を突いて、何気なく、梧桐《あをぎり》の上を高く離れた秋晴を眺めてゐた」学生の豊三郎が、やがて「懐かしい故郷の記憶」に浸される。山裾の「大きな藁葺《わらぶき》」。「鞍の横に一叢《ひとむら》の菊を結附《ゆはひつ》けて、鈴を鳴らして、白壁の中へ隠れて」行く馬。「後《うしろ》の山をこんもり隠す松の幹が悉く光つて見える」……。

　茸《たけ》の時節である。豊三郎は机の上で今採つた許《ばかり》の茸の香を嗅いだ。さうして、豊、豊といふ母の声を聞いた。其の声が非常に遠くにある。それで手に取る様に明らかに聞える。――母は五年前に死んで仕舞つた。

「茸の香」という嗅覚上の刺激が呼び出した、「五年前に死んで仕舞つた」母のわが名を呼ぶ声は、もちろん豊三郎の「心の底」に沈んでいたわけだが、この場合〈暗示〉は、「香を嗅い」で「声を聞」く……すなわち嗅覚から聴覚へと越境するという特異な動きを見せている。五感を跨ぐこの種の転換をより組織的に試みた実験小説として、さらに「下宿」「過去の臭ひ」の連作を挙げることができるだろう。

ロンドンで「自分」が「始めて下宿をした」家には、フランス系の主婦のほか「南亜の大統領」クルーゲルに似たドイツ系の義父とその「息子」がおり、もう一人「アグニス」と呼ばれる「十三四の女の子」が小間使いのように使われているのだが、この娘が家族とどうつながるのかを主婦は語らない。四十格好の「息子」とアグニスとの顔に「何処か似た所がある様な気がし」た「自分」は、同じ家に前から下宿しているK君とも話すが、彼はこの家族の話になると、いつでも眉をひそめて首を振り「アグニスと云ふ小さい女が一番可愛想《かあいさう》だと云つてゐた」。やがてK君も「自分」もこの家を去ることになるが、二、三カ月後、手紙で招待を受けた「自分」は勇んでK君の寓居を訪ね、敷居をまたいで驚く。出迎えたのがアグニスだったからである。

其の時此の三箇月程忘れてゐた、過去の下宿の臭《にほひ》が、狭い廊下の真中《まんなか》で、自分の嗅覚を、稲妻の閃めく如く、刺激した。其の臭のうちには、黒い髪と黒い眼と、クルーゲルの様な顔と、アグニスに似た息子と、息子の影の様なアグニスと、彼等の間に蟠る秘密を、一度に一斉に含んでゐた。自分は此の臭を嗅いだ時、彼等の情意、動作、言語、顔色《がんしよく》を、あざやかに暗い地獄の裏《うち》に認めた。

（「過去の臭ひ」）

アグニスの出現という視覚的「縁」が、「自分」のうちに潜んでいた何らかの「因」にヒットして〈暗示〉＝「因縁」を結ぶが、それは「過去の下宿の臭《にほひ》」という嗅覚的表象として浮上した。「其の臭」がまた新たな「縁」となって、「自分」のなかの「因」を「稲妻の閃めく如く、刺激」した結果、家族の間に「蟠る秘密」という第二次の「因縁」が「一度に一斉に」浮上したのである。とすれば、これは、「京に着ける夕」の「ぜんざい」という赤い字が「京都を稲妻の迅かなる閃きのうちに思ひ出」させたというプルースト的な無意志的想起を、さきに「声」において見たのと同様の、五感を越境する〈暗示〉という、より複雑な経路において実現したものと評しうる。「心」の推移を表現の俎上に載せてゆくその手法は高度に芸術的なものだが、ここでそれを可能にしているのが〈暗示〉形成の連鎖についての理論的認識であることは、本書の読者にはすでに明らかだろう。

「思ひがけぬ心は心の底より出で来る」と書いた若年の日から、〈心〉をめぐって営々と積み上げたその理論的認識と芸術的表現とは、あたかも〝双頭の鷲〟のごとくに高空を舞っていた。その威容に吸引された弟子たちはいずれも、〝双頭〟のいずれの高みにも届くことはついにあったか、どうか。

遅れて参入した弟子の一人、創作も試みたが、あまり上手ではなかった理論派、中村古峡との関わりを最後に覗いておこう。

精神病理の探求に深入りし、漱石死後の一九一七年に雑誌『変態心理』を創刊することになる中村は、その前年に、発狂に至る人物を扱った小説を書いて漱石の批評を請うたらしい。当人宛の手紙で漱石は、それが「芸術品にはなつてゐない」ゆえんを説いている。いわく「気狂になるには気狂になる径路」があるはずで「それが読者の腑に落ちないでは主人公に気の毒だとか可哀さうだとかいふ気は起し得ません」、もしただ「残酷な人だ」と印象づけたいだけならば「芸術品として何の価値もないでせう」。発狂に至るまでの「事実の推移其物の叙述」もしくはその「連続した原因結果を具像〔象〕的に示す「真の発揮」によって「読者の眼を驚ろかし同時に啓発しなければなりますまい」と（八月二十四日）。

「芸術品」は読者を「啓発」することで人類の幸福にプラスに働くものだ、というトルストイとの共振も認められた漱石の「考へ」をここに読んでいいだろう。それほど高度の技巧を要するわけではない。「真の発揮」によって「心の径路を有りの儘に」「人にインプレッスする事」ができたのであれば、それはその時点ですでに「芸術品」として人を「啓発」したのであり、そうであればその必然として、人類にとって「よい」方向に働くものだ、と。

だから『心』の「先生」は「心の径路を有りの儘に」、「私」に「インプレッスする事」で「よい」ことをしつつあり、かつその「径路」を小説の形で読者に「インプレッス」した漱石も「よい」ことをしたのである。その「径路」すなわち出来事の連鎖に「chance」が介在することで、人に運不運がつきまとうのは、逃れようもない現実である。だが、その全「径路」を端的に「chance」の〈物語〉で括ることで、たとえば自分が不幸なのは、他人に恵まれている「chance」に自分は恵まれないこと、そのような「運命」によるのだと考える人は、出来事の連鎖においてある種の必然をもって生起していたはずの無数の〈暗示〉とそれへの自分の反応のことを忘れ、一連の「径路」に偶然の蓋を被せて足れりとしていないだろうか。〈暗示〉の生起という現象にこだわりぬいたのは、それをよしとしない何かがつねに漱石を掣肘していたからだろう。この傾向がその人にとって幸福なことなのか否かは別の問題だが。

注

はじめに

（1）以下、漱石テクストからの引用はすべて『漱石全集』（岩波書店、一九九三〜九九）に拠る。引用文中の（　）内も原文どおり。ただし傍点、下線、イタリック体による強調、また〔　〕内の語句は、断りのないかぎり引用者によるもの。ルビは原文から適宜、取捨選択。〔　〕付きのルビは『漱石全集』編者によるもの。
（2）大杉重男『アンチ漱石――固有名批判』（講談社、二〇〇四）。
（3）朴裕河『ナショナル・アイデンティティとジェンダー――漱石・文学・近代』（クレイン、二〇〇七）。朴による『アンチ漱石』批判は「『アンチ・父』のパラドックス」『漱石研究』第十七号、二〇〇四年十一月。
（4）山本芳明『文学者はつくられる』（ひつじ書房、二〇〇〇）。
（5）大杉重男『アンチ漱石』（注2）、二八三頁。

第1章　吸引する漱石／先生

（1）広く流布している『こゝろ』という表記は、初刊単行本（一九一四年九月）の背文字と本文の初めとに使用された文字に端を発する。だが、新聞初出はもちろん、漱石自身による広告文などでも、小説の題は一貫して「心」であり、こちらを正統的と考えない理由はない。実は漱石はこの『心』に先だって、『永日小品』（一九〇九）中の短篇小説をすでに「心」と題していたわけで、重複をあえて厭わなかったところにも、本書でこれから明らかにしてゆく〈心〉の探求者・表現者としての自負を読むことが可能だろう。以上のような理由から、本書は『心』の表記を採る。
（2）土居健郎『漱石文学における「甘え」の研究』（角川文庫、一九七二。『漱石の心的世界』〈至文堂、一九六九〉を改題）、一五四頁。

（3）同前、一六六頁。

（4）楠見孝「メタファーとデジャビュ」『言語』二〇〇二年七月。

（5）"Unknowing twins married, lawmaker says."（CNN International.com/Europe, http：//edition.cnn.com/2008/WORLD/europe/01/11/twins.married/ 二〇〇八年十二月十七日取得）

（6）『漱石全集』第二十一巻全体の内容をなす「手帳」「紙片」テクスト。村岡勇編『漱石資料――文学論ノート』（岩波書店、一九七六）を大きく補充する内容となっている。本文（ ）内の「Enjoyment ヲ受ケル理由 Various Interpretation」はその冊子などのまとまりに付されたタイトル。以下、同様にして示す。

（7）小森陽一「『こころ』を生成する心臓」『文体としての物語』（筑摩書房、一九八八）、三一七頁。

（8）森田草平『漱石先生と私』（東西出版社、一九四八。『続夏目漱石』（甲鳥書林、一九四三）を改題）下巻、二六九〜七〇頁。

（9）小宮豊隆「漱石のこと」（一九四一）『昭和文学全集』第二十五巻（角川書店、一九五三）所収。

（10）小宮豊隆「木曜会」（一九五〇）『知られざる漱石』（弘文堂、一九五一）所収。

（11）小宮豊隆「漱石先生の『オセロ』」（一九三〇）『漱石雑記』（小山書店、一九三五）所収。

（12）森田草平『漱石先生と私』（注8）、上巻、二五〇頁。

（13）同前、二七七頁。

（14）鈴木三重吉「上京当時の回想(1)」『文章世界』一九一四年二月。

（15）鈴木三重吉「私の事」『鈴木三重吉全集』第五巻（岩波書店、一九三八）所収。

（16）鈴木三重吉「上京当時の回想(1)」（注14）。

（17）森田草平『漱石先生と私』（注8）、上巻、一九九頁。

（18）小宮豊隆「木曜会」（注10）。

（19）森田草平『夏目漱石』（甲鳥書林、一九四三）、四四頁。

(20) 小宮豊隆「漱石先生の顔」(一九四九)『知られざる漱石』(注10) 所収。
(21) 和辻哲郎「夏目先生の人および芸術」『新小説』一九一七 (大6) 年一月。
(22) 内田百閒「明石の漱石先生」(一九二九)『漱石全集』別巻所収。
(23) 芥川龍之介「あの頃の自分の事 (別稿)」(一九一九)『芥川龍之介全集』第二巻 (岩波書店、一九七七)、四六三頁。
(24) 森田草平『夏目漱石』(注19)、六七~六八頁。
(25) 同前、四五頁。
(26) 寺田寅彦「夏目漱石先生の追憶」(一九三二)『漱石全集』別巻所収。
(27)『漱石全集』版「模倣と独立」」『漱石全集』第二十六巻所収 (同一の講演の筆記が第二十五巻にも収録されているが、引用はより精細な「『漱石全集』版」に拠る)。
(28) 森田草平『漱石先生と私』(注8) 下巻、二六九~七〇頁。
(29) この経緯については拙著『新しい女の到来——平塚らいてうと漱石』(名古屋大学出版会、一九九四) 参照。
(30) 森田草平『漱石先生と私』(注8) 下巻、四六頁。
(31) Edwin McClellan, *Two Japanese Novelists : Sōseki and Tōson* (1969 ; Tokyo : Tuttle Edition, 2004), p. 82.

第2章　勧誘する人々

(1) 森田草平『漱石先生と私』(東西出版社、一九四八。『続夏目漱石』(甲鳥書林、一九四三) を改題) 下巻、六二頁。
(2) マリオ・プラーツ『肉体と死と悪魔』(倉智恒夫他訳、国書刊行会、一九八六)、一〇六頁。
(3) 伊東俊太郎「『三四郎』と『青年』」『理想』一九八五年三月。
(4) 以下、鷗外テクストの引用はすべて『鷗外選集』(岩波書店、一九七八~) に拠る。
(5) アンリ・エレンベルガー『無意識の発見』(一九七〇、木村敏・中井久夫監訳、弘文堂、一九八〇) 上、七三頁。

またマリア・タタール『魔の眼に魅されて』（鈴木晶訳、国書刊行会、一九九四）、二四頁。

（6）Henri Bergson, "De la simulation inconsciente dans l'état d'hypnotisme (1)," 1886, *Écrits et Paroles* (Paris : Presses Universitaires de France, 1959).

（7）本文で言及するもののほかに目ぼしいところを挙げておくと、竹内楠三『実用催眠学』、佐々木九平『催眠術に於ける精神の現象』、山口三之助『催眠学叢書第一編　教育上に応用したる催眠術』、富永勇『感応術及催眠術秘訣』、桑原俊郎『精神霊動』、大日本催眠術協会編『催眠術講義録』全六巻（以上明36）、三宅辰次郎『実験的催眠術』、山本止編『催眠術新治療法』、桑原俊郎『安全催眠術』（以上明37）、熊代彦太郎『催眠術心理全書　催眠法奥義』、宅間巌『実験精神療法』（以上明38）、蓮沼武夫『催眠術問答』（明39）、近藤正一『催眠術百話　簡易施術』（明40）、古屋鉄石『催眠術教科書』（明41）、渋江易軒『人心磁力催眠術』（明42）、竹内楠三『催眠術の危険』（明43）などがある。

（8）近藤嘉三『催眠術独習』（大学館、一九〇四）、九九～一〇〇頁。

（9）ジャン・ピエロ『デカダンスの想像力』（渡辺義愛訳、白水社、一九八七）、一四六頁。

（10）吉永進一『日本人の身・心・霊――近代民間精神療法叢書II①』（クレス出版、二〇〇四）に復刻されている。

（11）近藤嘉三『催眠術独習』（注8）、九九～一〇〇頁。

（12）福来友吉『催眠心理学』（成美堂書店、一九〇五）、二五六頁。

（13）横山筆助『成効したる催眠暗示術　応用自在』（日高有燐堂、一九〇四）、九頁。なおこの時代の催眠術の隆盛をめぐっては、天羽太平「催眠研究史」竹山恒寿・成瀬悟策編『催眠学講座①　概説』（黎明書房、一九七〇）所収、會津信吾「人体エレキを掛て御覧に入れやする」『イマーゴ』一九九〇年八月、一柳廣孝『催眠術と日本近代』（青弓社、一九九七）参照。

（14）竹内楠三『催眠術自在』（大学館、一九〇三）、一七～一八頁。

（15）山本鶴導『瞬間催眠術教授書』（東洋出版協会、一九一一）、二頁。

（16）プラーツ『肉体と死と悪魔』（注2）、九一頁。

(17) タタール『魔の眼に魅されて』(注5)、二八四頁。

第3章　暗示とは何か

(1) 土居健郎『漱石文学における「甘え」の研究』(角川文庫、一九七二。『漱石の心的世界』〔至文堂、一九六九〕を改題)、二三九〜四〇頁。

(2) 一九〇九年にフロイトはアメリカ各地で講演したが、講演を聴いたジェイムズはフロイトと談話し、別れ際に彼の肩を抱いてそういったという(アーネスト・ジョーンズ『フロイトの生涯』〔竹友安彦・藤井治彦訳、紀伊國屋書店、一九六九〕、二七一〜七二頁)。

(3) 同書の第十講 "Conversion—*continued*," p. 234.「ヒステリー患者における識閾下意識〔subliminal consciousness〕についてのビネ、ジャネ、ブロイアー、フロイト、メイスン、プリンスらの素晴らしい探究により、いわば地下生活の総体がどう組織されているか〔whole system of underground life〕が明るみに出された」云々(引用者訳)。ここで参照されているフロイトの著作がブロイアーとの共著『ヒステリー研究』(一八九五)であることは、名前の並び方からも明らか。

(4) 藤野寛訳『フロイト全集』17(岩波書店、二〇〇六)、八五頁。

(5) 土居健郎『漱石文学における「甘え」の研究』(注1)、二〇六頁。

(6) 注4に同じ。ただし傍点部は「一九二三年以降、それまでの『——無意識的でない——』に取って代わった」ものと注釈されている(同書、三八二頁)。

(7) たとえばポール・ショシャール『催眠法と暗示』(一九五〇、新福尚武・吉岡修一郎訳、白水社、一九五二)、三〇頁。

(8) レオン・シェルトーク、レイモン・ド・ソシュール『精神分析学の誕生』(一九七三、長井真理訳、岩波書店、一九八七)、九八〜一二四、一七〇〜七四頁。またアンリ・エレンベルガー『無意識の発見』(一九七〇、木村敏・中井久夫監訳、弘文堂、一九八〇)下、七八〜八〇頁参照。

（9）登張竹風「漱石君の文学論を評す」『新小説』一九〇七（明40）年七月。

（10）亀井俊介・出淵博「注解」『漱石全集』第十四巻（岩波書店、一九九五）。一九〇六年十一月十一日高浜虚子宛書簡参照。

（11）たとえば福来友吉『催眠心理学』（成美堂書店、一九〇五）には、「或催眠術家は鉛筆を焼け火箸と偽り、之を被術者害の手に接着したるに、該局所は直に充血し、後水腫を生じたりと云ふ」とある（一五七頁）。

（12）「メスメリズムと催眠論」『哲学会雑誌』第四冊四十七号、一八九〇年。

（13）"Qu'est-ce que la société...c'est l'imitation," "L'état social, comme l'état hypnotique, n'est qu'une forme de rêve,... N'avoir que des idées *suggérées* et les croire spontanées." "on commençait à peine à parler de *suggestion* hypnotique," (Gabriel de Tarde, *Les lois de l'imitaion*, 2nd ed., 1895〔Genève : Slatkine Reprint, 1979〕, pp. 80-83)

（14）エレンベルガー『無意識の発見』（注8）、上、一七六頁。

（15）P.-Felix Thomas, *La Suggestion : Son rôle dans l'éducation* (Paris : Félix Alcan, 1895), p. 19. 引用者訳。同書は、漱石が深く読み込んだギュイヨー（第6章参照）のほか、『ノート』で名を挙げているヴント、リボ、ジャネ、スーリオーの所説を検討し、そのほかベルネーム、リシェ、ビネ、シャルコー、さらには例のリュイスに至るまで、当代の目ぼしい「暗示」論者をすべて射程に入れた総合的な研究書であり、その「暗示」観は漱石のそれと多くの前提を共有している。なお上記学者のうち比較的知られていないポール・スーリオー（Paul Souriau）は、漱石の『ノート』「Enjoyment ヲ受ケル理由 Various Interpretation」冒頭にその名が見られる文学理論家で、一八九三年に『芸術における暗示』（*La Suggestion dans l'art*）を刊行している。

（16）原文は以下のとおり。"'Suggestion' is only another name for the power of ideas, so far as they prove efficacious over belief and conduct." (William James, *The Varieties of Religious Experience*〔London : Longmans〕, 1902, p. 112)

（17）『フロイト全集』17（注4）、一五五頁。

（18）エレンベルガー『無意識の発見』（注8）、上、一七九頁。

(19) シェルトーク、ソシュール『精神分析学の誕生』(注8)、五六頁。

(20) Thomas, *La Suggestion* (注15), p. 19. なおシュミットクンツの引用文献は Hans Schmidkunz, *Psychologie der Suggestion*, 1892.

(21) Guy de Maupassant, *Le Horla* (Édition Gallimard, 1986), pp. 35, 50, 46, 40. 引用者訳。

(22) “Tout cela demeure évidemment incroyable ; — comme était incroyable, il y a seulement dix ans, l’hypnose, la possesion de l’âme d’un être par un autre qui le voue au crime,” *Œuvres Complètes de J.-K. Huysmans*, XII (Geneve : Statkine Reprints, 1972), XII**, p. 77 からの引用者訳。“suggest” 語群を含む文は、同書 XII*, p. 229 ; XII**, pp. 97, 213 に見られる。

(23) Huysmans, Ibid. (注22)、XII**, pp. 76, 213.

(24) 対応する原文は順に “I suppose you admit the mesmeric sleep the power of *suggestion*.” ; “As regards *suggestion*, whatever I may *suggest*, Miss Marden will infallibly do, whether it be now or after she has awaken from her trans.” (*The Parasite* 〔A. Constable and Co., 1894〕, pp. 14, 18)

(25) マリオ・プラーツ『肉体と死と悪魔』(倉智恒夫他訳、国書刊行会、一九八六)、四二一頁。

(26) 蔵書書き込み。『漱石全集』第二十七巻、九八〜九九、三九九〜四〇〇頁。また同巻九八〜九九頁参照。

(27) 同前、三九九頁。

(28) 対応する原文は “‘Il promontorio !’ *suggeri* d’improvisso a Giorgio Aurispa una voce segreta.” (Gabriele D’Annunzio, *Trionfo della morte* 〔Milano : A. Mondadori, 1966〕, p. 396)

(29) 対応する原文は順に “He is a *suggestion*, as I have said, of a new manner.” ; “it had yet stirred him by its *suggestion* of a strange, almost modern romance.” ; “it was really very good in its way, quite a *suggestion*.” (*The Works of Oscar Wilde, vol. 2, The Picture of Dorian Gray* 〔New York : Lam Publishing Co., 1909〕, pp. 27, 69, 389)

(30) 原文未確認。仏訳で “je le regarde fixement dans les yeux, comme pour l’hypnotiser, en pensant 〔ellipsis〕 Mais il n’obeit pas la *suggestion*.” (*Anton Tchekohov Œuvres II* 〔Paris : Gallimard, 1970〕, p. 723)

(31) 原文未確認。仏訳で "Dans les choses de l'amour, en particulier dans le marriage, la *suggestion* joue un grand rôle." (*Anton Tchekohov Œuvres III* 〔Paris : Gallimard, 1971〕, p. 770)

(32) 作品集『暗示』(大同館書店、一九二〇) 所収。

(33) "On m'a reproché çà et là 《d'avoir souvent appelé *imitation* des faits auquels ce nom ne convient guerre》." (Tarde, *Les lois de l'imitation* (注13), "Préface de la deuxième édition."

(34)『フロイト全集』17 (注17)、一五三頁。この論者はブリュジェイユ (「社会現象の本質――暗示」) であると注釈されている。

(35) 同前、一五五～五六頁。

(36) "l'inspiration d'une croyance dont les vrais motifs nous échappent et qui, avec plus ou moins de force, tend d'elle-même à se réaliser." (Thomas, *La Suggestion* (注15), pp. 20–21)

第4章 『心』と『明暗』

(1) この問題系、また静の視点からするありうべき物語をめぐっては、押野武志「『静』に声はあるのか――『こゝろ』における抑圧の構造」『文学』(一九九二年秋) 参照。

(2)『漱石全集』第十一巻「後記」(岩波書店、一九九四)、七六〇頁。

(3) Théodule Ribot, *Essai sur l'imagination créatrice*, 6th ed. (Paris : Félix Alcan, 1921), p. 135.

(4) 英訳文は以下のとおり。"Here, what we call chance, is the meeting and convergence of *two* factors—one internal (individual genius), the other, external (the fortuitous occurrence)." (p. 165)

(5) "a type of fiction in which the basic emphasis is placed on exploration of the prespeech levels of consciousness for the purpose, primarily, of revealing the psychic being of the characters," (Robert Humphrey, *Stream of Consciousness in the Modern Novel* 〔Unv. of California Press, 1972〕, p. 4)

(6) ジャン・イヴ・タディエ『評伝プルースト』上 (吉川一義訳、筑摩書房、二〇〇一)、一四〇～四三頁。

（7）松岡譲「『明暗』の頃」（一九二九）『漱石全集』別巻所収。
（8）夏目鏡子『漱石の思ひ出』（岩波書店、一九二九）、三三一頁。
（9）拙著『乃木希典――予は諸君の子弟を殺したり』（ミネルヴァ書房、二〇〇五）参照。

第5章　シェイクスピア的そそのかし

（1）『志賀直哉全集』第九巻（岩波書店、一九七四）、五一七頁。
（2）「運命」「偶然的事象」などのギリシア的概念は、真方忠道「ギリシア人と偶然――ソポクレス『オイディプス王』を手がかりに」（『理想』五三七号〔一九七八年二月〕）に依拠している。
（3）物理学者、小山慶太も同様の指摘を行っている。『漱石とあたたかな科学』（講談社学術文庫、一九九八）、二三五頁。
（4）漱石の書き込み（以下断りのないかぎり『漱石全集』に拠る）は以下のとおり。“Seymour says the scene is not genuine on account of it having no advantage. This is the most unpoetical criticism. Coleridge’s good sense and insight are shown in this case ; for he thinks it necessary as it strikes the key-note of the character of the whole drama.”
（5）原文は以下のとおり。“The witches seem to be introduced for no other purpose than to tell us they are to meet again ; and as I cannot discover any advantage...”
（6）4～6の原文は以下のとおり。“4. This man, wholly disconnected with the witches as far as his mental condition goes, speaks just the same idea as the witches : at least he uses the same words “fair” and “foul”/5. The reader recollects the sentence of the witches by these words of Macbeth, and knowing that he has still nothing to do with the witches on his part and at the same time struck with the similarity of both idea and expression which is rather obscure and dark, jumps at once to tne conclusion that Macbeth is already under the spell of the witches, which brings along with it a sense of weirdness heights〔sic〕 his interest as to the evolution of the character under the mysterious witchcraft./ 6. This is one of the most subtle passages, worthy of the name of Shakespeare. No commntators has〔sic〕 ever pointed out

the significance of this most powerful line. They have given themselves much trouble in explaining away “foul” and “fair” and trying to find logical link between these two words, all the while losing sight of the logic of emotion.”

(7) 福来友吉『催眠心理学』(成美堂書店、一九〇五)、一一二頁。

(8) 同前、五七〜五八頁。傍点原文。

(9) 水川隆夫『漱石と落語』(平凡社、二〇〇〇)、一七三〜七六頁。

(10) 槐島知明「夏目漱石『琴のそら音』の意義」『中央大学国文』四十七号、二〇〇四年三月。

第6章　ギュイヨー、ベルクソンを読む

(1)「私の個人主義」。また『文学論』「序」参照。漱石のこの時期の「研究」や「思索」について、佐藤泉は、アルファベット順や年代順に勉強を進めるサルトル『嘔吐』の独学者や牧野信一「村のストア派」の主人公を引き合いに出し、この種の「愚直なる学習者のひとりに、ロンドンで神経衰弱になった漱石がいた」、彼は「読書の指針もないままに、膨大の書物の集積にまともに出会おうとしていたのである」と書いている(『漱石　片付かない〈近代〉』日本放送出版協会、二〇〇二、一〇五〜〇六頁)。この〈物語〉が事実を反映するものでないことは、『ノート』のどの一頁でも開いてみたことのある者には明らかだろう。こうした謬見の跋扈には、たとえば佐藤が「惨憺たる比喩」として引いている「立派に建設されないうちに地震で倒された未成市街の廃墟」(「私の個人主義」)などの『文学論』卑下の言葉や、留学時代の自己を語るに「神経衰弱」の語を好んだことなど、漱石自身の発言に責任の一端がたしかにある。とはいえ、「愚直」でない研究者であれば、漱石の多声的なユーモアを味わい直すこと、また「神経衰弱」のようないい加減な言葉の当時の使われ方などについて、少々勉強し直すことが必要ではあるまいか。第一「未成市街」発言にしても、そこには同時に「立派に建設され」かかっていたとの自負も読まれるのであって、実際、この自負がなければ、『明暗』執筆期における『文学論』新稿の構想(第4章参照)も生じようがなかっただろう。佐藤はまた「『文学論』の価値をどう評価すべきなのか私には分からないが、ただ漱石がもっていた愚直という才能〔中略〕には、限りない敬意を感じないではいられない」とも〈物語〉を走らせている(一〇〇頁)。「どう

評価すべきなのか私には分からない」としつつあれこれ述べる佐藤の文章は、それ自体としてすでに『文学論』のマイナス評価に参与しているというほかないが、その『文学論』の「建設」のために費やされた漱石の「愚直という才能」には「限りない敬意」を感じるという。ありもしない「才能」に捧げられたこの「敬意」は、空転してどこに舞い降りるのか。もちろん漱石とは関係のない、佐藤の〈物語〉にである。

（2）原文（英訳）は以下のとおり。"We shall examine if the laws of *suggestion*, which have been ascertained by our psycho-physiologists, and of which the effects are still imperfectly known, do not constitute a new element, and if we cannot by their aid modify the data of the problem. Modern discoveries in suggestion seem to me of capital importance in education, because they give us the power of ascertaining *de facto* the possibility of always creating in a mind, at every stage of evolution, an artificial instinct capable of producing an equilibrium of long or short persistence in pre-existing tendencies.〔ellipsis〕Suggestion, which creates artificial instincts, capable of keeping in equilibrium the hereditary instincts, or even of stifling them, constitutes a new power, comparable to heredity itself; now, in my opinion, education is nothing but a totality of co-ordinated and reasoned-out suggestions; and we may readily foresee the efficiency it may acquire from the physiological and the psychological points of view." (Jean-Marie Guyau, *Education and Heredity—A Study in Sociology*, 1891, p. xxvi. イタリックによる強調は原文どおり)

（3）この三つの部分の原文と漱石の下線は以下のとおり。"Hence the following law: every strong will tends to create a will in the same direction in other individuals; every adaptation of the consciousness to a supposed phenomenon—for example, a future event or distant ideal—tends to propagate itself in other consciousnes,〔ellipsis〕/The second law is, that the contageous influence of a belief, consequently of a volition, is in direct ratio to its force of inward tention, and so to speak, of its first inward realisation. The more we ourselves believe and act, the more do we act on others and make them believe." (Ibid., p. 17) "Every manifestation of mascular and sensorial activity does not take effect unless accompanied by a certain belief in one's self, or by the expectation of a determined result, on the occurrence of certain antecedent conditions." (Ibid., p. 22)

（4）“Modern literature are sometimes rather barbarous, sometimes too refined and unbalanced, always too passionate, too much invaded by what Pascal called the amorous passions.” (Ibid., p. 237)

（5）松岡譲「『明暗』の頃」（一九二九）『漱石全集』別巻（岩波書店）所収。

（6）この部分の原文は以下のとおり。“Il n’est que logique de supposer dans le monde morale des phénomène analogue de vibration sympatique ou, pour parler le langage psychologique, de détermination réciproque, de *suggestion* et comme d’obligation mutuelle.” (Jean-Marie Guyau, *L’art au point de vue sociologique*, 1909, p. 2)

（7）この部分の原文は以下のとおり。“Si, M. Pierre Janet boit dans une chambre voisine, on voit des mouvements de déglutition se produire sur la gorge de Mme B...〔ellipsis〕《Si, dans une autre chambre, dit M. Pierre Janet, je me pince fortement le bras ou la jambe, elle pousse des cris et s’indigne qu’on la pince le bras ou au mollet〔ellipsis〕était cette phase particulière de somnambulisme où elle ressent les *suggestions* mentals.〔ellipsis〕》.” (Ibid., p. 3)

（8）Henri Bergson, “De la simulation inconsciente dans l’état d’hypnotisme (1),” 1886, in *’Écrits et Paroles* (Paris : Presses Universitaires de France, 1959).

（9）原文は以下のとおり。“Toutefois, l’art n’est pas seulement un ensemble de faits *signicatifs* ; il est avant tout un ensemble de moyens *suggestifs*. Ce qu’il dit emprunte souvent sa principale valeur à ce qu’il ne dit pas, mais *suggérer*, fait penser et sentir. Le grand art est l’art evocateur, qui agit par suggestion.” (Jean-Marie Guyau, *L’art au point de vue sociologique*, pp. 65–66, 下線は漱石によるもの)

（10）原文は以下のとおり。“Le style, c’est la parole, organe de la sociabilité, devenue de plus en plus expressive, aquérant un pouvoir à la fois *signicatif* et *suggestif* qui en fait l’instrument d’une sympathie universelle. Le style est *significatif* par ce qu’il fait voir immédiatement ; *suggestif* par ce qu’il fait penser et sentir en vertu de l’association des idées.” (Ibid., p. 292)

（11）ウラジーミル・ジャンケレヴィッチ「二人の生の哲学者——ベルクソンとギュイヨー」（一九二四）『最初と最後のページ』（合田正人訳、みすず書房、一九九六）、Dominique Parodi, *La philosophie contemporaine en France :*

essai de classification des doctrines (Paris : Félix Alcan, 1925), pp. 258–59, 九鬼周造『現代フランス哲学講義』（岩波書店、一九五七）、二九六頁、杉山直樹『ベルクソン聴診する経験論』（創文社、二〇〇六）、二六八頁参照。

（12）翻訳は漱石蔵書と同じ英訳 *Time and Free Will* (trans. F. L. Pogson, London : Swan Sonnenschein, 1910) からする引用者訳。脇線部分の英訳文は以下のとおり。"We thus associate the idea of a certain quantity of cause with a certain quality of effect ; as happens the case of every acquired perception, we transfer the idea into the sensation, the quantity of the cause into the quality of the effect." (p. 42)

（13）脇線部分の英訳文は以下のとおり。"Consciousness, goaded by an insatiable desire to separate, substitutes the symbol for the reality, or perceive the reality, only through the symbol. As the self thus refracted, and thereby broken to pieces, is much better adapted to the requirements of social life in general and language in particular, consciousness prefers it, and gradually loses sight of the fundamental self." (Ibid., p. 128)

（14）英訳文は以下のとおり。"As we are not accustomed to observe ourselves directly, but perceive ourselves through forms borrowed from the external world, we are led to believe that real duration, the duration lived by consciousness, is the same as the duration which glides over the inert atoms without penetrating and altering them. Hence it is that we do not see any absurdity in putting things back in their place after a lapse of time, in supposing the same motives acting afresh on the same persons, and in concluding that these causes would again produce the same effect." (Ibid., p. 154)

（15）杉山直樹『ベルクソン聴診する経験論』（注11）、二四五頁。

（16）英訳文は以下のとおり。"In the processes of art we shall find, in a weakened form, a refined and in some measure spiritualized version of the processes commonly used to induce the state of hypnosis." (Bergson, *Time and Free Will*, p. 14)

（17）英訳文は以下のとおり。"... just as a mere gesture on the part of the hypnotist is enough to force the intended *suggestion* upon a subject accustomed to his control." (Ibid., p. 16)

（18）英訳文は以下のとおり。“There are thus distnct phases in the progress of an aesthetic feeling, as in the state of hypnosis.” (Ibid., p. 17)

第7章　若年の翻訳「催眠術」

（1）芥川龍之介「文芸的な、余りに文芸的な」（一九二七）『芥川龍之介全集』第九巻（岩波書店、一九七八）所収、三〇頁。

（2）ミハイル・バフチン『ドストエフスキーの詩学』（望月哲男・鈴木淳一訳、ちくま学芸文庫、一九九五）、四五頁以下参照。

（3）“post-hypnotic suggestion.” これがベルクソンの自由論の構想に大きく影響していることは、杉山直樹『ベルクソン聴診する経験論』（創文社、二〇〇六）参照。

（4）最も考えやすいのは、一九八八年創刊のトインビー・ホール機関誌 *Toynbee Record*（Cf. J. A. R. Pimlott, *Toynbee Hall : Fifty Years of Social Progress*〔London : L. M. Dent & Sons, 1935〕）だが、論文は未発見。

（5）天羽太平「催眠研究史」竹山恒寿・成瀬悟策編『催眠学講座① 概説』（黎明書房、一九七〇）所収。

（6）一柳廣孝『催眠術と日本近代』（青弓社、一九九七）、一三〜六三頁参照。

（7）John Elliotson (1791-1868). ハートによるエリオットソン紹介は、クリフォード・アレン『異常心理の発見』（一九五二、小林司訳、ちくま文庫、二〇〇六）、四五頁の内容にほぼ符合する。またアンリ・エレンベルガー『無意識の発見』（一九七〇、木村敏・中井久夫監訳、弘文堂、一九八〇）上、九五頁参照。

（8）後に “post-hypnotic suggestion”（後催眠暗示）と呼ばれたものと同一（注3参照）。

（9）この人物をめぐっては、エレンベルガー『無意識の発見』（注7）上、一四〇〜四一頁参照。

（10）Ernest Hart, *Hypnotism, Mesmerism and the New Witchcraft*, p. 140.

（11）Georges Didi-Huberman, *Invention de l'hysterie : Charcot et l'Iconographie photographique de la Salpetriere* (Paris : Macula, 1982).

(12) それらを順に訳出しておく。第一のものは第1段落、『漱石全集』で十行目あたり、「是余の主眼とする所なり。」(初出は句読点なし)で終わる文と「此術夙に」で始まる文との間に実はあるところの、五行にわたる一文。「催眠術は、今や多くの知的で適切に指揮された近代的な研究の主題であり、かつまた不幸にして、放浪芸人の部類が用いる遊具ともなっているのだが、それは多くの古代信仰の直系の子孫である。」①

二つ目は原典でその半頁後、「『メヂアン』の幻術、狐憑の怪、禁呪の験抔と云ふ大抵似た者なるべし」と、自然現象の合理的説明が拙劣であった往古の例を挙げたところで、そのさらなる例として挙げられたもの。「悪魔払い(exorcism)による悪霊追放、瘰癧の手かざし療法、魔女の見る幻覚を本気にして裁判で処罰すること、魔女狩りの突拍子もない残酷さ」②

三つ目は第3段の五行目、「惜いかな二騙客の欺く所となり」の「二騙客」を敷衍する“who”と“whose”に率いられた関係詞節の全体だが、これは訳文三行後に入れられた原文にない文、「其の意蓋し催眠術の研究者を籠絡し名を釣り利を貪らんとするにあり」によって補われている③。

まとまった省略の四つ目は第4段、メスマーが広めた害悪について縷説したくだりの「毫も其功験なしと知るべし。」に続くべき四行の文。「しかしメスマーは一学説、一原理、そして一連の用語法を残したわけで、それは後続世代のいかさま師と何でも真に受ける愚か者たちの目的に奉仕してきた。」④

五つ目は第5段の末尾で、漱石訳は「要するにわが催眠術を用ふるを信ずる以上は此方にて眠らすまじと力むるも其甲斐なく睡眠するなり」で終わっている。この傍点部は実は原文に相当箇所のないものだが、それに続く文は以下のようで、漱石がこれを凝縮して上の文に挿入したことがわかる。「催眠、不動姿勢、休息、凝視、眠りを命ずる言語的表現など通常の身体的方法が用いられているところでは、眠りが生じないようにと私の内的意識においていかに強く意志しようと、眠りを防ぐことはできなかった。」⑤

最後の省略部分は第6段冒頭、いろいろと「御大層なる名を附するもの」も根源的には「単に主観的の情況に過ぎざるなり」としたその「もの」についての、五行にわたる付帯的説明。「無知を隠し、虚偽の仮説を表現するか、あるいは信じやすく不思議なものを愛好する公衆の想像力に印象づけ、あわよくばその所持金を食い物にしようと

いう企みを隠匿するかのいずれかのために発明された種々の隠語の下に知られるところの」(⑥)

第8章「開化ハ suggestion ナリ」

(1) 朴裕河『ナショナル・アイデンティティとジェンダー――漱石・文学・近代』(クレイン、二〇〇七)、一一頁。

(2) J. Oliphant, *Victorian Novelists*, p. 71, "The term *genius* is one which people are accustomed to use by way of seeming to account for effects that admit of no readily-apparent explanation."(イタリックによる強調原文)の文に下線を引いての書き込み。

(3)「Lom. 35」は「Lombrozo, *The Man of Genius*, 1891, p. 35」の意。

(4) 朴裕河『ナショナル・アイデンティティとジェンダー』(注1)、五〇頁。

(5) 同前、八三～八四頁。

(6) 同前、八二頁。

(7) 漱石所蔵のマルクスの著書としては、英訳『資本論』(一九〇二)が唯一遺されているが、書き込み・下線などは見られない。

第9章『文学論』の世界史的意義

(1) グリゴーリー・ヴィノクールの文。P・スタイナー『ロシア・フォルマリズム』(山中桂一訳、勁草書房、一九八六)、二六〇頁の引用に拠る。

(2) フレドリック・ジェイムソン『言語の牢獄』(川口喬一訳、法政大学出版局、一九八八)、四四頁。もっともジェイムソンの分析は、「形式」と「内容」を峻別しようとするそのような志向の不可能性に向けられているのだが。

(3) Roland Barthes, "Éléments de sémiologie," *Le Degré zéro de l'écriture* (Paris: Édition du Seuil, 1953), pp. 163-68.

(4) ユーリー・トゥイニャーノフ「文学的事象」(一九二四)『ロシア・フォルマリズム文学論集2』(水野忠夫訳、水野編、せりか書房、一九八二）所収。

（5）外山滋比古「俳句における近代と反近代」『国文学』一九七〇年二月。

（6）塚本利明「「文学論」の比較文学的研究」『日本文学』一九六七年五月。またこの主題に関する研究で、塚本、外山に先行する代表的なものとして高田美一「漱石、俳句、リチャーズ」『英文学』（早大英文学会）二十四号（一九六三）が挙げられる。

（7）Ivor Armstrong Richards, *The Principles of Literary Criticism* (NY : Harourt, London : Kegan Paul, 1924). 訳文は基本的に岩崎宗治訳『文芸批評の原理』（八潮出版社、一九七〇）に拠るが、一部を改訳している。

（8）『芸術とはなにか』からの引用は、漱石所蔵の英訳 *What Is Art?* (trans. by Almer Maude, London : The Walter Scott Publishing Co., 1899) に依拠した引用者訳（中村融訳〔角川文庫、一九四七〕を参考にした）。文中の傍線は漱石が蔵書に残したものを反映。以下同様。

（9）『漱石全集』第二十六巻（岩波書店、一九九六）所収。(1)から(13)に至る箇条書き（順序には混乱がある）からなり、末尾の(13)には「諸家ヨリ suggestion ヲ得　一々quote シテ之ヲ謝シ又責任ヲ明ニシ又参考ニ供ス」とあり、「suggestion」の語への特別な思い入れが看取される。

（10）西成彦「鷗外と漱石――乃木希典の『殉死』をめぐる二つの文学」『比較文学研究』二十八号、一九八六年三月。

第10章　実験小説と俳句・連句

（1）鈴木三重吉「上京当時の回想(1)」『文章世界』一九一四年二月。

（2）鈴木三重吉「私の事」『鈴木三重吉全集』第五巻（岩波書店、一九三八）所収。

（3）鈴木三重吉「処女作を出すまでの私」（同前所収）。

（4）鈴木三重吉「千鳥」『鈴木三重吉全集』第一巻（岩波書店、一九三八）所収。

（5）諏訪春雄「鏡――異界への通路」『文学』一九八四年八月、『聖と俗のドラマツルギー』（学芸書林、一九八八）所収。

（6）『文章世界』一九〇五年九月「文章顧問」の読者質問。宮薗美佳『『漾虚集』論考――「小説家夏目漱石」の確立』（和泉書院、二〇〇六）に拠る。
（7）加藤二郎「漱石の『一夜』について」『文学』一九八六年七月。
（8）宮本三郎「連句の美学」『芭蕉の本5　歌仙の世界』（角川書店、一九七〇）所収。
（9）寺田寅彦「連句雑俎」（一九三一年）。以下、寺田寅彦の文章の引用はすべて『寺田寅彦全集』（岩波書店、一九九六〜）に拠る。
（10）寺田寅彦「夏目漱石先生の追憶」（一九三二年）。『漱石全集』別巻（岩波書店、一九九六）にも収録。
（11）二宮智之「夏目漱石「京に着ける夕」論」『日本近代文学』72集、二〇〇五年五月。

あとがき

鶯の声を聞き、「本当に難有《ありがた》いわね。漸くの事春になつて」と口にする妻に、夫は爪切りを続けながら「うん、然し又ぢき冬になるよ」と答える。よく知られた『門』の結び（二十三）だが、五年後の『道草』の結びに、同じ思考のこだまを聴き取ることはむずかしくない。「すつかり片付いちやつた」から安心だという妻を、「片付いたのは上部丈《うはべ》ぢやないか。だから御前は形式張つた女だといふんだ」と夫ははね付け、さらにいう。

「世の中に片付くなんてものは殆どありやしない。一遍起つた事は何時《いつ》迄も続くのさ。たゞ色々な形に変るから他《ひと》にも自分にも解らなくなる丈の事さ」（百二）

小説のこのような結びは、〈物語〉を閉じることそのものへ反抗を含んでいる。「一遍起つた」〈物語〉は、ほんとうは「何時《いつ》迄も続く」のであって、終わったように見えるのは、無理にこしらえた見せかけにすぎない。おそらくそういいたいのである。

かくして本書も自らを閉じる段となったが、漱石先生の〈暗示〉をめぐるこの〈物語〉もまた、ほんとうは「何時《いつ》迄も続く」のであって、終わったように見えるのは、見せかけである。本書脱稿後、未練がましくそんなことを思いながら、汗牛充棟をもって鳴る漱石研究書の見直しに努めていたところへ、『漱石　片付かない〈近代〉』（日本放送出版協会、二〇〇二年）の著者佐藤泉が、同じ文を引いて「漱石には、むしろ片付けてしまわないことへの強固な意志があったように感じる」と書いているのに出会った（五頁）。この本への批判はすでに繰り入れたので（第6章の注1）、もうあまりいいたくはないのだが、行き掛かり上、見すごすわけにも行かない。そのような「意志」を感じるのは佐藤の自由だとしても、もしそれを『道草』執筆中の漱石その人の「意志」として想定するのだとしたら、それはほとんど、『心』の「K」は"Korea"のKである、『文学論』の「F」は"factor"の「F」である、などと主張するに等しい離れ業である（この二つの主張も単行本の形で流通しているのだが、名を挙げたくはない）。

　第一もし健三のこの科白の主な「F」（焦点的印象又は観念）が「意志」であるのなら、その「片付かない」ことについて、「色々な形に変るから他にも自分にも解らなくなる」というような分析的理由付けをする必要がどこにあるのだろうか。またこの科白が、「片付く」「形式」「理窟」「論理《ロジック》」などの概念をめぐる細君との一連の論争（九十八以降）を経て出てきたものであることは、どう理解されるのだろうか。『道草』を精読した者であれば感じずにはいられまいこうした疑問への回答は、残念ながら一切与えられていない。

　感じることにおいて佐藤が行使したこの種の自由は、もちろん佐藤ばかりでなく、あまたの漱石論者たちがほしいままにしてきたものである。もちろん、かくいう私とて、それを完全に免れるわけではない。ただ私見では、この種の自由に身を任すとは、漱石を呑み込もうと口をあける実は私的な〈物語〉の〈勧誘〉にうかうかと乗せられることにほかならず、そうした〈勧誘〉への抵抗力こそ実は研究者に問われなくてはならないものである。この抵抗の、少なくとも意志においては人後に落ちないと自負する本書に、ここまで付き合ってくださった読者にはもはやいうまでもあるまいが、さきの健三の科白には、健三という登場人物のレンズによる屈折を経たところの漱石の認識を読むことは可能でも、漱石のであれ健三のであれ、「意志」を読むことはきわめて困難というほかない。

この科白の主眼は、むしろ「色々な形に変るから他にも自分にも解らなくなる」という後半の認識の方にある。そのことは、「片付くなんてもの」はないという前半の認識はすでにいわれたことの反復であることから、またそれまでの細君との議論の流れからしても、自明ではあるまいか。つまり「片付いた」のは「上部《うはべ》」すなわち「形式」だけで、「理窟」が「ころ柿の粉」のように「中《うち》から白く吹き出す」根源としての「人間の内側」は、「片付いた」わけではない。「上部」が状況の変化に伴って「色々な形に変る」がゆえに、その「内側」が他人にはもちろん自分にさえ「解らなくなる」ことがあるのであって、「片付いた」と見えるのはそのような場合にすぎない。

健三はそういいたいのであり、これが多少の屈折を帯びて表示された漱石その人の認識でもあることは、少なくとも本書が収集した諸事実からすれば疑えない。とすれば、健三が苦々しく吐き捨てるとおり「片付くなんてもの」はもともと原理上「ありやしない」のであるから、「片付けてしまわないことへの強固な意志」云々は、すでにそこに飯があるのに飯を出せというようなもので、少なくとも健三ないし漱石の思考の動きとしては想定不可能である。

そして健三と漱石のこの認識は、本書の読者ならすでにお察しのとおり、次作『明暗』冒頭の「だから君、普通世間で偶然だ偶然だといふ、所謂偶然の出来事といふのは、ポアンカレーの説によると、原因があまりに複雑過ぎて一寸見当が付かない時に云ふのだね」（二）という認識にほとんど直結している。要するにわれわれは、自分のことでありながら「自分にも解らなくなる」部分を、あまりにも多く抱えている。物事が「片付いた」と見えるのは、未解決の部分が視界から消えることで〈物語〉が閉じられたように感じるにすぎないのである。

そのようなわけで、本書もまた、実は未解決の部分を視界の片隅に残しつつ、ほんとうは「片付くなんてもの」はないのだけれどと苦々しく傍白もしながら、表向き、さあこれで漱石の〈暗示〉論は片付きました、と白々しく〈物語〉を閉じなくてはならない。「はじめに」で開いたこの〈物語〉をここで閉じるに至るまでに、少なからぬ論者に難癖を付ける結果となったが、もちろん他意はない。あくまで学問上のこととご了解の上、建設的な反批判をいただければ幸いである。

本書の企画に二つ返事で乗ってくださった名古屋大学出版会の橘宗吾氏と校正を担当してくださった長畑節子氏に、漱石蔵書の閲覧・撮影にご助力いただいた東北大学附属図書館の関係各位に、また出版助成をいただいた龍谷大学に深謝を捧げつつ、幕を引く。

二〇〇九年　桜散るころ

佐々木英昭

初出一覧

＊各章の大半は本書刊行のために書き下ろされたものであるが、既発表の論考の改稿によって構成した部分も少なくない。各章に取り込まれている既発表論文等を以下に示しておく。

第3章　暗示とは何か（「「暗示《あんし》」実験としての漱石短篇――「一夜」「京に着ける夕」『永日小品』の深層」『日本近代文学』七六集、二〇〇七年五月）

第4章　『心』と『明暗』（「「甲羅ノハヘタル」暗示《サジェスチョン》――『心』「琴のそら音」の深層」松村昌家編『夏目漱石における東と西』思文閣、二〇〇七年三月）

第5章　シェイクスピア的そそのかし（日本比較文学会第七〇回全国大会研究発表「漱石『暗示』理論の生成」二〇〇八年六月。「「甲羅ノハヘタル」暗示《サジェスチョン》」）

第6章　ギュイヨー、ベルクソンを読む（「漱石『暗示』理論の生成」）

第7章　若年の翻訳「催眠術」（日本比較文学会第六九回全国大会研究発表「漱石若年の翻訳『催眠術』」二〇〇七年六月）

第8章　「開化ハ suggestion ナリ」（「開化ハ suggestion ナリ――夏目漱石の国際文化論」『国際文化研究』〈龍谷大学国際文化学会〉七号、二〇〇三年三月）

第9章　『文学論』の世界史的意義（「夏目漱石『文学論』の世界史的意義――「暗示《あんし》」の戦いと正典形成」『国際文化研究』一二号、二〇〇八年三月）

第10章　実験小説と俳句・連句（「「暗示《あんし》」実験としての漱石短篇」）

た 行

な 行

は 行

ま 行

や 行

ら 行

わ 行

作品名索引

あ 行

か 行

さ 行

や・ら行

わ　行

な　行

は　行

ま　行

人名索引

《著者略歴》

佐々木英昭《ささきひであき》

1954年生
1982年　東京大学大学院人文科学研究科修士課程修了
名古屋工業大学助教授等を経て
現　在　龍谷大学国際文化学部教授，学術博士（東京大学）
著　書　『「新しい女」の到来――平塚らいてうと漱石』（名古屋大学出版会, 1994）
『漱石文学全注釈 8　それから』（若草書房，2000）
『乃木希典――予は諸君の子弟を殺したり』（ミネルヴァ書房，2005）
『異文化への視線――新しい比較文学のために』（編，名古屋大学出版会，1996）
『芸術・メディアのカルチュラル・スタディーズ』（編，ミネルヴァ書房，近刊）

漱石先生の暗示《サジェスチョン》

2009 年 8 月 20 日　初版第 1 刷発行

定価はカバーに
表示しています

著　者　佐々木　英　昭

発行者　石　井　三　記

発行所　財団法人　名古屋大学出版会

〒464-0814　名古屋市千種区不老町 1 名古屋大学構内
電話(052) 781-5027/FAX(052) 781-0697

印刷・製本 ㈱クイックス　ISBN978-4-8158-0619-4